更衣室女人的告解

章緣20年
短篇精選

◉章緣／著

聯合文叢
637

【推薦序】

異鄉人的文學行旅

范銘如

從章緣出版第一本書《更衣室的女人》開始注意到這位作家，之後每隔兩三年新作問世時一路拜讀，饒是如此，受邀為她小說精選集寫序，聽到「二十年」這個詞時還是震動了一下。閱讀首作時的悸動彷彿昨日，竟然已經是這麼久的事了啊。仔細想想，章緣向來低調、而且從出道以來就寓居海外，不常在台灣文壇各類活動中現身獻聲，若遠若近的距離倒也使她始終保持著某種新鮮感。換個角度來看，一個低度曝光的旅外作家，二十年能不斷地創作出版，不只突顯作家對創作的熱情與毅力，更顯示了作品本身具有無法被忽略的品質。

台灣還在戒嚴的時期，不少名家藉由一些特定的管道出國，或是留學、婚嫁或是短期工作、旅遊，並寫下一些異國的見聞。異族交流間少不了許多文化差異下產生的趣事，而這些在家鄉父老眼中能夠外出見世面的菁英或者「幸運兒」在歐美先進國家討生活的無奈辛酸，格外觸動故鄉讀者的心弦。解嚴後台灣的經濟實力早非吳下阿蒙，台人旅外的地區與原因形形色色；全球化資本主義重新洗牌以後，亞洲，尤其是中國大陸，成為另一個移動的重鎮。新舊經濟體之間既有新的合作競爭關係，時而摻雜揮不去的歷史情仇，何況還有階級性別等身分差異。異文化個體的接觸已經不再像以前一面倒地用強者弱者二分，而是必須加入其他細項參數作脈絡化的關係性比較。最能夠細緻描寫當代台人在不同旅外情境下的作為與心理的作家，非章緣莫屬。

這本精選集選自章緣的六本短篇小說集共二十篇，兩部長篇《疫》（2003）和《舊愛》（2012）只能割愛。配合作者自己居住環境的變遷，《更衣室的女人》、《大水之夜》、《疫》這三本主要背景描述美國大陸的華人社會，後五本位移至中國大陸的台商台菁生活圈。她的小說一方面承襲六、七〇年代台灣留學或居留美國的海外華人文學基調，另一方面又連接上九〇年代後期以來新型態的兩岸經濟文化交流模式，既有台美和台海的雙邊關係，時而牽動台美中三邊勢力的拉扯。即使她多聚焦於小說人物的個人處境，微言大義處仍然得以窺見作家更宏大的企圖。她一貫切入的路徑多是近身地從女性或個體的位置處理夫妻、親子與親屬間的分際和逾際，個體的議題背後遙指的則是種種身分政治的扞格與莫可奈何。

《更衣室的女人》（1997）和《大水之夜》（2000）是章緣初試啼聲的兩本短篇小說集，本書各選入兩篇〈更衣室的女人〉、〈舞者莎夏〉與〈天生綠拇指〉、〈大水之夜〉代表這個階段。這四篇小說的性別意識非常鮮明。〈舞者莎夏〉反映出父權意識形態對女性追求主體性的不理解，〈天生綠拇指〉和〈大水之夜〉描繪出母女情結與女性情誼既牢密又糾結的複雜曖昧。〈更衣室的女人〉以更衣室的象徵，諷喻社會規範下的主體位置、性別與性向不啻如服飾的穿脫，只是場面上外衣。真實的女性欲望似水般流動，兼具承載與顛覆的雙重能動。這幾篇的主旨設定與表現模式跟台灣當時主流的女性（主義）小說吻合，但是在作家藝術性的修辭剪裁下並沒有概念導向的生硬，既富思辨性又有小說趣味，至今讀來依然一點都不過時。

《擦肩而過》（2005）和未收錄於此書的長篇小說《疫》可以視為轉型期的作品。一方面作家升格為人母，母職的新體驗使她能以更彈性的中生代視角去看待上下世代的問題。比起單純從女兒觀點寫母女情結的〈天生綠拇指〉，〈媽媽愛你〉以新手媽媽慌亂的育兒經驗回憶過往的母女關係，對於母職的為難另有一層複雜的體會。站在人生的中間點，《疫》裡中年夫妻則用背叛和情慾宣洩作為事業倦怠和婚姻危機的出口。正也因為閱歷漸豐，對於人性有更深入的體會與包容，〈迴光〉和〈夕照〉幽微刻畫老年人若有似無的情感波動。另一方面，作家於二〇〇四年舉家遷居中國大陸，開始大量書寫族裔接觸的問題，不過此書只收錄此時期描寫美國華人被歧視處境的〈生魚〉，猶屬正宗的海外華文小說。後三本小說著墨更細項的文化身分矛盾，在作家寫作歷程和台灣的海外文學書寫上皆開啟了新的扉頁。

章緣從旅美變成旅中的空間變動，為她的創作生涯帶來一個關鍵性的轉變。台裔美人的身分使她既非單純的台胞、也非美國華僑，跟寓居上海大都會的外籍人士以及當地的中國人都可說同中有異、異中有同。之前以美國為背景的小說中，來自不同地域世代的華人移民與白人、或移民們彼此之間的互動已然是章緣思索的常見主題，此番主場變異、加上美中台權力砝碼的擺盪，族群往來間的破冰融合或是爾虞我詐在她筆下有更勝以往的精彩。收錄於《越界》（2009）、《雙人探戈》（2011）和《不倫》（2015）的三本書中多為是類作品。她的小說人物表面看來都是循規蹈矩的社會人士，穩當合宜的待人接物底下偶爾流竄出越界的慾念或舉措。他們的越界，有時是個人情感倫常的脫軌或貧富階級差距的駁火，包括〈媳婦兒〉、〈春日天涯〉、〈苦竹〉、〈雙人探戈〉、〈最後的華爾滋〉、〈兩個媽媽〉、〈乒與乓〉、〈攀岩〉和〈告解〉，有時是不同族裔、文化和認同政治下的隔閡顧忌，如〈插隊〉、〈貓與狗的戰爭〉、〈丹尼與朵麗絲〉。種種對非我族類的猜疑與試探，兩個主體在一動一靜、時進時退的張力中，互斥又隱約地牽引。章緣巧妙地運用舞蹈以及體育對打的比喻（〈雙人探戈〉、〈最後的華爾滋〉、〈乒與乓〉），讓跨界與劃界的探索抗衡，轉化為一種文字的韻律，順勢讓簡化性的二元對峙有了更多元關照的潛能。

不管篇旨是微觀或宏觀，章緣的寫法，就跟她筆下的人物一樣，平淡和緩的敘述下隱藏著處處機鋒，言外盡是餘波。她採用基本的寫實主義，故事多是人與人接觸的日常事件，沒有過度明顯的詞藻與造象亦不太表露作者主觀的聲音立場，但在精簡的情節結構、精確的人物對話與細膩精準的心理轉折中，猝不及防間就刺入了要害，直搗人性和社會性的禁區。例如描寫老人照護的〈媳婦兒〉，恪盡所謂婦道職責的媳婦接受了恍若失智的公公的意淫與騷擾。加了一個「兒」字，「媳婦」一詞從兒子的老婆變成自己老婆的稱謂，詞意的變化反轉倫理／不倫的界線，質問綱常與欲望的表裡。〈插隊〉裡的海歸菁英，擁抱所有洋派的物質文明、禮儀風度，以及欽羨他象徵的一切欲望而投懷送抱的辣妹們。然而不管他再怎麼表演現代性的文化，知根知底的白人就是忘不了他想忘掉的難堪歷史。近來頗有評論會將章緣比附張愛玲和艾莉絲•孟若，在章緣最成功的小說中，她的確能夠像孟若運用珠璣般精緻的短篇布局容納張愛玲對人性和人際曲折的剖析，既無孟若的疏冷又不似張愛玲的賣弄。亦如她私淑的兩位前輩作家，目前為止章緣的短篇成績遠勝過長篇小說，而短篇小說能處理的內容與表現方式畢竟有其體裁限制。

作為長期關注章緣的讀者，我曾擔心她的「置外」處境——地理與身分的外圍以及非主流敘事取徑——會不會阻卻了她創作的腳步。二十年的屹立證明了她走出了她自己的獨特性。她以不譁眾的視角、犀利但留情的文學性，吸引了不同地區、不同立場的華人讀者。或許對女性來說，邊緣本來就不是甚麼陌生的位置，有想法有力量的女性自能將化外之境的中介混雜轉變成逾越的動能。今年是章緣的豐收年，先是春季出版了一本全新的短篇小說《另一種生活》，秋季再追加這本二十年精品中的精品。春耕與秋收，綿長而甜美的文學果實。恭喜章緣，並預祝下一個二十年。

（本文作者為國立政治大學台灣文學研究所特聘教授）

【自序】

走出更衣室之後

小說寫著寫著，不知不覺已年過半百，往老年之途奔去了。從一個在異鄉追問自己是誰的新婦，我走過了母職和職場，從紐約、北京再到上海，春去秋來，走到了空巢後的寧靜。老，近在咫尺。但對寫小說的人，時間換來的閱歷和感悟，恰是作品中最引人的智慧內核、人生況味。沒有這些，小說不過就是故事，不過就是文字，不過就是年輕時的才情或是年老後的矯情。從這個角度，我不得不感謝時間帶來的成熟。

對台灣讀者而言，我一直是個旅美作家。二十幾年前的作品〈更衣室的女人〉，讓我順利進入文壇，開始了在聯合文學每三年出版一本短篇集子的「慣例」。我是幸運的，因為我一直身在外圍，它給了我一種觀照的距離，也讓我免於任何圈子都有的是非。當然我也因此無人脈可依傍，必須完全靠自己的作品說話，這在二〇〇六年開始在大陸文壇發表作品後更加突顯。對大陸文壇，我是個籍籍無名的台灣作家，小說風格異於主流，沒有人脈幫襯和出版社助瀾，能夠持續發表和入選各大選刊，我認為自己是受到上天眷顧的。我謝天，而這份感謝裡有種坦然，我相信作品本身為我贏得了肯定和接納。

從出版第一本小說集到今天，二十年匆匆過去，我的作品伴隨著生命的流淌，褪去青澀，愈來愈如秋葉斑斕，但是讀者對我的印象還是停留在〈更衣室的女人〉。這篇作品獲得聯合文學小說新人獎，落實了我的作家夢，探討當年自己最關切的女性議題，自然是深具意義。然而，二十年後，大家讀的講的還是這篇作品，不免讓我感到遺憾，甚至有的文友印象裡我竟是走進更衣室後就沒出來，不知後續還有源源不絕的作品。前幾年更聽說聯文等台灣出版社的書倉遭祝融之災，包括我的許多書籍付之一炬。

幸而有「理想讀者」王開平，從〈更衣室的女人〉一路跟隨，對我的書寫版圖特別熟稔，他建議我在聯文出版精選集。對這個建議，聯文欣然應允，於是我著手編選。同年出版的最新小說集《另一種生活》除外，我從在聯文出版的六本小說集裡挑選，選擇的標準是對我有特殊意義、尤其是創作時元氣淋漓一氣呵成的作品，這些應該就是我最希望讀者讀到的短篇。依創作的時間順序編排，從一九九五年寫成的〈更衣室的女人〉以降，直到二〇一三年的〈告解〉共二十篇，這些小說從不同的人生階段蔓生而出，兀自散發舊時清香，既是我私密的札記，也是有心人可以共賞的花園。它是作者的回顧，也是宣言：是時候該認識走出更衣室的章緣了。

編選之際，曾是我最重要讀者的母親，突因急病進入彌留。罹患老年失智十年的她，早已不識我是誰，更無法閱讀我寫的故事。然而，彌留之際，母親意識卻似突然清醒，對親人所說的話能解意並以淚水回應。當我說這本精選集要獻給她時，重度昏迷的母親，臉部竟然多次抽搐。我知道她很激動、很欣慰。隔天，母親便與世長辭。如是，我完成了這本精選集，悲欣交集。

謹以此書獻給我摯愛的母親李京華女士：所有的故事都是為您而寫。

章緣

目次

更衣室的女人

她縱身入水，幾乎沒激起什麼水花，手划腳踢，一忽兒就游到池中央。前行如箭，動作流暢從容，除了偶爾的一點泡沫和探出頭來換氣，她在水中沉靜自得，如一尾魚。

在夢裡相遇，十分歡喜。

那種歡喜有點像十幾年前她十五歲，在路上遇見暗戀已久的隔壁班班長。她知道那個時候他有時會出現在這條路上，她總是捉空溜出來，故意騎著車在附近繞圈子。頭抬得高高的，但要留意不要教風吹亂了頭髮。心裡漫漫想著，是不是就在這裡會遇到，是不是就是下一秒鐘？終於教她遇到時，她緊張得差點摔下車，但是她屏住氣，盡量保持面無表情從他身邊過去了，從眼角餘光，瞥見他愣了一下，教她喜不自勝，從他那微一遲疑的樣子，編想出許多深情的告白。

但是不同的是，此刻不需矯情地表示不在乎，轉頭去看一些不重要的東西，說不重要的話。明心見性，就是滿腔如旭日般純粹熱烈的真情。她感到胸臆間充滿了重逢的喜悅，即使當下她隱隱懷疑這是夢。

一定是夢，因為除了作夢，他們不可能如此相遇。一定是在作夢，因為在夢裡，她才能如此解放。像在劇場裡，她選擇相信舞台上的世界，即使當下，她已經瞥見自己瘦削的身影，悲哀地坐在黑暗的觀眾席裡。她把注意力集中在舞台上，延遲醒來的時間……

她成功了，在幾乎要醒來時，她又墜入夢裡。

聽到妻喃喃說話的聲音，他醒了過來。轉過頭，微弱的晨光裡，看到妻蜷曲著的身軀，頭埋在枕頭裡，圓圓的屁股朝他這邊翹著。他伸手摸了摸，隔著妻滑滑的、絲的睡衣。想再摸，享受手頭那種柔膩感，就怕把妻給吵醒了。但是，又有點想把她弄醒。

在妻深長的呼吸聲中，膀胱開始漲得難受。下床來，把床弄得咿呀響，妻依舊不肯醒來。一站到馬桶前，一泡熱尿迫不及待直射出來，他瞇著眼，看到浴缸前吊著妻的泳衣。

今天妻回來得特別晚。平常下課回來，妻總是在家。不是在忙著煮晚飯，就是飯煮好了，一邊看電視一邊等他。只要一進門，妻便立刻把電視關了，到廚房裡去熱湯。吃飯前先來一碗會燙破舌尖的熱湯，是他出國後養成的習慣。K城單身的朋友們都羨慕他，娶了老婆才出國念書。

是誰說的，留學生太太一天中最高興的時候，就是先生回家時？他習慣把門鈴按得火警一樣叮咚亂響，然後靜待妻的腳步聲。

可是今天，他是自己拿鑰匙開門進來的，進了門，一屋子漆黑，向來會聞到的飯菜香也沒有了。桌上妻留了一張紙條，草草寫著：我去游泳，晚一點回來。

妻回來時，他已經看完英文報和中文報，一碗泡麵下了肚。妻一進門，空氣便有點異樣。也許是因為今天等門的人是他。出國兩年來，絕無僅有的，妻在晚飯時間獨自出去了。也許是因為妻的樣子。她看來容光煥發，半濕的頭髮隨便披散著，拎著一個帆布袋，像是要出門兩、三天，而他不知道她要去哪裡。他跳起來，說：「餓死了。」

「我也是。」以為妻會好言說幾句，但是她只是淡淡地這樣說，好像他在家，該弄點什麼來吃。

妻自顧自從帆布袋裡扯出泳衣，往浴室走去。他跟上去，從後面把妻環腰抱住，很用力地。妻悶哼了一聲。他在她柔軟肩上磨蹭著，聞到一股消毒水的味道。妻淡紫色的泳衣晾在浴室裡，叭叭滴著水，勾勒出一個走樣的女體。手下更用力。妻像個受驚的小動物在他懷抱裡掙扎，還是一聲不吭。妻一貫是沉默的，但是此刻，他不能忍受這種充滿揣度、小心翼翼的沉默。

「游泳，真那麼好玩？」他放開手。妻連忙走出浴室，往廚房去，那有點驚惶的神色，看來就比較像他的妻子了。

「好多年沒游了，三年？四年？」妻說，「泳池不錯，很大，水也乾淨，不過，」她臉上閃過一絲奇異的神采，對居高臨下盯著她的他說：「更衣室完全沒有隔間，洗澡的地方也是大通間，大家都赤條條的。美國人真的好開放。」

在他的盤問下，妻一五一十說出女子更衣室的風光。

泳衣幾乎全乾了，他想著所熟悉的妻的胴體。右大左小的一對愛玉冰似的軟滑乳房，飽滿如發粿般渾圓的腹部，有點垂墜像熟極水梨的臀部，上頭一顆綠豆般的黑痣。這是全世界唯一屬於他的女體，只有他知道的祕密。

妻一向羞怯，到現在還不習慣當他的面更衣，他要看，她躲躲閃閃。「妳是我老婆，為什麼不讓我看？」好幾次他不高興地問她，她支支吾吾說不出所以然來。妻的保守實在是有點過了頭，不過想到她這麼私密保護的身體，歸他一人享用，也有一種說不出的快感。但是這樣的妻，卻在女子更衣室裡，當著一群陌生人寬衣解帶。

更衣室的走道說是七彎八拐的。

更衣室的走道七彎八拐，一堵堵如牆的衣物箱，個個箱櫃都上了鎖。左轉至五，右轉至七，撥轉鎖碼的手，細長或肥短，突出的骨節或是鮮紅的蔻丹，一律的長長汗毛。手的主人微皺的眉頭下，是藍眼圈框出來兩顆灰藍的眼珠，或是綠眼膏強調的藻綠眼珠，或是又大又圓微凸的黑眼珠，向上翻飛刷子似的睫毛，鼻孔掀起的傲慢的高鼻，或是蓮霧般謙卑的扁鼻，薄得像被吞了一半或厚得像噘起送吻的唇。金棕色生著汗斑或黑礦般會發亮的手背，翻過來是無血色的白手心，手心裡一個拿下來的圓鎖。衣物箱打開了，裡面是洗髮潤髮雙效合一的洗髮精，是滋潤保養的嬰兒乳液，是毛巾是泳鏡，是那現在就要脫得一絲不掛穿上身的泳衣。異國街頭各種線條的女人，隱藏在衣物下，突顯、晃動，充滿彈性，暗示著不同的尺寸和比例，此刻全都要揭曉……

她背對著人，彎腰脫下裙子，脫下三角褲，露出白皙臀部上，一顆驚人的黑痣。回到房裡，重重躺回床上，二手貨買的床委屈的呀啊晃盪。妻一定已經醒了，但她卻一聲不吭，裝睡？不想理他？他棉被一掀，撲到妻身上，近八十公斤的他，壓到不到五十公斤的妻身上，像塊沉甸甸的巨石。妻仍半聲不吭，只是把臉轉到另一邊，他的怒氣煽動著情慾，灼灼燒著，把妻的睡衣一古腦往上掀，她的臉被蒙住了，突然恐懼起來，唔唔掙扎著，但是他已經找到他要的，喉嚨裡發出呵呵怪聲，猛力撞擊。

這個隔音效果很差的五層樓公寓，在破曉時分，突然間傳出一陣撞牆和咒罵呻吟的聲音，有隻狗豎起了耳朵，但是其他的人似乎都睡得很熟。幾分鐘後，一切又歸於沉寂。沒有人開燈，也沒有人說什麼。

他出門後，她回到床上，把自己縮成一團。閉上眼睛，她假裝自己又睡著了。但是愈來愈強的陽光，從窗帘的縫隙不留情地射進來。

她起來，到廚房把角落餐桌上他吃剩的一半吐司，丟到垃圾桶裡。「沒吃完的吐司，我吃掉了。」她在心裡預習晚上的對話。鮮奶收回冰箱去。沒有馬上收，不知道壞了沒有。她只要一喝鮮奶就拉肚子，但他們每星期都要買上兩大盒。桌子抹淨了，她把幾個杯盤也洗了，一邊洗一邊從對著天井的小窗看出去，汙暗的天井地上，黏著不知是哪個人家晾出來落到地上的床單，還有一件黑色的男用三角褲，兩天前就在那兒了，沒人理。她出了神，直到一隻灰鴿子飛來，一下下啄著褲底。

她到客廳去，把散了一地的報紙收齊了，拿出吸塵器來，轟轟把有地毯的範圍都吸了一遍。把吸塵器的長嘴探到沙發下，一會兒便吞進了一枚什麼硬物，氣沖牛斗尖聲叫起來，她趕緊把電源關了。是一枚小螺絲釘。拿出拖把來，弄濕了把木地板拖一遍，拖把劃過的地方留下一條條淚痕一樣的水跡，顏色深下去了，但一會兒都乾了。再到浴室去，把他早上換掉的內衣褲撿到洗衣桶裡，順便把洗手檯抹了一下。馬桶蓋掀起來，白磁上一圈黃垢，黏著幾根他的體毛。她拿了擦手紙拭淨了。狹小的臥室，橫著一張大得不成比例的床，一個短了一隻腳的五斗櫃和一面長鏡。她把床單、棉被鋪得平平整整，看來就像什麼事也沒有發生過。

最後，她到他的書房去。他上學時，她用他的書桌寫信、開支票付帳單，他回來時，她把未做完的事，移到餐桌去。如果他要看電視，她就移回書房來。現在她走進這個沒有他的書房，把他攤得一桌的書和計算紙輕輕推到一旁，坐了下來。早上十點，還有長長的一天在眼前。她不用想也知道這一天會如何度過。洗衣。（我那件黃襯衫呢？）買菜。（明天吃烤雞吧？）看電視。（看電視學學英文。）煮晚飯。（好餓。）

她知道，當他回家時，她在做著這些事，等他拿到學位完成這個階段的人生目標時，她還在做這些事。

也許該去游泳？她問自己。這時，她聽到隔壁有人在說話。牆很薄，聲音輕易就穿透牆，音質像是藉著電流傳來，有種被干擾的不清晰。對隔著牆坐在書房裡發呆的她，這聲音太近了，好像她正把耳朵貼在牆上。可是，她一點都不想知道那個人在說什麼，對誰說，她只想靜靜地一個人在房裡。

她在書房裡待了很長的一段時間，而隔壁的說話聲，也一直斷斷續續傳來。可以聽得出，是一個女人坐得近近地跟某一個人在說什麼。可是，一個下午都沒聽到任何人回答她。從那低平的語調，她猜不出那會是個什麼性質的談話。

在河裡，他們一起泅水。

天氣很好，水溫柔地包圍著她。她游的是緩悠悠的蛙式，撥水，踢腿，撥水，踢腿，久久才浮出水來換口氣。她覺得自己的氣特別足，根本不用換氣似地，便待在水裡很長的時間，看著河裡世界。沒有魚，只有長長帶子似的綠藻搖來曳去。他的身影忽而在前，忽焉在後，以俐落的自由式輕巧地剪水而進，留給她一串又一串的氣泡。她覺得他們可以這樣一直一直游下去，不用說話，甚至不用看到對方。他捲起的氣泡愈來愈多了。氣泡消失在濃密的綠藻間，她張望著，發現自己很久沒有換氣了，她發現她可以在水裡呼吸，像一條魚。於是，她知道了。柔韌的藻帶，開始像繩子一樣繞過來。

她掙扎著，但是隱隱知道那個千篇一律的結局。

他深信自己絕不是個好色之徒。不僅是他一直維持處男之身直到認識妻，而是跟很多男人比起來，他覺得自己是很有節制的君子。

當兵時，見不到當時還是女朋友的妻的時候，他潔身自好，以打球來消耗過剩的精力，從來不曾掏錢買過大胸脯、不知恥露出私部外國女人的彩色畫報。當然，基於好奇，他在國二那年，便偷偷看過讀大學的哥哥塞在床下的這類雜誌。他不記得自己是否感到亢奮，只記得那金髮洋女人碩大如鐘的乳房，讓他胸口窒悶，而那驚人叉開腿來的姿勢，所露出那出乎意料醜陋的私處，著實讓他對女性初萌芽怯怯的戀慕，受到嚴重的挫傷。

怎麼會是這樣呢？他不敢置信。隔壁班那個尖下巴、弱不禁風的高秀雲，也有這樣的「東西」？對情竇初開，家中沒有姊妹的他，女生柔柔細細的聲音、白白嫩嫩的皮膚，走起路來，裙襬拂著腿窩那種俏模樣，實在教人嚮往。他很失望一個女生最祕密、最寶貴的地方，竟然是這麼原始、醜陋。這以後，他對色情畫報的胃口一直沒恢復，直到他開始對女人有另一種興趣。

退役後準備出國留學的期間，他開始看A片，理直氣壯加強對做愛技巧的知識。但是，那些引起他生理反應的女體們，把胸乳和私部的歡愉，當作人生唯一目的般張牙舞爪的瘋狂，跟妻是那麼的不同。妻總是那麼安靜，即使是在做愛時，她的肉體是那麼安靜，讓他長驅直入，勢如破竹。

妻自成為女人後，只在他的面前裸露。

他不能接受妻赤裸裸站在他人面前的事實。

妻在更衣室，把胸罩扣子解開，露出一對小巧的乳房。

窗台上，妻用淘米水養的仙客來，十幾個花莖高高低低吐著蛇信般的紅花苞。她一邊澆水，一邊把疲頹了的花莖一枝枝摘掉，臉上顯出一種不留情的嚴酷。這不是他慣見的神情，妻一向是溫婉的。

他走上前，把手探進她的胸口，她手一抖，灑了一些淘米水到地板上。她轉身去拿拖把，他繼續看報。

她在看電視，他上完廁所出來。她整個身子縮在沙發裡，像一隻貓。他過去，叫她，她懶懶地沒怎麼搭理，他遂把她抱起，像抱一隻貓，丟到床上，一把撲上去，壓住。她在底下無用地掙扎，嗚嗚哼哼也像隻貓。

已經無處可逃。即使在離得最遠的這個房間裡，聲音仍然隱隱可聞。而且正因它的不清楚，反而教人更分神去聽。

妻說她從來沒有這樣面對面看過這麼多女人，赤裸的。

他曾逼著妻跟他一起看過幾次電視上要付費收看的《花花公子》，妻總在片中女人熱情放蕩地吸吮男性時，掉轉眼光或離座去喝水上廁所。男人露出酥麻的陶醉表情，但他所關心的部位尺寸，被女人的亂髮遮住了，據說這是《花花公子》的尺度標準。但女人的豪乳和圓臀、紅唇白牙和長腿，公然被強調和展示著。他不知道因此而顯得血肉不足的妻怎麼想，但他確知，男人不露私處讓他鬆了一口氣。

妻說更衣室的女人不是一般電視或電影或雜誌上可以看到的女人。

更衣室裡，女人們裸裎相見。原先被緊身褲束著的腹部鬆頹，鋼絲胸罩托起的雙乳在肚臍上面不遠處搖晃。很多的肉，真實的肉。普遍有著顫巍巍肥厚大腿，長大如木瓜的乳房和豆粒般粉紅色乳頭的年輕女人，在身上一層層塗著乳液油膏。進入老年的女人，遲緩地擦拭著身上的水珠。皺褶如象皮的垂老身軀，生出斑點和肉瘤，兩個癟掉的長袋乳房，垂掛在胸前，一圈腹肉垮下來蓋過了私處。

一個大肚子的女人，坐在更衣室的板凳上，辛苦脫下衣物。她的表情淡然，似乎有一種任重道遠的矜重。不久，又來了一個瘦削的中年女人，坐下來，出人意表地卸下一隻左腿，臉上倒有一種自得的輕鬆，能堅持這項運動不容易，但她畢竟辦到了。

大通間的浴室裡，七八個蓮蓬頭一起開著，一室騰騰的熱氣白煙。女人們一列站在蓮蓬頭下，有的仰頭沖著脖子，搓著奶子，有的背對著蓮蓬頭，彎下腰來，讓水柱沖著兩條腿之間，有的弓身刮著腿毛。她們的動作跟在電視上看到的出浴鏡頭很不一樣，她們專注於把身體洗刷乾淨，不在乎動作是否充滿美感和挑逗性。在沒有男人的女子更衣室，女人們暫時忘掉了肉體的美醜。

妻在其中，開始學著辨識不同的肉體，如辨識不同的臉孔，並在他的好奇詢問下，一五一十轉述所見到的質感和尺寸。不久，這些見熟的身體，取代它們主人的臉孔，成為妻的新朋友了。她默默觀察著朋友們到泳池的情形，和它們一些細微的變化。

其中，妻最偏愛的是一個印度的年輕女人。第一次看到她時，她把及腰的長髮盤在頭頂上，正在澡室裡沖水。四周的人來了又去，但是她恍若不察，非常專心地洗著。她有著十分光滑年輕的肌膚，骨肉亭勻。飽滿但又不巨大到不成比例的胸部，分明婀娜的腰肢，修長的雙腿看來健康有力。看那緊俏的黃油油皮膚，大概只有二十歲出頭吧。

「她的臉呢？」隨著妻的描敘，他撫摸著妻的每個部位，最後停在她的臉上。

閉著眼的妻夢囈般地說：「臉我倒沒注意，而且她大部分時間都是側低著頭。不過，她有很濃密的黑髮。」

妻已經放慢動作，但是在離開澡堂時，女人仍在沖著水。那水，好像是河邊的水，那女人，好像是河邊汲水的女人，因為水太好，忍不住把水往頭上身上沖。水沖濺到她的每一吋肌膚，她的身體也隨之張開。像在跟水嬉戲，她享受著只有水和自己身體合唱的時刻。這女人好美啊，似乎在什麼名畫裡看過……

在他急急剝掉妻的內衣時，妻仍眷眷說著她在更衣室看到的女人，好像對這個女人有一種莫名的嚮往。

在做陶的教室裡，但她一點也沒有要交作業的緊張。她做的東西，他向來都很滿意，也因為這樣，每回她求好的壓力就更大。但不是這次，這次她只感到一種期待的喜悅。喜悅太深了，她不禁微笑了。看到她的笑，他對她招手，要她過去，看他在轆轤上把一團泥捏轉成一個什麼。

做什麼呢？他不回答，雙手覆在泥團上，轆轤飛轉，泥團扁下去了。是個碗？他手勢一改，泥團又縮攏來，慢慢往上竄起，雙手上上下下撫著泥柱，那泥柱便不停的長大起來……做什麼呢？他語氣有點不悅。是她在上轆轤，是她在撫著泥條，泥條變成像橡皮管一樣滑手，好像有了生命，抓不住了。她想解釋，沒留神，泥條垮下來了。

她在自責的情緒中醒來，翻個身，想再回到剛剛的夢裡，也許可以跟他解釋。

妻對著他笑。她的相片立在他的羽球獎杯旁。這是他們相識後，她送的第一張獨照。有好一陣子這張相片放在營房的桌上，室友和訪客看了，都要品頭論足一番。相片中，她的臉龐比現在要圓潤，頭髮直直的，劉海撥開來，露出飽滿的前額。少女時代的她，據說比較豐腴，認識他以後才開始減肥的。後來，她體重就一直維持在他認為最標準的五十公斤。

相片中，還沒減肥的妻，腰肢的曲線不分明，中庸裙下的小腿粗粗笨笨，不夠秀氣。每次朋友看到這張相片，他就替妻分辯幾句：她現在比較瘦了。

年輕的妻，眼睛直視著他，坦然又溫柔，像小動物的眼睛。現在的妻，似乎從鵝黃變成土黃了，灰暗了許多。難道女人真的這麼不經老。那也不一定，像球友Jack的老婆，看起來是愈來愈俏皮有勁。

妻又去游泳了。現在她幾乎每天都去泳池報到，皮膚上的消毒水味說明了一切。惱人的是，妻的游泳是沒有固定時間的，好像上了癮，癮頭一發，丟開手邊的東西立刻就去。像現在，他提早回家，家裡空蕩蕩，水槽裡泡著洗了一半的碗筷。他在客廳和臥房兩地徘徊，試圖弄出點聲響。收音機裡，氣象報告，華氏八十六度，晴朗無雲好天氣，

好天氣，游泳的好天氣。

他悵悵地把收音機關了，為什麼會有人願意脫衣、換衣、浸泡在消毒水中，然後又要洗澡、洗頭，忙上半天？也許妻太閒了。

剛到生活費奇高的K城時，沒有工作身分的妻，曾興致勃勃找事做。先是在餐館裡帶位，為了賺小費，又改做點餐送菜服務生，一個月不到，腰就直不起來，手也燙了好幾處。然後去做小孩看護，照顧一個五歲男孩和一個剛滿月的女嬰。那個男主人是個大學教授，女主人是個自由作家，一到度假時，常把妻也帶去照顧孩子。女嬰很黏妻，但男童卻對她有敵意。當妻用不甚溜口的英語，告訴他把含在嘴裡好久的東西吞下去時，他噗地全吐到她臉上了。妻聽說有人在教中文，也在學校附近貼了一些布告，日曬雨淋，布告上的字褪了色，新的布告蓋上去，沒有人打電話來。不想完全依賴他獎學金過日子的妻，鼓起餘勇說要去替人遛狗，工作單純，待遇比看小孩還好。但是那戶人家兩條巨犬齜牙咧嘴朝她撲過來時，妻掉頭就跑。之後，妻不再提打工的事。

找不到事做的妻，比以前沉默了，對他愈來愈言聽計從，但這次不知為何卻對游泳這麼堅持。難道她在泳池畔有什麼邂逅？聽說許多胸肌發達的白人和黑人男子，最喜歡在池畔流連。妻是否暗暗比較他和其他男人的肉體？比較胸膛的厚度、手臂的肌肉、腿部的線條，甚至，重要部位的雄姿？他對相片中的妻，惡狠狠揮舞拳頭。

她在房裡，桌上攤著一本《常用英語會話》，但是眼睛看著窗台上一個陶瓶。瓶子是深淺不一的紫色，像是有人捧在掌心中，時間久了，汗濕的地方，顏色就深了。她這樣以為，因為她曾經捧著它，一個人發了好久的呆，在出國以前。

突然房間裡整面牆咚的一聲響，一個淒厲的女聲碎玻璃般割開沉悶的空氣，一陣激動的叫罵聲，然後一聲撞牆咚，又一聲咚，咚，咚，她跳起來，覺得整面牆好像就要被撞倒了。現在是男人的喝斥聲，伴著女人的呻吟哀號。

這已經是這個月來的第三次了。她想到時常聽到的，女人絮絮的傾訴聲音。有這樣熱切的傾訴，怎麼會有這樣粗暴的結果？

突然間，身後探過來一隻巨掌，緊緊攫住她的一隻乳房。

「不要。」她哀求。

他嘿嘿笑著，覺得是星期日下午的一個遊戲。他已經發現，床上遊戲是打斷妻白日夢最好的方法，讓她回到現實世界來。

淘米水養的仙客來上，開始有小蟲飛來飛去。她揮揮手，小蟲飛開去，但不一會兒又再回來，停在心形的葉子上。

當他厭惡她身上的消毒水味時，她聞到他的口臭。

就像清理他放兩天沒拿出來洗的便當，撲鼻一股食物腐敗的味道。記得婚前的他沒有口臭，所以愛潔的她能接受親吻時口水的交換，或戀愛時的耳鬢廝磨。她最喜歡他兩手把她環抱，靜靜地，靜靜地不說話也不動作。可是，自從被允許更進一步的親密之後，他再也不能滿足於這樣無慾的擁抱，他的手總是毛躁地上下探索，在女人特有的部位停留。

像現在，他書看到一個段落，又到她身後來，兩手往她胸乳上放，擠壓著，在躲閃時，聞到那令人不悅的口臭。晚上的烤雞已經以一種奇特快速的方式，在他的齒縫間發酵腐敗了，一絲絲惡臭，在嘶嘶的呼氣中滲出，而他絲毫不察。

婚前的他，不但沒有口臭，而且有著一股年輕男子青草似的野味，跟他在一起時，覺得兩腳著地很踏實。跟另外一個人水一樣的難捉摸是多麼不同啊。經過長久捉迷藏似的猜測與等待，她覺得應該有另一個開始。

作了這樣的決定，她從雲端回到人間，開始如尋常被追求的女人一樣，有電影、晚餐、郊遊，有鮮花、電話、卡片，有人接送上、下班。她開始習慣並放鬆。原來，這才是戀愛。清清楚楚地，沒有「也許」或「可是」。有不知內情的人告訴她，那個人不告而別消失了幾天，回來時，老了許多。她只是笑笑。她不是也老了許多？她不准自己再去猜失蹤的理由，以及他不顧所主持的陶藝教室獨自去旅行的心情。

渾然不覺她退縮的他，繼續對她呵氣。

青草的清芬，怎麼會變成此時此地可憎的口臭呢？而從何時開始，讀書、吃飯和撫摸她，成為他生活的一種習慣？

她含蓄地說：「你嘴裡有種味道。」

他雙手罩住口鼻，深深做幾次吐氣和吸氣，像個小男孩做著什麼實驗。她盯著他看，有點抱歉讓他受窘。他們是夫妻，應該要同甘共苦，而她竟然受不了他口腔的異味。這似乎暗示了未來不能跟他共患難。如果他生病了，願意替他清潔屎尿嗎？

他放下手，無辜地說：「什麼味道，我沒聞到有什麼味道？」

「是鼻子壞了吧？」她忍不住說。這段時期來閉氣忍耐著，恃著游泳所練出來愈來愈強的閉氣功夫，為的是希望有一天，這臭味自己會消失。現在終於讓他去面對這個難以啟齒的問題了，而他竟然什麼也聞不到。

「妳才鼻子有問題呢。」他不在乎地說。

到底怎麼一回事。她也把手罩住口鼻，深深嗅聞自己的口氣，聞到頹敗灰冷。

這是社區健身俱樂部的泳池。夏末秋初，戶外的泳池已有了蕭瑟的味道，往常積著水的幾塊破紅地磚，乾巴巴地努力留住已經顯出疲態的陽光。牆外的一棵樹，黃葉不時被風吹過來，黑人管理員懶懶掃著落葉。池邊幾個生了鏽的涼椅，盛夏時躺滿了人，現在空置著，一隻麻雀停在扶手上，興味盎然看著水池中的她。

她攀住池邊的環勾，看到自己泡白發皺的手。已經在池裡待了兩個小時了，隨著陽光一吋吋消退，池裡本來就不太多的泳客，更加稀少了。但是她不想回家。

在家裡就像被枕頭悶住臉一樣，覺得快要窒息。而那知道只要推開枕頭就可以解脫卻不去推的宿命和惰性，似乎比悶死更令人恐懼。

今天是泳池開放的最後一天。過了今天，她能到哪裡去？

她使力一蹬，往池的另一邊游去。池邊牌子上大字寫著：「請依順序繞圈子游。」靠右行，一趟接一趟。要想通行無阻，誰也不可以任意率性，不照規矩來。即使如此，交會時也要特別收斂手腳。這些水中穿梭閃避的功夫今天都用不著了，塑膠小球串隔開的水道裡，只有她一人。

在這麼空的水道，她游得更起勁了。時快時慢，不用配合其他人的速度。她一翻身，看著灰藍的天空仰泳，多麼奢侈啊，她的前行不用考慮撞到別人，或被撞。耳朵裡灌滿了水，完全放鬆沒有閉氣的鼻子裡，也不時進水。整個人躺在水上被水輕托著，風吹來，她的嘴唇慢慢凍成紫色。

她停了下來。池裡已經沒有別人了。再十分鐘，池子就要關閉了，想游泳，得等下一個夏天。空蕩的池子，水顯得格外潔淨、誘人，映著向晚的天色，水一寸寸冷下去。她突然狂吸一口氣，用力一蹬，往池的中央奮力游去，越過一個又一個水道，感到一個個塑膠球串打過身體，她大膽地在池裡轉彎，時左時右，不再去數划水踢腿和換氣的次數。她飛快游著，迫切要把體內殘存的氣力用完。整個泳池都是她的舞台，她把分隔水道的泳池，游成沒有規格曲線的湖。

「嘿！嘿！」黑人在池邊叫她，「上來了，上來了。」

她停在池中央，拚命咳著，似乎整個氣管和肺裡都是水。她往池邊游去，四肢痠軟，幾次都險些喝水，在排水口處乾嘔了一陣，胃部痙攣著。

走進女子更衣室，裡頭只剩兩個人，一個一絲不掛，一個穿戴整齊。在她的咳嗽聲中，她們大聲交談著：Laura 又被揍了，聽說耳膜破了臉腫了兩倍大，怎麼不離開那個渾蛋呢？又沒有小孩牽絆。還愛他吧？真不可思議……

真不可思議。

現在呢？沒去上班，聽說把自己關在家裡，電視整天開著，一個肥皂劇接一個肥皂劇，打電話去也不接。昨天過去看看，敲門沒人應，如果不是聽到有電視機的聲音，我都要報警了。還跟那個渾蛋睡在同一張床上？她能去哪裡？你也不要介入太多，那個渾蛋會找你麻煩的。怕什麼，好歹我是他姊姊。如果我是她，早就離開了。當初不該介紹他們兩個認識。你弟弟看起來實在不像這種人……

兩個女人相偕離去了，地上留下一團團擦拭過的手紙。

在空無一人的更衣室，她輕輕撫愛著自己的乳房，觸手滑膩，好像碰觸到即將消逝的青春。

今晨在夢裡，她跟他站在淹到胸口的湖水中，岸邊白色的野薑花，放肆地吐著濃香。兩人相隔有一步之遙，但這似乎是個恆定的距離，她沒有那個力氣去向前，卻也不願退後。

看著他的臉，她開始小便。一股熱流從兩股間流出，很快與微涼的湖水相融。她亢奮起來，覺得這是她所能做到的極限。

坐在更衣室的長凳上，想到夢中這個奇怪的片段，她覺得兩腿間開始濕潤起來。

如果時光能倒流，她會如何呢？

最後一次到他的陶藝教室去，兩個人都維持著若無其事的樣子。下了課，他建議去附近的湖邊走走。他們曾經好幾次散步到這個湖邊，但每次都是以老師和學生的身分。最後一次，也不能例外吧。她幾次偷眼打量他，他眺望湖景的神情，看不出有任何異樣，而她也一直保持著微笑。雖然心中不住提醒自己，這是最後一次跟他站在這裡了，心中卻異常平靜，好像兩個人在比賽，誰沉得住氣。

暑熱漸消，從樹梢吹來一陣微風，直吹到腳邊的草叢去。就在夕陽的金暉開始照到湖面上，他突然以一種只有在創造出新的捏塑法時才有的熱切口吻說，嘿，下去游泳吧？怎麼樣，在碧綠的湖水中游泳，一定很過癮。

她困惑地盯著他，他的眼睛閃著光，眉梢有一滴汗，就快要墜下。這個邀請代表了什麼？幾秒鐘，但像有幾世紀那麼長，她聽到自己笑著拒絕，喔，不要。

他掉轉眼光，看著湖的另一邊，而在那一瞬間，她知道，一切都結束了。

出門時，距離比賽報到的時間只剩下十五分鐘。如果一路順利，可能只會遲到五分鐘。但是一開始就連停了三個紅燈才上了高速公路。他吸口氣急打左轉燈，插入最左邊的快車道，正想狂踩油門，卻發現前面車隊紛紛亮起煞車紅燈。

感覺到他的煩躁，她扭開收音機，沙沙流出的是個熟爛的流行歌，聽我，聽我，寶貝，哦。

「關掉。」

她換個電台，是個 call-in 節目，主持人跟打電話到電台的人很親切地說著什麼，嘩嘩地笑。她把音量調大。

一隻手探過來，把收音機關了。現在，車子的時速才三十哩，一定會遲到。

中間車道似乎反而更暢通，咻咻連著幾輛車過去了，他跟著換道，引來後面車猛按喇叭。

「小心。」

「我知道。」

她看出窗外去，兩旁的綠樹，蔭蔭綠了一個夏天，有點疲了，開始要換顏色前，有種尷尬的無精打采。是在美國的第三個夏天過去了。她的英文聽力還是不行，還是不敢開車，而他的不耐煩還是這麼理直氣壯。

生活還是這樣。繞著他打轉，分割成他吃早飯、他出門到研究室去、他回家、他吃晚飯、他看電視、洗澡和睡覺。她在旁等著、看著、招呼著。沒想到會過起這樣的生活，成了一種規律，顛撲不破。

作為一個丈夫，他並無不可饒恕的大惡，很多共同的朋友都覺得他是很有責任感、循規蹈矩的標準先生。她所隱隱感覺的不安，是查無證據，難以告解的。

她忍不住說：「你知道嗎，我常聽到隔壁的講話聲，原來是電視的聲音。今天經過隔壁時，特別注意了一下。」

現在車子完全停下來了，他盯著前方，不想搭腔。如果不是她又跑去游泳，現在他早就跟 Jack 在練球暖身了。今天是K城所有大學的球社友誼賽，他一個人就參加了男子單打、雙打，Jack 的太太 Judy 還約了他如果還有力氣就陪她打混雙。遲到太久失去比賽資格，這幾個星期來的苦練就完全白費了，最教他憤恨的是，這麼重要的球賽，竟然因為她的游泳給耽誤了。

右方的車跟他閃燈示意要換到他的線道來，他重踩油門，叭地表示不同意。游什麼泳呢，打球不好嗎？人家 Judy 和 Jack 夫唱婦隨多教人羨慕。以前，在她還沒開始瘋狂迷上游泳時，她總是陪著他去球場，看他打球，有時 Judy 硬把她拉下場，四個人打一場混雙。那時的妻，紅著臉笑著，應該是快樂的。

妻沉默著坐在一旁。最近她的沉默透著一股涼意，讓她整個人陌生起來。他很努力在拉近彼此的距離，可是妻似乎不肯合作。回到過去的日子不是很好嗎？

今天，她穿著一條花格子的褲裙，裙下一雙潔淨、而且愈來愈有力氣的腳。很久以前，旱鴨子的他看過妻游泳。蛙式和自由式，像生足的美人魚。水中的她，安靜撥開水前進，撥水的手，像切開一塊塊透明的洋菜凍。她細瘦有力的足在水中舞蹈、開合和踢蹬。相對地，她走路的樣子就比較拘謹了，怯怯像一隻小鹿。打起球時，才一會兒就喘氣了，球輕飄飄的，兩隻腳沉重像墜著鉛球。

球場是他的天下。從國中開始，他就在附近一個公園的球場打球，才打了幾個月，便隱然有大將之風。那時，常來打球的有個是附近高中的體育老師，據說以前還是全市羽球冠軍，覺得他是塊料，想要栽培他，可是他沒怎麼考慮就謝絕了，回去也沒跟家人提起，因為考高中比打球重要。那時覺得，這選擇很簡單。省立高中、國立大學、出國，早就計畫好的。

他知道自己在球場上的威力，殺球凌厲，控球奇準，運動衫整個被汗水濕透了，汗水從毛孔逼出來凝結在手臂上，隨著一記漂亮的反拍，落在球場上。有許多人在注意他，球友，和球友的老婆、女友。但是，妻卻從他的舞台悄悄溜掉，滑進一池冰涼的水。

「今天打不打？」

妻有點吃驚看著他。

「可以在旁邊空場地上玩玩。Judy 也在。」

妻搖搖頭。

「妳以前不是很喜歡打球嗎？」

妻很突兀地笑了一聲，短促地，說是發出一種脖子被掐住的怪聲還差不多。

到了球場，果然已經遲了。Jack 氣急敗壞跑過來，他正要解釋，妻卻先開口：「抱歉，我有事耽擱了，現在怎麼樣？」

Jack 也不好再說什麼，臉色不太好看，只說：「等一下問問看，還可不可以打？」

身後的 Judy 要笑不笑地，說：「誰都知道他疼老婆，老婆的事比什麼都重要。」說完，一雙描畫得水汪汪的眼睛盯住他。

Jack 跟太太 Judy 下場去了，他跟妻枯坐在場邊。少了他這員大將，這場球賽還有什麼戲可唱？

羽球似乎是亞洲人的運動，場內幾個好手都是黑髮黃膚。他看了一下別隊好手的身手，暗自評較了一下，覺得沒什麼特別值得小心的角色，便把眼光轉到正在發球的 Judy 身上。只見她屏氣凝神，站在發球位置，球起拍落，咻地一個對角球過網去了。球起球落，她在場裡來回跑動，東方女子中少見的豐滿胸乳，在薄薄的運動衫裡起伏著，等候對方發球時，瞇著眼半屈著腿，像在守候獵物。一個失誤，她恨恨地把拍子一揮。桃紅色的無袖短衫一會兒都汗濕了，黏在身上，內衣的輪廓明顯可見。她跑跳著，多肉的大腿從白色短褲裡探出來，矯健地在場中前撲、後退、左挪、右移，好像有用不完的精力，她那明顯比妻大上兩號的胸乳，不安分地顫動著，像急促在喘著氣……

他清清嗓子，說：「妳看 Judy，跟妳一起學的，現在也可以打了。Jack 都可以教出這種學生，妳，就是不肯學。」

他預期妻會生氣的，但妻卻不。她平靜地說：「Judy 也游泳的，我今天碰到她。」

「真的？」

「嗯，」妻不在意地說，「在更衣室裡。」

他不敢搭腔。照妻往常的敘述習慣，接下來她就要仔細講所見所聞。妻卻沉默了，他感到妻的眼光在他故作冷然的臉上逡巡。

球場的廝殺聲如潮水般退下去了，妻的聲音浮了出來。當時女子更衣室沒有別人，Judy 走進來，還沒進淋浴間，就迫不及待把上衣脫了。她穿著一件黑色鏤花的胸罩，擠出一大片白膩膩輕輕顫動的胸脯，隨時會滑溜出去一樣。她挑釁似地朝我一笑，順手解開了胸罩。

Judy 和 Jack 跟對手握了手，比賽不知何時已經結束了。

「誰贏？」妻問。

他答不出來。她明知他會答不出來。他不敢轉頭看妻，感到長久以來第一次，妻取得了發球權。

球賽回來後，他跟妻之間有一種微妙的拉鋸。也許並不是從現在才開始，但是至少他此刻可以清楚感覺到。並不是像 Judy 和 Jack 之間偶爾會有的那種冷戰，而是……他把手上的報紙丟開，看著空洞的客廳，妻一直在迴避他。也許她已經迴避他很久了，可是現在她似乎不再怕他知道了。

從虛掩的臥室裡，傳來一些聲響。是衣櫥被拉開來的聲音，好像還有皮箱的拉鍊聲……

他大步走進臥室，不敢相信眼前的景象。妻竟然全身赤裸站在房中央！妻，保守的妻，只在浴室或床上才一絲不掛的妻。更教他驚訝的是，他的闖入竟然沒有打斷妻正在做的事。

妻在照鏡子。她很自然地跟鏡裡的影像相看，眼光不曾特別停留在哪個部位，又像把每部位都細細看遍。她專注的神情，像在跟誰交談，談著很私密的話題。

看到妻的裸體，他習慣性地往前跨了一步，一些熟極而流的動作就要做出，但不知為何卻不能再向前。怎麼一回事。是整個房間那種說不出的詭異氣氛吧，眼前屬於他的這副裸體，竟然透著一股難言的陌生感，而他也彷彿失去占有它的權力。

為什麼妻獨自在看著自己的裸體？這個問題盤據他的心，使他竟無法做他想做的。察覺到自己的軟弱，他深吸一口氣，再舉步向前。這時妻的眼光從鏡裡移開了，就像他根本不存在似地，緩緩穿上衣服，走了出去。

一直到晚上，妻也沒有回來。

他懊惱為何那時沒有喝住她，問她上哪兒去？星期天獨自出門，是從沒有過的事。事實上妻走後有不知多長的一段時間，他坐在床上，腦裡一片混亂。天色暗了，連午飯也沒有吃的他，覺得力氣開始從他強健的身體裡消散了，但他不確定只是因為飢餓。當天整個暗下來後，他突然想到妻的去處。

他跳了起來，三步併兩步，衝下五層樓梯，跑過這條小路，那條大道，穿過街口的水果攤和披薩店，撞倒咖啡店涼棚下的椅子，他一直往前跑，闖了幾個紅燈，在車流間穿梭，汗水從額頭滴下來，緊握雙拳的手臂滲出豆粒般的汗珠。然後，他在社區游泳池的大門前停下來。

微弱的路燈照射下可以看見，大門深鎖，低低的圍牆的另一邊，一個黑暗的方形大窟窿。他攀到鐵門上，想看清楚，那個大窟窿裡有什麼。是什麼讓妻每日來這裡報到？什麼也沒有，連一點泛著月光的水紋也沒有，所見只是一片漆黑。

他放開手，手上沾著鐵鏽。定了定神，看到鐵門外立了一塊木牌，寫著本泳池自某月某日關閉，時間已是兩個星期前。但是這段時間裡，妻每天都來游泳的啊。他低頭苦思，怎麼樣也無法確定，妻身上是否仍帶著消毒水的味道，甚至，是否每天看到妻淡紫色的泳衣在浴室裡滴水。

他無力地靠在鐵門上。泳池在羽球賽前就關閉了。妻所描述更衣室裡的 Judy……其他的呢？過去她所說的那些更衣室的女人呢？

初秋的夜風吹在汗濕的身上，透著難耐的寒意。

他轉身要走，卻在這時分明聽見，潑啦一聲水響，有人躍進池裡，在無人的黑暗泳池裡自由泅泳。

——一九九五年創作，獲第九屆聯合文學新人獎短篇小說首獎；入選爾雅《八十四年短篇小說選》、王德威主編《典律的生成：「年度小說選」三十年精編》。

舞者莎夏

朋友莎夏是個跳舞的人，在紐約下城已經住了七年。七年來，她的生活除了睡覺以外，都在跳舞。

她吃很簡單的麵包，加很多蘑菇的生菜沙拉，喝很多很多的水，通常一天要喝上三大瓶礦泉水。莎夏對食衣住行都不講究，只要求喝的水是潔淨的，絕對不喝城市裡可能已被汙染的自來水。莎夏相信，練舞時，這些水會化作汗，從身體源源流出來，是一種自我潔淨的過程。不知道是不是因為這個緣故，莎夏的汗那麼充沛，大家對她最深刻的印象就是，她坐過的木板地上總是亮晶晶的一片水漬。

說都在跳舞，是不可能的，有一次莎夏有點洩氣地說。她正發愁下個月沒有工可打，沒有工就沒有麵包、沙拉和水，當然也就沒有舞蹈，前面三者是為了維持她可以繼續跳舞。莎夏似乎從來不需要娛樂，她活得像個苦行僧，修行舞蹈。

莎夏已經二十九歲了，作為一個舞者，已經不算年輕。但莎夏覺得目前的狀況很好。跳了這麼些年，現在才開始覺得有話要說，莎夏說，同時把身體張得很開深深往後仰。瘦小的莎夏有看起來過長不成比例的手和腳。也許是她運用它們的方式給人的錯覺。

我的身體就是一切呢，莎夏帶點感嘆地說，得用它來表達，就像你們爬格子的人不斷在練筆，同樣一件事，你這樣寫，那樣寫，我的身體也在說話，試不同的方式。

莎夏跳的是所謂的現代舞。她有不錯的基礎，重心抓得好，她自己說，但是紐約的舞者如過江之鯽，她缺少的是一張漂亮的履歷。幾年下來載浮載沉，在幾個流派和舞團的外圍打轉，在各種舞蹈教室裡上課，抓住每一個試鏡的機會，為的是希望能被選中參加演出，便有一陣子不需打工就能跳舞。她也跟幾個朋友一起舉行過舞展，申請了一些文藝基金會的補助，在下城一些小劇場裡跳。曾經有一次，有個大報的舞評家，出其不意出現了，寫了一個短評，裡頭提到了莎夏，一個從亞洲來的女舞者，有不可忽視的清新潛力。莎夏那天從劇場裡打電話來，聲音抖著，說有這樣一篇報導，說要慶祝，說到後來，匆匆掛了，可能是哭了。

之後莎夏跳舞的運氣並沒有好轉，莎夏好像也不是太在意，她只是要有知音，有信心撐下去，尤其現在打工的機會少了。莎夏在一個兒童舞蹈班兼課，算是她主要的收入，但是一年有三到四個月，學校放長假，舞蹈班不開課，這時莎夏就得到處找工打。她喜歡在下城的餐館裡帶位端菜送咖啡，因為那裡的顧客看來順眼，而同事有很多是打工的大學生，戲劇系和舞蹈系的，也有像她這樣，來紐約學舞，就再也捨不得離開。

莎夏談了幾次戀愛，但是這些戀史似乎總沒有她對舞蹈的鍾情那麼持久。也許我這輩子就嫁給舞蹈了，莎夏不只一次說。瘦小的莎夏，一個人沒錢又只會跳舞，朋友都替她擔心。有一天跳不動了，怎麼辦？有人問。

莎夏盤腿坐在朋友家的客廳地板上，閉著眼睛，汗水靜靜從身體每個部位滲出來，全身透著熱度和潮意。她剛剛即興跳了一段正在發展中的舞蹈片段。身體說的語言是很激烈的，收縮和伸張，有時又跌跌撞撞，重心隨心所欲地變換，是線條和力量的自由組合，看不出有什麼故事或涵意，像音樂。莎夏的舞姿很中性，開闊奔放，像山裡的松枝臨風，不是鮮花或月光，不刻意強調女性的柔婉細膩。大家都覺得這樣的風格跟莎夏是一體的。跳完舞的莎夏，整個人很飽滿，問話的人覺得自己有點冒失。

但是閉著眼睛的莎夏說話了，編舞、教舞，再不行，總可以看舞吧。停了一會，又神色自若地說，這陣子真的跳得太累了，有時候公寓的樓梯都爬不上去呢，只好假裝是在跳舞，騙自己把腿舉起來。她張開眼睛有點無辜地說，那個已經有三個月沒來了呢。

該不會是懷孕了吧？有人猜，審視她扁平有肌肉的腹部，莎夏並不是保守的女人。但是，如果舞蹈已經耗盡她每一滴汗水和力氣，占據她所有的心神，禁慾也不是不可能……莎夏哈哈大笑，彈身而起，說，我沒有禁慾，也絕不是懷孕，我就是跳得太累了。

朋友聚會再怎麼樣歡樂，夜深時總得散去。夏天大家約著去登山，冬天去滑雪，可以租個小屋，連玩好些天。莎夏總是微笑著搖頭說，不能啊，不能讓腳受一點點傷。可憐的莎夏，大家說，但她的微笑那麼溫柔，是心甘情願的。

莎夏比誰都忙，因為跳舞和打工，還要趕看一場場的舞展。紐約的舞展像四季的花，隨著季節紛紛綻放。如果她主動打電話來，通常是邀大家去看她的演出。於是一夥人約好了一起去，有時帶一束花，有時不帶，就給莎夏一個擁抱。在觀眾席裡排排坐，四處張望，抱怨空位太多了，應該有更多的人來看莎夏的舞啊，這麼辛苦才作出來的。

燈光暗下去了，一些舞者夢遊似地出現在舞台上，突然一個踉蹌，跌坐在地，四肢像受不住熱一樣扭動，音樂是一人長聲吟哦著，氣氛透著詭異，但是觀眾都不為所動。在紐約的舞台上，要做出什麼讓人驚悚的表演是很困難的。終於莎夏出來了，在舞台上看來有種奇異的巨大遙遠，薄薄的舞衫裡，血肉脈脈可見，五官神情因為太專心而透著嚴肅。她向前撲，又往後退，每次要邁足騰躍時，卻又被一股無名的力量拉住。大家都看到她在前撲時，汗水灑落在舞台上，整個舞台開始瀰漫著潮氣。她舞動著，舞步愈來愈狂野，光圈追著她，眾人擁上來了，莎夏被托高旋又被擲下，一瞬間，莎夏不見了。

結束後，大家到出口等莎夏。她出來了，臉上化了舞台妝，雙頰塗著紅暈，像個洋娃娃，顯得興奮又疲憊。大家七嘴八舌說了對舞蹈的看法，莎夏很用心地聽，有時，她試著要替自己的舞解釋，卻發現沒法用語言來描述。真是，現在已經是用身體在思考了，莎夏自嘲地說。最後，好像大家才是莎夏舞蹈的專家。作品的詮釋是屬於觀眾的，她沒法反抗這樣的金科玉律。

莎夏結婚的消息，著實讓大家吃了一驚，急忙打聽那個人是誰，原來是個還在念書的大陸留學生，學的是電影。電影大家都喜歡，於是都替莎夏高興。也許以後拍個莎夏跳舞的故事吧？雖然兩個人那麼窮，擠在一間老舊的 studio，崔夏・布朗舞展海報和紐約電影展的海報，貼在同一面牆上。喜宴也沒辦，就是大家聚在一起吃點心喝茶。

這天莎夏打電話來，問，近來好不好？

就是這樣啦，妳呢？有什麼新聞？

有，有個大新聞，莎夏的聲音抖著，聽得出來是快樂要滿出來的抖音。

啊，我知道了。

妳知道了？

妳、懷、孕、了！

電話裡一陣沉默。

莎夏？

不是懷孕，是我得獎了，我的表演得獎了呀！莎夏在電話那頭喊起來，聲音裡有令人陌生的激憤。

怎麼了？

對不起，莎夏安靜下來說，對不起。

莎夏的表演得到紐約一年一度舞壇新秀獎，這是年輕舞者夢寐以求的獎項，有了這個獎，申請進大舞團的機會就大了，進了舞團，再也不用為生活發愁了，可以專心編舞、跳舞。莎夏本來沒抱什麼希望的，但卻得獎了。

恭喜啊，真替妳高興。

謝謝。莎夏沉默了幾秒鐘，有機會再請大家來看看這支舞吧。她的聲音聽來有點不太起勁。

幾天後，莎夏的先生打電話來，很客氣但聽得出焦慮。

莎夏不高興呢，怪了，得了獎以後，反而沒像以前那麼興致勃勃，也不太談在舞蹈工作室的事。整個地說，不太想談舞蹈呢，他說。

怎麼一回事？

好像是，莎夏的先生猶豫了一下說，好像是她打了幾通電話給朋友，說有好消息，結果十個裡有九個猜她是懷孕了。

噢，可是，她結婚了，年紀也不小，猜懷孕是很自然的。

我也不清楚，女生的話題……總之，你們跟她是那麼熟的朋友，莎夏的先生喃喃說，然後，她打了電話給她媽媽。

莎夏打電話回國給媽媽，沒等媽媽猜，自已先說，不是懷孕，別往那方面想。

媽媽說，怎麼回事，這種口氣，難道是妳不想生，不想要有小孩？

媽，妳別扯這些。

什麼，這是女人最重要的事，妳不能不放在心上，要早點有計畫，年紀不小了，早點生早快活。

我、要、跳、舞、啊！莎夏的聲音裂成一截一截的。

別再說跳舞，從來沒贊成妳去那麼遠的地方，一去七、八年，什麼都沒做，就是跳舞，跳舞能當飯吃嗎？

莎夏不說話了。但是媽媽不罷休，我早就要告訴妳，女孩子，家庭重要，妳別把身體跳壞了，生不出孩子，痛苦一輩子啊。

莎夏領了一筆獎金，以為她會請大夥一起吃一頓，慶祝慶祝，但是她沒有。而且後來，莎夏不太來參加聚會了，說是太忙。她現在已經進了一個舞團。但是大家明白，莎夏心裡有疙瘩。

有一次在沒有莎夏，所以也沒有舞蹈的聚會裡，說到莎夏，都覺得她實在太小題大作了。也許，我們並不那麼了解她，大家悵悵地說著。朋友家寬敞的客廳木地板，顯得很空洞，空氣裡不知為何有股潮氣。

聚會提早結束了。大家走出來在人聲漸寂的路上，發現原來下過雨了，地上汪著水，簷邊牆角涓涓水流的聲音，浮出市囂上，一直流不斷。有人說了，這水聲怎麼聽來就像莎夏流汗的聲音呢？這個譬喻實在太荒謬了，夜色裡大家只是默默向前走，沒有人接腔。

——一九九五年創作，發表於該年十二月二十二日美國《世界日報・副刊》。

天生綠拇指

E城裡最頑強、四處雜生的天堂樹，不知為何開始枯黃、死亡。

在這個鋼筋水泥架起的灰城裡，多的是高聳入雲的玻璃大廈和盤據大地的停車場，少的是恣意伸展的大樹和溫柔彎腰的小草，它們要從建築物夾縫間探頭，比從岩縫裡長出來還難，因為除了自然的考驗，它們還要面對比自然更強悍不講理的人類。但是天堂樹向來是例外。這種樹的種子會攫住任何生機，在想不到的地方冒出來，即使是城裡敗落的地區，在傾圮、塗鴉的牆角，空廢的倉庫邊，只要有一點點雨露和一點點陽光，哪怕堆滿垃圾和丟棄的老家具，它照樣欣欣發芽，輕易竄高長大，在誰都不注意時，成為一棵近二十公尺高的大樹，神態自若展開巨大綠傘，並生橢圓形葉所構成長長的綠蒲扇隨風輕搖，像《西遊記》裡的芭蕉扇，給焦躁的路人帶來清涼。它的原名很少人知道，E城的人都叫它天堂樹，它如此之高，像可企及天堂。我覺得它來自天堂，因為它有著我心目中理想的母親形象：充沛的生命力，無盡的包容，就像天堂來的信使，給人希望。

但是經過一個特別酷寒和冗長的冬天後，城裡許多天堂樹開始樹容慘淡。它悄悄死亡，就像生長時那般靜默無聲。一般人無視於它的萎落凋零，就像他們享受它的樹蔭時一樣不經意。對我們這群「綠拇指」協會的會員而言，天堂樹的萎落，卻最教人黯然神傷，因為我們的任務就是要綠化城市，城裡許多由天而降的天堂樹，其實都是我們撒出的種籽。發現天堂樹開始在我們開闢的幾個空地花園裡萎落時，會長菲爾煩惱得要把頭髮抓下來似地拚命搔頭，眼睛不斷眨著，好像他也要生病了。

眼前這棵天堂樹，樹齡至少十年了，張著大柄羽扇懶洋洋在春風裡擺動，樹梢已經焦黃了。去年秋天，這裡還是一塊廢棄不用的空地，堆滿垃圾舊家具，野狗野貓躍上撲下，在這裡追逐和交配。菲爾有一次經過，看到皮開肉綻的舊沙發和開膛破肚的電視機之間，這棵天堂樹優雅地張開羽翼對他招手，於是他便跟都市計畫局爭取這塊空地，作為協會三十年歷史裡開闢的第一百零一個空地花園。第一次拿著大塑膠袋來這裡清理垃圾時，我很自然地以它為座標，腦裡勾畫出花園開闢成功的景象，那是以天堂樹為中心的花園。我這樣想著，便聽到風吹樹動，濃蔭深處傳來鳥鳴。

這是我加入「綠拇指」協會的第二年。剛開始我只能幫著撿垃圾，空瓶、塑膠袋，很多時候還有針筒，鬆土耙地，再把卡車運來的肥土一鏟鏟鋪上，使它變成一塊可用之地。菲爾看我做得賣力，幾次後開始教我如何選苗下種、施肥除蟲、修枝剪葉。我學到去哪裡買粒大結實的鬱金香和水仙球莖，或把一盒盒現成的花苗，輕輕撥開分株，隔著一定的距離種植成行。我還學做木工，釘花架，做堆肥箱，或圍出一畦畦園地來。腰痠背痛之後，我長出了臂肌，雙手生繭，我是那麼地投入，近乎拚命，一點也不像其他空閒時才來的義工，以至於我的房地產銷售工作成了副業，園藝卻成了正職了。

「茱迪，你怎麼每天都有空？」有一次菲爾問。

「有空不好嗎？這裡需要人手。」

「當然好，可是，像你這樣的年輕女孩，怎麼會有這麼多時間？你的工作呢？你的家庭呢？」

「真嚕囌。」我說，「第一，我不年輕了。」

「你，看來三十歲不到。」

我笑笑。菲爾跟我雖熟，還是看走眼。

「第二，我有很多事要辦，但我寧願像個傻子來這裡，把雙手沾滿泥巴、脖子曬得發紅，全身被汗濕透，滿意嗎？」

「很好。下星期六有空嗎？」他又去翻義工本子了，上頭我的名字幾乎填滿每個空格。

那麼多潦草的 Judy 擠在一個個小方格裡，四個字母寫得死重，像要畫破紙才甘心，最後一揚匕首一樣斜飛出去，一種自責自毀的姿態。

我怎麼花那麼多時間在這裡？我有更重要的地方該去，非常重要的地方。

「我沒空。」我衝口而出。

「喔，我忘了，星期六最多人看房子。」

「也許，也許你說得沒錯，我該給自己留點時間。」我心煩意亂地說，「上星期開鬧的那個空地花園，有天堂樹的那個，可不可以分一小塊給我照顧？」

「不想打游擊做義工了？沒問題，你是第九個登記的，就把天堂樹以東那塊給你。好好照顧。」

「我會的。」

我會好好照顧的，我跟自己保證，她需要我。但是……我安慰自己，有了固定的角落，我的時間會比較好安排。

那已經是去年秋天的事了。我們在臨馬路的兩邊，圍了鐵欄杆，門口掛上牌子，寫著「天堂花園」。九個園丁都同意，這個破敗的社區，需要熱鬧的花容妝點，我們的任務就是讓這裡多一點生命，多一點綠葉紅花蟲鳴鳥叫和蝶舞。四月末，我的花園裡，素白水仙和多彩的番紅花已近尾聲，現在是紫水晶和茶玫瑰的天下，這些都是母親花園裡最常見、長得最繁茂的花。當中一塊心形地帶，去年秋天鬆土淺埋的聖母百合球莖，如今已抽出勁直青莖，列生著尖尖青綠小葉，每株青莖頂端結了數個淡綠色的長花苞。不久，就該開花了吧？

我清楚記得，初見聖母百合就在母親的花園裡。

來到E城後，母親異國的花草都不愛，唯一傾心的就是聖母百合。聖母百合開放時，勁挺的六片花瓣像喇叭般向外舒捲，露出金黃色的雄蕊，它的白那麼完全，像日光灼灼，伴隨著一股沁人幽香。它沒有玫瑰的恣意、番紅花的愛嬌，卻別有一種不染塵的幽靜。這是最珍貴的百合品種，相傳能治百病，又因為宗教的原因，在歐洲很受歡迎。母親曾悠悠說起，少女時代在山裡躲了幾個月空襲，有一回跟朋友溜出去玩，天下著微雨，他們走了好遠的路，還用朋友隨身帶著的小刀，割了幾枝路旁白色的野百合，回家來找不到容器，就插在阿爸的舊雨靴裡，記憶裡那沾了雨水的百合好美啊……我感到故事還沒完，可是母親不再往下說。

母親在花園裡工作，汗從散亂的髮叢流下，面容因使力而掙紅了，臉上暗褐的老人斑更加明顯。我沉默地跟在她後頭，不看花，不幫忙，也不走開。那是我一星期一次的探望。母親專注地除去敗葉、澆水施肥，對我的沉默無動於衷。四周不知名的花草競賽似地瘋狂開著，像沒有明天，要把所有的顏色都用盡。盛開的聖母百合引來許多小蝶小蠅，來來去去轉得人發昏。不知什麼蟲飛進我領口，感覺胸口一陣癢。也許只是汗。那癢意開始蔓延，爬上頸背、手臂和小腿。我盯著手臂瞧，什麼也沒有。我開始把注意力轉到這難耐的癢，希望暫時忘掉被母親忽略的不悅。

母親向來愛花勝於愛我。她把所有僅存的愛心和耐心都給了花草，這是我從小就知道的。在老家，她不顧其他住客反對，在狹隘的公寓頂樓開闢了一個屋頂花園，她有園藝天分，受她照料的花草總是長得葉肥花紅，十分精神。母親成天待在屋頂上，不願下樓。我了解她對父親的怨恨。父親另有一個家，母親有花園，我呢？我換過一個又一個男友，像母親四季更動花園的容貌。她最不耐早枯的花枝，總是急急拔除，種上新株。戀情也有四季盛衰，我的秋冬總是來得很快。

是遺傳吧？有一次母親淡淡地說。我知道她想起父親的風流。我的濃眉大眼，不耐煩的個性，都是父親的印記。母親看著我的眼神嚴峻而遙遠，我正想說什麼時，她已背轉身去。

等他們下定決心離婚，母親已經六十開外了。她把老房子賣了，主動提出要來E城，我又喜又懼。母親的唯一要求是，要一個可以種花的地方，在E城這樣的房子是不存在的，除非到市郊，房價便宜，空地多。對隨時要應召帶客人看房子的我，搬到市郊實在太不方便了。我在越洋電話裡期期艾艾跟母親解釋，我們必須分住兩地的原因，她只是強調，花園大一點沒關係，她做得來。

每次去看她，她都在花園裡。記憶裡柔軟的手撫愛著花朵，眼光慈藹流連花間。我試著跟她談我的工作，我的朋友，她一逕淡淡地，只是在我說到一段落時，告訴我，這是某某花呀，家裡種過的，好像我問了她這個問題。

癢意布滿全身，我微微顫抖，覺得再也不能忍受。母親突然抬頭看我，良久，她吸了一口氣，說，是百合的香呀。

厭惡和逃離花園的我，現在竟然把所有時間都花在這上頭了。母親如果知道，會說什麼呢？她能想像我已經逐漸懂得她種花的祕訣？

我把一個下午清理的草屑，倒進花園角落的堆肥桶裡，上頭再覆蓋一層濕土，希望它們很快變成滋養花木的沃土。天色漸漸暗了，舉頭四望，其他的園丁都已經收拾乾淨，有的在水龍頭下洗淨手臉，有的聚到天堂樹下聊天，聽到他們相約去酒館喝一杯，今天是週末呢。

「茱迪，一起走吧？」他們禮貌邀約。我的沉默寡言，使我一向打不進他們的圈子，除了跟菲爾，因為他是我見過最讓人放鬆，忘掉自己性別或種族的人。

「謝謝，我想把這些做完。」

「你的花園實在太美了，我們被比下去了。」有人說。「她幾乎天天在這裡嘛。」又有人說。「還缺一個園丁，也許你願意接管？空一塊地好難看。」還有誰說。「對了，聽菲爾說你母親病了，現在怎麼樣？」不知道誰又說。

「她很好。」我低頭把玫瑰叢上幾片枯葉摘掉。

他們終於走了，園子裡一下子變得很安靜。暮色四合，天光似乎只照在天堂樹上，我看著它，默默念著自己的願望。天堂樹是在最苛刻的條件下長出來的，它強韌的生命力，應該可以克服所有疾病侵襲。

五月的第二個週末，聖母百合終於開了第一朵花，在日光照耀下光彩晶瑩。我很慶幸自己一早就來到花園，趕上了這最美的一刻。

昨晚菲爾打電話要我早一點來開門，說第十個園丁今天會來報到，要我特別指導，因為她完全不懂園藝。看來菲爾真的太缺人手了，竟然讓一個沒經驗的人認領花園。

「我自己都還要再訓練呢。」我跟菲爾說。

「你？你是天生的綠拇指。」

我不是。我喃喃自語，開始動手摘掉紫水晶已開盡的花朵，把養分留給新花苞。身後傳來腳步聲，我很快轉過身去，不禁一愣，是個東方女人，而且，像跟我來自同個地方。參加這個組織的東方人少得可憐，在數不清的義工活動裡，我都是唯一的黃面孔。這種充滿烏托邦理想特質的綠化活動，無關民生或政治，對社會運動素來冷感的華人，實在缺乏吸引力。

眼前的女人年齡看來比我稍大，有一雙微凸、布滿血絲無神的大眼，削木似扁瘦的四肢，左手無名指鬆鬆戴一枚如果是真的就價值不菲的鑽戒，腳上套一雙全新雪白的耐吉球鞋。身上的恤衫和短褲式樣簡單，質料卻是上好的。

「嗨，我是茱迪。」

「我是珍。」

「說中文？」

她點點頭，兩人都笑了，開始用母語交談。

「就是那裡。」我指指那塊頭癬般光禿禿的空地。

「哦。」她看著那裡，沒露出絲毫興奮。我直覺這個女人並不是真的喜歡園藝。為什麼來認領花園呢，它需要辛苦的體力勞動，會占去不少時間。在E城，有錢女人能做的消遣太多了。

珍簡單自我介紹：家庭主婦，先生在證券交易所上班，在豪華公寓裡悶得發慌，所以來種花。

我不置可否，不想知道太多。事實上如果可能的話，我想立刻回到自己的花園，在我的世界裡自言自語。可是珍完全不知從何著手，連哪裡可以買到花苗也不知道。她甚至不會開車。

我只好匆匆澆完水，帶她回到我在十條街外的公寓。她怯怯站在門口，我也沒請她進來坐。很久沒有客人了，屋裡真是一團糟。我先一口氣灌下半瓶礦泉水，再倒給她半杯，她輕輕啜一口，像一隻嬌貴的金絲雀。好容易我才在散得一地的書堆裡找到幾本園藝入門塞給她，臨出門時也終於記得把呼叫器戴上了，客戶頻頻抗議找不到我，然後開車載她到E城最大的花房，簡單介紹幾種易種的花，哪些是每年要新植的草花，哪些每年會持續開花，關於花肥和除蟲劑，關於土壤的酸鹼度和各式各樣工具……

但是她總是若有所思、心不在焉的樣子，我不禁暗暗詛咒菲爾，派了這項好差事。這時呼叫器響了，我如釋重負。「有客戶找我，買房子的。」

她堅持自己搭計程車回去，於是我把她丟在花房。

沒想到珍種起花來非常認真。她甚至比我更早來，更晚離開。她選種的都是立竿見影的草花，買現成培植好已經開放的花苗，種到土裡，立時花園就開滿深深淺淺紫色的矮牽牛和橘色的金盞菊。看得出她不常在太陽底下勞動，蒼黃的臉一會兒就被曬得通紅。穿的用的是園藝雜誌上昂貴的遮陽帽和棉褲，雙層印花的手套，精巧的小鏟、花剪和澆壺，還有一個柔軟的跪墊保護膝蓋，同款的小椅，可供休息。幾次看她出入都搭計程車，真是不計成本。

一輛銀白色賓士在花園門口停下了，這一帶哪見得到這種車？我張望了一下，下車來的是珍，還有個胖大的男人，替她從行李廂搬下一些花具。男人西裝革履，神情小心翼翼，不知是怕弄髒衣服，還是怕眼前人不高興。珍的眼光則停駐在依舊保持得很乾淨的鞋襪。

不用再看第二眼就知道，是一對怨偶。我對怨偶知道得太多。希望他們沒有小孩。

國小五年級那一年，父親整整失蹤了一年，母親陰沉的臉色，讓我放學後只想在同學家逗留。我的理由是做功課。那時我迷上這個同學如寫毛筆字般按捺頓挫的字體，一筆一畫一絲不苟，在每個筆劃轉彎的地方，刻意頓出一個削角。這樣寫功課，要花兩倍的時間。我和同學對坐在她家那張四四方方的飯桌上抄寫作業，同學的母親常會準備炒麵茶、烙餅之類的點心，在一旁笑咪咪看我們吃。

有一回，作業特別多，寫完時間已經不早，可是同學的媽媽炸了開口笑，滿屋的油香，忍不住留下來吃，吃完又喝冰蜜茶，吃飽喝足天已經完全黑了，才慌慌張張趕回家。一進門，母親端坐在沒點燈的客廳裡卡卡嗑著瓜子，看見我時，一粒瓜子正送進歪著的嘴裡，停住了，臉上兩道細眉揚起來，像兩條鞭。我怯怯叫聲媽，正想把書包放下，她突然站起來，把還沒嗑開的瓜子朝地上一吐，抄起方才坐的椅子，高舉過頭，向我擲來。我朝右一閃躲開了，母親說，你也跟你爸一樣死在外面不知道要回來？旋即進房去，把門重重關上。我在客廳裡發著抖，恨自己為何要閃避，如果被擊中了，受傷流血或甚至倒下來死了，母親便會為她的行為後悔，而我也能理直氣壯恨她一輩子。

隔天去上學時，看到客廳裡一地的瓜子殼。瓜子殼一直在那裡，我猶豫要不要把它掃掉。第三天，瓜子殼終於不見了，我鬆了一口氣。

等年紀再大一點，我了解不負責任的父親才是母親怨怒的來源。我想作為她的安慰，可是我永遠考不到前三名，演講作文繪畫比賽也沒有我的分，唯一就是跑得快，可是因為父親以前在學校也是田徑隊，當教練邀我入隊時，我一口便回絕了。就在我惶然找尋任何可以讓母親感到光彩與安慰的機會時，母親已經把注意力移到花草了。在極端自卑敏感不知如何自處的青少年時期，我像一個渾身灼傷的人，任何一點刺激都如鹽水淋身，唯一自救的方法就是不去理會母親，不管她對我的評價。但是我連這點也做不到，因為，我已經沒有父親了，再出現的父親有了另一個家，除了錢什麼都不能給，母親從此也是我的父親。

男人跟我四目交接，簡單嗨了一聲就走了，珍仍看著自己的球鞋，連頭都沒抬。我覺得自己有責任該做點什麼。

「珍？」

「嗨！」她擠出一絲笑容。

「傍晚有沒有空？跟我和菲爾去丟手榴彈。」我故意很輕鬆的說。

「什麼手榴彈？」她果然有興趣了。

「來了就知道。」

早上我照著菲爾以前教的方法，做了三十來個種籽泥團。把泥炭苔弄濕後，我加入太陽花、翠菊、大波斯菊、夜櫻草、秋麒麟，當然還有天堂樹的種籽，這些在過去「綠拇指」偷襲成功而長滿植物的空地上可以隨意蒐集到，再跟泥土捏成團。等菲爾來時，所有的泥團都變硬了，可以握在手裡不會散開。

珍果然留到這時候還沒走，她幫我把泥團裝進木箱裡，抬到菲爾的小貨車上。菲爾熟練地穿梭在大街小巷，這城裡的空地分布圖都在他腦袋裡。不一會兒，我們來到一個幾塊破板子圍起來的空地，夾在韓國人開的蔬果店和貼著大海報的電影院之間。我和珍下車來，從木板縫隙看過去，空地上生了一些雜草，還停了一部生鏽、掉了一扇門的破車。我估算了一下，大概需要七到八個種籽泥團，散開來後才能均勻覆蓋。

我帶頭取了個種籽泥團，像投球一樣使勁丟過木板牆，手榴彈遠遠飛出去，落點完美。我遞了一個給珍，指點她朝哪個方向，用多少力道。珍接過泥團時，臉上浮起薄薄紅潮，就像拿到最想要的玩具的小孩。我不禁有點意外，難道這個女人也跟我一樣熱愛充滿爆發力的下種方式？她的力氣小，丟不到空地的那一頭，所以我們分工合作，我攻遠她攻近，雖然有一、兩個失了準頭，堪稱合作愉快。

在城裡繞了一圈，手榴彈都丟完了，我們意猶未盡，一起去小店裡買了幾個三明治和啤酒，坐在路邊就著車水馬龍大嚼起來，慶祝明年城市的綠地又多了幾塊。菲爾滔滔跟珍說著綠化城市的理想，改善居住環境啦、濾淨空氣啦、增進社區和諧啦等等，珍聽得很入神。但是我直覺她來花園另有目的，就跟我一樣，只是菲爾無法了解罷了。

我們先送珍回去，她果然是住在我猜想的那一帶高級住宅區，路旁兩列銀杏搖著青綠小扇，樹下是閃閃發亮能映出我們影子的名牌轎車，各個公寓大廳都有穿制服的門房和守衛。我從來沒機會賣這一區的房子。跟老闆對分百分之六的佣金後，至少有五萬美元吧。

也許真的遺傳了母親園藝的天分，向來暴烈的我，握住細弱的花莖時，雙手竟然那麼溫柔沉穩，慣常急跳的心，也有了規律。在花園裡，生老病死，匆匆在眼前演練，每天都有許多驚奇、歡喜和惋嘆，卻不會翻天覆地，淡淡像微風拂過葉梢，窣窣一陣輕響。我觀察到花草最細微的變化，預知它們的抽芽結苞凋落和蟲害，我適時施肥和澆灌，不給它們太多以至於根爛窒息，不使它們匱乏以至於失水枯萎。我付出了多少，花草以同等回報，而且往往更多。當其他角落青黃不接七零八落時，我的花園永遠精神奕奕。我又加種了黃心橙瓣的馬纓丹，為即將到來的盛夏作準備。但是最美的還是盛開中的聖母百合。是時候了，我曾跟自己約定，當手種的百合盛開時，要剪一束送到母親的病床前，聽她說一句：是聖母百合啊！

「你應該多來看看你媽。中風後如果要恢復良好，需要親人在旁鼓勵啊。」我請來的看護陳小姐有一次終於忍不住說。

「我需要賺錢，要不然誰替她付醫藥費、看護費？」我無禮地說。我剛從母親的房間出來，她仍不理睬我。陳小姐想說什麼忍住了，一臉的不以為然。

我怎能讓陳小姐了解，躺在病床上的，只是母親的軀殼。如果要看母親，我得到花園去，母親只有在那裡才快樂，才有生氣，那裡的生命都是母親給予的，像是母親生命力的延伸。可是母親的花園已經一片蕭索。母親喜愛的聖母百合在我的花園盛開，是我生命力的延續，還是母親的？

我無法解開這些及生活上其他的問題。自從母親臥病後，一年多來我的銷售成績都不理想。最近幾個月在花園的時間更長，只作成一棟一家庭三臥磚房的小交易，幾筆經手的買賣最後都流掉了。

胡亂吃過晚飯，打電話給母親，耐著性子數鈴聲。她推著輪椅來接，至少要響上十聲。平常都是這個時間打電話去，但是她沒有一次等在電話旁。

「媽。」

「噯。」

「今天好不好？」

「就這樣嘛。」

「晚上吃什麼？」

「陳小姐做了炒飯。」

「這兩天有空時去看你。」

「嗯。」

掛了電話，我打開電視。先是一齣肥皂劇，很好笑的，笑得眼淚都流出來了，直到發現自己的笑聲在房裡迴盪是如此恐怖才停止。然後是新聞，各地都在發生各種奇怪的事，神父猥褻男童，父親強暴幼女，母親把嬰孩往牆上丟，然後是一隻掉進廢井的小貓被消防隊員救起，一個A片男主角替命根子保了百萬險，氣象報告，今夏第一場暴風雨，沿海地區謹防海水倒灌……

我一面看著電視，白天發生的事不請自來在腦裡重映……

「聽說你母親住院了？」四十幾歲已經全禿的經理下午把我叫進他的辦公室。

「出院了，現在在家休養。」住院已經是一年半以前的事了。

「我很難過。」經理雙手交握，眼珠是最冰冷的大理石顏色。「茱迪，我很關心你最近的表現，你曾是我最好的銷售員，你應該了解公司的規定，如果再沒有起色……」

我挺胸站得筆直，看著他頭皮上那塊待墾的空地。如果能種點什麼就好。

「茱迪？」

「是的，我會注意。」

經理突然露出一絲詭異的笑，禿頭閃閃發亮，我知道你在想什麼。我沒有想什麼，我否認。一切都要否認。我是保了險的，它就會長出頭髮來，你願意試試看嗎？這比賣房子簡單多了，種什麼就長什麼，你不是有綠拇指？不，我沒有……

醒來時，閃著刺目強光的電視機兀自熱鬧地響著，關掉後，眼前一片黑暗，可是四周仍有許多騷動聲。原來是狂風砰砰打窗，一陣又一陣，窗外一片漆黑，不時幾道閃電，照出窗玻璃上縱橫交錯的雨水。我把廚房半開著的窗關上了，狂風夾著冷雨吹上臉，窗台上本來擱著一個小瓦盆養了烹調加味用的荷蘭芹，已經摔到地板上四分五裂。現在我完全清醒了，開始擔心我的花園，和盛開中的聖母百合。

第二天一早，我大步趕往天堂花園，陽光比平日更和煦，好像體罰過孩子後母親歉疚的臉，除了地上尚未清理的殘枝和一些從院子颳到馬路上的垃圾桶，一點也感覺不到昨夜曾有過風雨。走到一個路口外，就看到天堂樹在煦煦朝陽中，伸著潤油油的蒲扇向我招手，我的腳步也輕快起來。

但是真的到了我的花園，我卻不禁腳一軟跌坐在地。紫水晶和茶玫瑰花容慘淡，一地殘瓣，馬纓丹也有一些交錯仆伏，但最可怖的卻是聖母百合，二十多株全數連根拔起，萎謝在地。我腦裡一片空白。難道這是上天的旨意？

最後一次見到母親在花園工作時，她正把聖母百合的球莖埋進土裡。那天，才分手的保羅來取走他的衣物，我不願跟他照面，開著車在城裡繞來繞去。不願見他倒不是因為餘情未了，而是對這樣不斷重複的分手情節感到難耐。回過神來時，我已經站在母親花園前。

母親跪在地上，腳邊竹籃裡一個個小洋蔥似的球莖，像母親心頭一個個珍藏的祕密，她彎腰依序把球莖埋進土裡，掩埋拍土時嘴裡還低低哼著什麼曲子。意外看到我，母親並沒有停下手邊的工作，她指甲裡塞滿黑泥，厚實的手心小心翼翼捧著一個球莖端詳。這是我的母親，一個全世界跟我最有關係的個體，大家都說我有她濃密的天生鬈髮和挺直的鼻梁。

她沒有問我為什麼來，但我還是說了：「我跟保羅分了。」

母親抬頭看了我一眼，又低頭去挖洞，像我小時候玩的藏寶遊戲。

「你知道我在說什麼嗎？」我喊著，「保羅，你知道他是誰嗎？」

母親有點詫異地看著我，眼裡閃過一絲困惑，像一個熟睡的人突然被搖醒。她張開口要說什麼，我很害怕，怕她會若無其事告訴我她在種什麼花。

我一腳踢翻竹籃，球莖散了一地，我發瘋似地在上頭踐踏，汁液從稀爛的球莖裡流出來，我把泥土踹得四處飛揚，眼前什麼都看不清，我只是拚命踹，使勁踹，要把母親埋下去的挖出來。母親驚惶地尖叫著，舉起手裡的鏟子朝我頭臉打來，我把她奮力一推，逃出園去，發誓再也不回到這個鬼地方。

是鄰居聽到爭吵聲，從籬笆探頭張望，看到母親直挺挺倒在地上，慌忙叫救護車，然後通知我，母親中風住院。醫生替母親作了全身檢查，發現母親的血壓高，心肌也有梗塞現象，我卻一點也不知道。

母親的情況很快穩定了，兩個星期後出院，但從此右手和右腳無力，行動不便，不得不請一個看護來替她做飯洗衣，作簡單的復健，晚上看護不在，她便早早就寢，至於花園，就只好任其荒蕪了。每次去看母親，她總是面無表情，僵直的眼珠定定看著前方，對我的言語沒什麼反應。我知道她還不肯原諒我。母親的冷漠我早該習慣，卻從來無法習慣。現在我無法再像以前那樣用冷漠來對抗冷漠，可是溫順站在她面前時，我還是壓不住時時漫上心頭的委屈。

我把所有可以陪伴她的時間，都耗在做花園義工了。我要知道她流連花園的祕密，感受她所感受到的可能挫折和歡欣。當我送上一束親手栽種的聖母百合，母親會明白我的心意。但現在……

等我平靜下來，才發覺事有蹊蹺。其他人的花園雖也毀損，可並沒有全株離土毀壞。仔細再看，倒伏的聖母百合叢邊，幾個深深的小腳印，汪著爛泥。腳印一路往珍的花園去。

已經有一個星期不曾在花園裡遇見珍。在她的花園裡，可以連月盛開的矮牽牛和金盞菊在移植後只維持了一週，之後便不再結花苞。她在沒有天堂樹蔭的地方種了喜蔭的印度鳳仙花，又對沾了水日頭一曬便開始變色、腐爛的紫羅蘭葉拚命澆水。暴風雨來臨前，她的花園是焦渴和濕爛的綜合體。很少失手的我，不能了解她的失敗。

我把所有殘花敗葉撿成堆，一捧捧送進堆肥箱裡。聖母百合仆在潮濕的土壤裡，看來一息尚存，我試著把它們再種回土裡。收拾好，我一身泥濘便驅車到珍的家。

門房以懷疑的眼光看著我，但訓練使他維持一定的禮儀。

「請等我替您通報，女士。」

珍在不在呢？肯不肯讓我進去？我並不是很有把握，但我一定得來澄清我的疑點。

門房讓我進去了。九樓D座。亮晃晃鑲玻璃的電梯迅速悄然上升，一出電梯，穿著睡袍的珍已經倚在門口，看到我，她打了個噴嚏。暴風雨夜是不宜出門的。

室內很暗，所有窗簾都拉上了。雖是公寓，卻異常寬敞，有著室內設計雜誌上般講究的配色、裝潢，我曾看過不少豪宅，眼前的這間還是讓我眼睛一亮。

「很漂亮的房子。」

「你願意替我賣嗎？」

「你要賣？」我很訝異。

她點點頭，領我到廚房的小吧檯坐下。在寸土寸金的地段，這個廚房幾乎有我的公寓那麼大。

「喝點什麼？剛煮了咖啡。」

「就咖啡吧。」

她再拿了一套同式骨瓷咖啡杯盤，擱在吧檯上輕脆匡噹一聲，倒出咖啡，一室濃香。

「真的要賣？」我再問。賣成了，可以有一段時間不用為母親的看護費發愁。但是，買主八成是白人，她可以找到更合適的仲介商，何必找我？

「要換房子？」我再問。聽說她先生是很成功的投資顧問。

她加了點奶到咖啡裡去，一把小銀匙緩緩調著。第一次這麼近距離看她的手，雙手修長白皙，大鑽戒拿下來了，一顆晶瑩的綠寶戒指襯得多了幾分貴氣，如果不是手腕上那道刺目的深紅色疤痕，真像電視上的戒指廣告。

「你有沒有小孩？」她突然問。

「沒有，也沒有先生。」我說，無所謂地。也沒有愛人，房子和車子都是租的，除了銀行裡愈來愈少的存款外，一無恆產。「每個月付租金，不如拿來付房屋貸款，十年後，房子就是你的。」這是我常對客戶說的話。但是我知道得更多，房地產不景氣，許多人賠本在賣房子。十年後換房子，跟租十年房子有什麼本質上的不同？為什麼一定要擁有？房子是可怕的負擔，不僅是維修和美化的重責大任，更可怕是它那種就此相屬、營造永恆的假象。人本是飄零的個體，難道真可以像一棵樹找到定點，就此生根？我拒絕永遠的擁有和付出，那只會徒增傷心。

她支著頭在想什麼。眉心間有許多細紋，歲月在眼角和嘴邊留下明顯的痕跡。是張缺水的臉，我想，需要多一點水，並在和風下吹一吹，舒坦一下。以她的年齡，想要孩子可能比較困難，但不是不可能。

「我很後悔。」她說。

「後悔沒生小孩？」

「後悔拔了你的花。」

「為什麼？綠拇指的人都懂得珍惜花。」

「你的花開得那麼好，即使在風雨中……而我無論種什麼都不長。」聲音很苦澀。

我的怒氣不知哪裡去了，這空蕩的房子有種熟悉的氣味。「方法不對吧？有什麼問題，也許我可以幫忙。」

「沒有用的，什麼都長不出來。」她近乎歇斯底里喃喃念著，又像突然想到什麼，再一次問我要不要替她賣房子，她正在辦離婚。

我答應替她留意買主，但有點懷疑她的誠意。她這麼說是為了讓我不好再追究她對我花園的殘害嗎？

我在綠拇指的辦公室找到菲爾，把珍破壞花園的事一五一十跟他報告。菲爾同情地拍拍我的肩膀，他知道聖母百合開花時我多麼高興。他把雙腿擱在茶几上，我也把腿擱上去，兩雙沾滿泥巴黏著草屑的破布鞋。

「也許我不應該說，但是，我指望你可以助她一臂之力。」他說，「珍是她的心理醫師推薦來的，她有嚴重的憂鬱症，園藝是治療的一部分。」

原來如此。我沉吟了一會兒，問：「你看我的百合救得活嗎？」

「種花的事你還沒體悟嗎？你不能要求太多，也不能強求，你做了分內的事，其他的就交給老天。」

想了一下，我說：「我不甘心。」

「再怎麼樣，都會長回去的。」菲爾慢條斯理地說，「花死了，永遠可以再種，死了的花有花籽，落土明年開新花……」

「這是替我母親種的，不一樣。」我衝口說。

「你母親還好吧？」

「不太好。」我把頭靠在菲爾肩上，覺得好累。

依看護陳小姐所說，母親的恢復情形並不理想，而且這次中風，加速她的老化，最明顯的是，她的記性大不如前了，不記得要做的事，或忘了做過的事，時常把一些事搞混，跟陳小姐糾纏不清。

「她忘的是以前的事，還是現在的事？」當時我急急追問。

陳小姐說她能觀察得到的，就是眼前發生的事，至於母親是否把以前的事也逐漸淡忘，她是不可能知道的。為了我很少去看母親，陳小姐對我講話常有點悻悻然。

我感到母親正以她一貫的方式在懲罰我。如果母親把有關我成長的記憶拋棄了，我的過去是不是將如斷線的風箏？除了母親和我，全世界沒有第三個人知道那些故事，而我知道的，也僅是我的版本。在成長過程中，有那麼多事情發生得令我莫名其妙不知其所以然，「母親到底在想什麼」這個問題折磨得我要發狂，能解開謎團，使故事完整的，唯有母親一人。無論我怎麼說服自己，母親的版本，永遠比我的對我更具說服力。我必須把握最後這即將流逝的珍貴時光，去了解母親的版本，也被她了解，求她寬恕，而得以寬恕她。

人能記得哪些事呢？是不是最在意的人和事才會永遠以特定的姿態和情節刻在心版？或者正好相反，有些太在意的人和事，根本不敢讓它們在心裡停駐？

北上讀大學時，很少回家。假日偶一回家，母親並不會特別下廚或帶我去採買新衣，像別人的母親。她仍然做她本來預定要做的事，通常就是去假日花市。有一次我陪她去花市，只見幾十個攤位擺出各樣花草盆栽，叫得出名的沒幾樣，而母親卻似乎都認得，一樣樣俯身細看，跟自家栽種的作比較，忘了有我在旁亦步亦趨。

我賭氣鑽進人群裡，胡亂逛了一圈，突然有個主意。我從第一家開始，看到不認識的花草便厚著臉皮問店家，默記在心，到了第二家，溫故知新，如此十幾家走下來，已能如數家珍。我不動聲色回到母親身邊，伺機表現。

「這卡多利亞蘭不錯。」我說。

「花不夠圓。」母親搖搖頭。

「茶花呢？還有那印度鳳仙？」

「家裡都有了。」母親笑。

母親指著一盆結著橘黃色奇形怪狀果子的植物問：「老闆，這是什麼？」

「是狐狸果。」我搶著回答。

「小姐說得沒錯，要不要帶一盆？」

母親有點訝然，看了我一眼。我忘不了母親那時的眼光。但是，隔天我便把強記的花名忘了大半，母親花園的花我還是叫不出名字。

菲爾體貼地攬著我，聽我胡亂訴說跟母親間的事。等我平靜下來，他陪我到天堂花園去，研究是否能把花救活。他蹲下來撫觸花葉的神情，有令人心動的溫柔，我伸出手去，他很有默契地握住了。

聖母百合沒有活過來，但是我無暇傷心。連著幾天，我忙著幫珍重整她的花園。這次選的花苗是藍色的翠蝶花和紅色的銀杯花，一株株仰著濕漉漉的臉，清新如嬰孩。花都種好了，我跟珍坐在天堂樹的樹蔭下，六月的陽光熱烈，剛勞動過的肢體鬆散濕潤，有種疲累的幸福感。珍說起她的故事。

珍學的是圖書館管理，碩士學位一拿到就嫁給名校金融系畢業、從事股票投資顧問的大衛。大衛自幼移民至美，被珍的楚楚可憐和羞怯吸引，而珍也心儀於大衛的自信和幹練，在白人社會裡能順利攀爬。婚後，珍沒有自信、更缺乏經濟動機加入就業市場，便安心做個家庭主婦，每天把屋宇理得一塵不染。一切都好，只是有時覺得心裡好像有個小洞，偶爾滲進來一點冷風。短短六、七年內，換了三次房子，房子愈換愈大，她心裡那個空洞也跟著擴大，她開始失眠，常半夜起來在屋裡走動，熟門熟路不用點燈，自己都懷疑是在夢遊。她覺得生命好像虛度了，開始強烈想要一個小孩。一個柔軟甜美的小孩應該能補那個洞。

剛結婚時，她主張先不要孩子，所有的精力都花在不斷設計和布置房子，等到想要了，孩子卻遲遲不來報到。痴痴等了一年，每個月看到褲底的血跡便頭皮發麻。有一次，晚了一個多星期，她向來很準時的，便開始喜不自勝了，卻又看到那該死的一點紅印在褲底。她癱坐在馬桶上，只覺頭沉沉，冷汗一陣陣冒上來，許久，是大衛來把她扶回房去，告訴她，他們很難有小孩，因為他精蟲數目太少，但是可以試別的方法……

你怎麼知道？什麼時候知道的？為什麼現在才告訴我？她尖聲問。準備懷孕前，大衛一直都使用保險套，現在她了解每次他撕開保險套時臉上那絲嘲諷的笑。騙子，她說。大衛只是低著頭，任她搖晃。一向安穩的世界被搖垮了，珍拚命痛罵，眼淚流進嘴裡，分不清哭的是不能懷孕，還是先生的有意欺騙。

但是讓她心灰意冷的還不僅此。原來先生早在她還不想要小孩時，就想製造意外懷孕，每個保險套都鑽了洞。如此試了兩年，全無動靜，沉不住氣去檢查，才發現用不用保險套都一樣。

之後她便食欲不振，嚴重失眠，做什麼事都提不起勁。她發現生活裡就只剩下那個無盡的黑洞，完全將她吞沒。

「現在科學這麼發達，應該有辦法吧？」我問。

「經過這樣雙重的欺騙，我還能跟他生小孩嗎？」珍苦笑，「我常想，他連這種事都可以騙我，還有什麼事不能騙？」

「不至於吧？」

「去年，我發現他外頭有人。」她平靜地說，「也許已經在一起很久了，也許不是第一次。」

外遇，離棄，仇怨，一點都不陌生的情節。我輕輕抽搐了一下，好像風吹樹動，無法控制。珍的訴說是一種發洩吧？我沒有打斷她。

自從知道先生瞞著她有關不孕的事，她便無法再跟他同床。太空曠、房間太多的公寓裡，他們各自睡覺與作息，如果願意，兩人同在屋簷下也可以不碰面。在僵持中，她並不知道自己要什麼樣的結局。如果和解，她不知道自己要如何再去相信這個她原本最信賴的人，跟他一起吃飯，購物，做愛，而不去想他曾經欺騙她這麼多年，在兩人靈肉合一的時候。如果分手，她不知如何在E城獨自過活，駕一隻破帆獨自遠航。因此他們繼續僵持著，希望什麼外力可以來打破這樣的僵局。

僵局。母親不也是困在這樣的僵局裡？她不願放手任父親自由而去，也不願重新接納委屈求全。二十年就這樣過去了，母親什麼也不曾對我提起，我們過著兩個人的生活，我是那麼習慣於沒有父親，從來沒想過，妻子是否習慣於先生的惡意缺席，而孩子是否足以填滿母親空虛的心靈。我想到母親乾瘦的背影，明顯兩塊突起的肩胛骨，硬硬頂住衣衫，沒有一絲柔和的線條。她總是把背對著我，難道她企圖遮掩愁悒的面容？

一張大床，睡覺時，試著挪到中央來，可是仍習慣轉過身去睡。感到背後好像就是懸崖，往後一傾就要墜落，一直保持著原來的姿勢不動，即使是全身痠痲。是不願承認只有自己在這床上吧？過去同床的記憶，已經深蛀到身體裡。每天都感到絕望，怕看到日出，怕看到日落，怕想到開始和結束。突然變成一個沒人愛的女人，肉體和心靈被離棄，被自己最愛最信賴的人，也被自己。不知道去哪裡求救，誰都救不了，獨自一人沉落，每天沉得更深。先生不再回家來，或是回來她不知道。有時三餐都不吃，拚命灌水，想把自己弄乾淨一點，有時一醒來就開冰箱找各種東西吃，曾把一整盒的生蘑菇，洗都沒洗全部吃掉，土泥和生汁攪動初醒的腸胃。吃吃吃，機械式的咀嚼和吞嚥，吃東西的時候，覺得自己在做點什麼，吃得再也塞不下了，肚子裡還是有股飢意。吃最多的就是瓜子。一大包，一粒粒送進嘴裡，嗑開殼，掏出白肉，嗑殼，掏肉，不能停，停不下來，像在生產線上。到後來，嘴角都裂了，兩頰痠麻，太陽穴隱隱作痛，剝殼的姆指、食指和中指脫皮，白色長毛地毯上黑黑灰灰分雜的瓜子殼……沒點燈的屋裡，母親嗑著瓜子等待，一分鐘，兩分鐘，一小時，兩小時，時光不稍待，母親的年華在等待中流損了。在空蕩的床上等待，一夜，兩夜，一年，兩年，身體熱了冷，冷了熱，幽幽翻身，再翻身，我在隔房裡睡得正熟，母親睡房的門深鎖……從四十歲起，或更早，母親的等待是無望的等待，當她放棄等待時，我卻驚問，她怎麼可以拋下我？她，怎麼可以愛自己勝過愛我？

「茱迪？」

「我在聽。」

人一直消瘦，肚子卻鼓脹著，像一隻青蛙，住在一口井裡般地深入簡出，自己的呼吸聲都有回聲，嗑起瓜子更是石破天驚。有一天到中國城的超市去補充各種零食，當然還有瓜子，一轉身，撞上一個推著車的婦人，卻是研究所同組的艾美，多年不見，在她最不想遇到故人時偏又狹路相逢。艾美看到她形容枯槁，先是一驚，眼光轉到她圓鼓鼓的肚子，卻又喜孜孜來拉她的手，恭喜她……隔天，珍在浴室裡割腕。

「誰知道那天他卻在家。」珍苦笑著說，「結果，醫生建議我來種花。」

我們坐在一張破涼椅上，是從路邊撿來的短一隻腳的破木椅。她輕我重，坐在椅上剛好保持平衡。每當一陣樹風吹來，我們便誇張地作一次深呼吸。我仰頭看天堂樹，樹梢仍枯黃，還好沒有蔓延的跡象。

珍看我的神色，突然一笑。「你還沒聽說吧？」

「唔？」

「公園局的專家查出來了，天堂樹的病因，原來不是什麼蟲菌，是去年冬天雪下得太多，市政府清道路時灑了大量的除雪鹽，天堂樹的根吸收過量的鹽分……」

「要怎麼治呢？」我趕緊問。

「詳情要問菲爾，不過，既然已經找到原因，一定會有辦法的。」珍充滿信心，我也被她感染了，兩個人不再說話，專心聽十分悅耳的鳥鳴。

珍的房子賣得很順利，三個月後產權都交割清楚，我替她在市郊物色了一個雅致的都鐸式磚房，原先的屋主把門前的花園整理得很可愛，珍沒多講價便買下了。接下來，剛拿到駕照的她要買車了，菲爾答應陪她去看車。有了這幾筆進帳，母親的醫藥復健和看護的費用，可以再維持一段時間，但終不是長久之計。

秋陽暖暖的午後，我來到母親的小屋。陳小姐看到我，對我搖搖手，示意母親在午睡。

我輕聲走進她的房間，母親斜枕著枕頭，嘴巴微微開著，睡得正熟。一條薄被蓋著瘦小的身體，兩條手臂露在外頭，雙手鬆開來，骨節凸出，青筋漫布。我驚訝地發現，母親的手跟我的手如此相像。經過了青少年的稚嫩，現在的我已是三十來歲的成熟女人，我的手記錄了歲月的痕跡，或許也加上一年多來在花園的勞動，現在它們分明是母親雙手年輕的翻版。

我走上前去，輕輕握住母親的手，母親抽動了一下，沒醒。記得小時候上街，最愛抓著母親的手，小手只夠握住她的一根指頭，我總是握得死緊，怕不小心就跟母親分散了。等她醒來，我要告訴她，我將搬過來跟她同住，照顧她和她的花園。母親一定會露出懷疑的神情，不相信我能重整她荒廢已久、雜草叢生的庭園。可是這一次我不會再輕易退卻。

坐在母親床邊，看出窗外，是枯黃枝葉隨風舞動的花園一角。現在正是種百合的季節呢，我在心裡暗暗說著，媽，我保證就在那裡，明年會開滿最美麗的聖母百合，我有信心，因為你是，我也是，天生綠拇指。

——一九九六年創作，獲第九屆中央日報文學獎短篇小說第二名。

大水之夜

坑坑洞洞柏油路，一震一震，塵土飛揚黃泥路，一震一震，紛紛塵沙迷眼……車停，眼前零落幾戶平房，後依山，前圍池塘，有幾株柳樹，女人髮絲被強力拽扯般彎向水面，柳蔭下一群道具似水鴨，神情冷漠。

下車，白高跟鞋高高低低，頃刻間汗水從臉上掛下，抬頭，日頭迷濛並不強烈，天邊一朵烏雲掩上。悶熱異常。走過池塘，每戶人家前雜種果樹香花，四五級台階上到大門。壁上爬九重葛開紫色小花的，定是她家。對門牌，果然沒錯。向來有奇特默契，上輩子是姊妹、母女，或其他。舉手正待敲門，門便開，露出一張微笑的臉。

黃臉浮腫，五官像移過位，大肚子頂著深紫碎花孕婦裝，外罩扣不上男式長袖上衣，整個人緊繃，繃緊，只有瞇眼的笑，如此熟悉。分別已三年，想擁抱她，怕嚇到她。

房子蓋在土坡，地板明顯傾斜，大門處最低，從飯廳、客廳到臥室，逐漸升高。逼側客廳放一架小電視機，一套發霉似深紅織花舊沙發，一個小茶几，沒有一瓶花、一幅畫，任何裝飾品。

記得兩人在台北的小窩，她一手安窗簾，鋪桌巾，陶瓶裡小雛菊，牆上舞蹈和戲劇海報，二手家具市場買來造型獨特鏡台和桌椅，還有昏黃溫暖吊燈一盞，溫馨素雅。

她又開腳緩緩移步，流汗。悶熱午後，卻穿戴密密嚴嚴。掩飾懷孕四肢腫大？她愛美……且有一身滑膩肌膚。有意無意間，曾碰觸她短睡衣下大腿，滑膩感仍在指間。

「每回約見面，你總是一堆理由爽約。」先抱怨。抱怨可以拉近距離，只有深厚交情才能出口埋怨。

「都是不得已的。」

「要生了？」

「再兩個星期吧？」

「他，好嗎？」到底想問什麼。

「不錯。」

他，蓄長髮，凸凸銅鈴眼，鷹勾鼻，講話語焉不詳，眉宇幾分不耐，不會體貼人。最後她仍是嫁了。

「什麼時候回來？」

「晚一點吧？有事就不回來。」

把她一個人丟在家？大腹便便。為何不知他行蹤？

再端詳，長相似不同。眉毛禿一角，額頭上小疙瘩。再看，目不轉睛，她額頭漸浮出豆大汗珠，圓月臉龐濕漉漉。要如何才能坦誠相見，跟以前一樣親密？想起那個夢。

「前幾天夢見你。」

「什麼？」

慣常交換夢的片段，熱心為對方解析。

「夢見，夢見你的腳踏車鏈子掉了，正在修理。」

「幾百年沒騎腳踏車了。」

「遠處有火山爆發，通紅一片，我急得不得了，跑來替你修，可是鏈子怎麼都裝不上去……」笑笑沒繼續。夢沒頭沒腦。

夢裡，滾熱的岩漿流下，就要把她們吞沒。景象千鈞一髮，追述卻感好笑。也許是刻意輕鬆。還記得夢醒時心頭不安。素有默契，夢中有難，定是她來求助，便打電話說今天要來，此時不便明說。翻皮包，拿出一個小紙包。

「叫你不要帶東西。」

「我沒帶小孩尿片、玩具。是給你的。」

她接過藍彩皺紋紙細裹紙包，打開，一隻精裝倩碧口紅。

「好久不用口紅，只有在台北上班時……」她喃喃說。

「是我最喜歡的石榴色。」強調，希望她能懂。

銀亮口紅管，一層層凹紋映出一串她的臉容，旋開來，石榴子柔和殷紅。石榴紅，自然迷人唇色，定能映照臉龐更加嬌豔。

「來，我替你擦。」不由分說，抹那一雙蒼白無血色薄唇。

「別鬧。」她躲開，口紅劃到左頰，一抹淡淡血痕，她用手背去拭。已拭淨，手仍緩緩擦臉，一下一下，想什麼？手拿口紅，不放棄地等待，她終於笑開，接過，對著遞上的小方鏡，把嘴唇塗紅。塗完，對鏡左右照看，「跟你是同個顏色吧？」真聰明。「喜歡嗎？」

「沒有你擦好看。南部太陽毒，看我曬的。」雖然抱怨，卻瞇眼笑得更甜。

一隻口紅聯結了過去和現在，零碎話語中，循線找回當年投契。感覺和模式似未被時間改變，指令對了，一叫就出來。像年輕女孩那樣嘻笑，渾然不覺天色突黯，直到幾道閃電夾著風雨劈下。

「下雨了。」她起身關窗。搶上前幫忙。

「把那些花拿進來。」她說。

一個指令，一個動作，向來如此。窗台上幾盆開小花的杜鵑茉莉，風雨打得花容憔悴，有幾盆綠苗，瓦盆汪水，即將溺斃。

「先靠牆放。」她小心指點，很愛惜。

她素來愛花。一個星期天早上，醒來，已不見人影，簡單漱洗，下樓吃早點。市場入口處，花攤前，她穿花格子裙趿雙拖鞋，蹲在攤前，格子裙襬垂地，交叉紅鞋帶下一雙玉足溫潤近乎透明，手拿一枝半開鮮嫩黃菊側頭端詳，晨光中，容顏亦如鮮花。再也移不開眼光。至今歷歷在目。

雨勢轉大。靠山腳的簡陋平房，房子傾斜，水泥地，低門楣，油漆斑駁。替她關上所有窗，拿白毛巾擦乾手。

「不是颱風吧？」有點擔心。

「沒聽說颱風要來。」她開燈，一根日光燈管閃動不定。

「咦？」

「壞了一星期了。」淡淡口吻。

閃了一星期。每晚，她坐在如此燈下，看電視、看書？而他摳著腳丫讀報，無動於衷？明滅燈色照得她臉色悽惶。

「有沒有燈管？我來換。」

「要爬高，太麻煩了。等他回來，叫他換。」她說，避開眼光。

門被粗魯推開，衝進一條人影，甩著水珠，詛咒，回腳把門踢闔。

「回來了？」她殷勤招呼。

他眼一瞪，她微微後退，笑得怯怯。「是何蜜，以前在台北的同事，記得吧？」

他一頭臉水，恤衫貼胸膊，剛跟人幹了一架般狼狽，瞪眼打量，毫不掩飾。

「你好。」要先發制人。

「是何蜜呵，」從牙縫逼出一句招呼，拿起椅上白毛巾，抹臉和頭髮，大步往臥室去，頭也不回丟一句，「變漂亮了。」

幾秒鐘靜默後，她揚聲說，「都濕了，換個衣服，在櫃子裡。」

他關上房門。和諧氣氛已然破碎。不該穿瓊思紐約白洋裝高跟鞋，不該描柳眉畫眼線細勾紅唇。她去廚房燒開水泡茶，再出來，口紅已擦去。就如此輕易？憑他一句話。

他出來，換一件黑色恤衫，脖上搭那條白毛巾，從餐桌邊拉椅子，反面大剌剌跨坐，短褲公然展示粗壯大腿，小腿黑毛叢生。兩條蟒臂纏上椅背，雙手指節粗大，節上有毛，頭擱臂上，猶帶水珠。

「頭髮吹吹吧，別感冒了。」她如此溫柔。

吹乾頭髮再出門，她總如此叮嚀，怕得頭風。一回兩人吵架，賭氣濕著頭髮出門，回來果然頭疼一夜。她搖頭問，下回還敢嗎？也是這般溫柔。

他卻不領情，粗聲問：「有什麼吃的？」

「啊，該弄晚飯了，」她說，「何蜜，留下來吃晚飯吧，我們還有好多話要說。」

「不要麻煩了。」有他在場，如何說話？為何不叫他換燈管？

「都是現成的，就是炒個青菜，記不記得我的絲瓜麵筋？」

怎麼不記得。她常做的家常菜，比館子裡山珍海味都對味。她曾要傾囊相授，不肯學，只要吃她做的。

「留下來吧，難得有朋友來。」他也幫腔。如果不留下，他可能會怪罪她。

廚房狹小，地上擺著鍋盆，她大腹便便在水槽前，進不去只能倚門望。他湊過來，就在身後，聞到一股男人體味。她平聲說，「你們到客廳去坐吧。」他走了，甩了幾滴水珠在裸露的頸背。沒去擦，故意忽略，水珠卻不識相，沿後頸流進衣裡。

她肚子頂著流理台，兩手辛苦往前伸，拿刀一下下削，肥大絲瓜去了頭尾，綠皮逐漸褪去，白胖皮肉上隱約青筋。拿到水龍頭下沖，撩起衣袖，一條寸長紅疤蛇樣腕上一閃，待要再看，已經不見。關水，拉下袖子，絲瓜在砧板上滾刀切塊。油在鍋裡瞬間即熱，似有水氣，啪啪濺跳，十分張狂，隨時便要燙到，她卻渾然不覺，一古腦扔進油鍋，幾聲爆裂嗤嗤，一陣白煙，油聲啞了，翻動時，絲瓜吸油，已然平靜無事。她蓋上蓋子，轉頭慘慘一笑，一顆汗珠落下。

這頓飯吃得安靜，舉箸間，只有雨聲嘩嘩，屋裡潮氣十分。三個人如坐水裡，動作因水減緩速度，只有日光燈一逕閃晃，加速計時，教人心慌意亂。蛛絲馬跡，也在心頭一閃一閃，一槓黑一槓白，為什麼，是不是，頻問。

他伸長筷子，插進絲瓜盤翻揀，不悅，「有幾塊焦了。」

「很好吃。」忙加一句，小心翼翼。

他突然站起，她手一抖，筷子落地。看他到廚房去，連忙替她撿起，猶豫不知是否到廚房拿新筷。感到莫名地戒慎戒懼。他回來，拿一瓶白色瓷瓶竹葉青，一只杯，自顧自開瓶，斟滿，喝一口，咂嘴，吐氣，「有客人來，應該喝點酒。」

雨聲助酒興。一喝酒，話匣子便開，暖暖有人性，順他話頭聊幾句，也有笑聲。她在旁卻僵著臉，或是燈光錯覺，見她臉肉抽搐，眼皮跳動。他喝了兩杯，臉泛紅，打住，推開椅子站起。她笑了，把剩菜和酒瓶快快收起。

此飯無味，絲瓜麵筋也失水準，心頭不安，只想離去。才說明辭意，他到門口張望，說前院淹水，可能淹到小腿，進門前雖有幾級台階，雨不停，勢必淹進屋來。說得嚴重，語氣卻輕鬆，事不干己。「這鳥房子，淹了就淹了，不是人住的。」仍是半開玩笑口吻，說畢打個飽隔。

「可是，我該走了。」

「怎麼走呢？水都淹起來了，走不出去的。」她說，遞杯茶，「晚上留下來吧，你可以睡寶寶的房間。」

「怎麼行，我，什麼都沒帶。」

她笑了，「用我的，沒懷寶寶前，我比你還瘦呢。」說時眼光瞟向他，看是否在聽。那個他，渾然不覺，橫在門口向外望，「雨這麼大，計程車也難招，你一出去，鐵定是落湯雞。」語氣竟似威脅。

「就是嘛，路上黑，又是爛泥巴路。」她說，「只怕你住不慣。」

這話聽來生分，再喝一杯。

「淹水沒什麼好怕，我在河邊長大，下了水魚一條，就不知道你怎麼樣。」他炫耀本事。不想理，她卻微笑接腔，「她是旱鴨子一個。」

體育課考游泳，老師開恩，教從水中走過。只要你不怕水，就讓你通過。

「如果不嫌棄，就住一晚。」最後他說，無可商量。

來前，提議住市區旅舍，她說家裡簡陋，未力邀留宿。還是要過夜，天意。洗過臉，留在寶寶房間，小房間無窗，四面牆壁一步步逼近。今宵得睡那男人的行軍床，光棍時代遺物。一張粉藍色小床靠牆放，卡通圖案被褥齊全，床頭一圈鵝黃小鴨，床上一隻紅色布馬，色調光明活潑，經過無數次抄襲。兩個星期後，她就是一個母親。已不能了解為人妻，更難想像為人母。黃樹林裡一條叉路，今後是，愈行愈分愈離愈遠……

模糊聽到客廳裡低聲交談。見到王老闆嗎？沒有，根本是騙人！噓……明天，再試試？沒用的，你別老逼我……我快生了，你總得找個工作……少嚕囌你……

不要這樣對她！熱血沸騰，就要拔腿衝到客廳，突然一片漆黑。

「一定是電線被吹斷了，真要命……」他又開始詛咒。

「何蜜，你在房裡吧？」她問。

「我在這裡。」不要擔心我，我才要擔心你……他仍在數落此地住民苟且偷生，不求改進，她一聲不吭。以前，她何等健談愛笑，敘事常帶詩意，蘭心蕙質。睡前趴在床上點一盞小燈，以為寫日記，卻是寫詩，說睡前靈感最多，因為就在夢的交界。幾次見她熟睡，燈猶亮，昏黃燈下，長髮如瀑，在床上流淌，隔天問她是否得了佳句，微笑不語。遂也開始讀詩。席慕蓉，鄭愁予，暗暗背誦。後來才知她是寫詩給他，遠在南部小鎮，猶如放逐在外，平添流浪詩情。這個男人能懂她的詩？多次約見，她總推託，是否怕聽說，早就警告過你，此人非善類？

朝客廳的方向說：「我看，我先睡了。」

「還早，九點不到，去找手電筒，家裡可能還有蠟燭。」

「這麼黑，怎麼找？」他不耐。

「不用，我累了，你們也早點休息，晚安。」語氣輕快，沒有表情輔助，特別留意聲調勿洩露心情。

帶上門，上下摸一遍，沒有門鎖。行軍床上，摸到她的絲質舊睡衣，以前同住常見她穿，胸前有蝴蝶結。嗅聞，撲鼻樟腦丸味。睡衣穿來嫌緊，蝴蝶結勉強繫上，隱約露出胸壑起伏。帶子已起毛球，是否常被搓弄把玩？

躺下始覺尿意，卸妝時剛上過，定是茶喝太多。在廁所洗臉，到處不見洗面乳，只有浴缸邊一塊肥皂，洗成瘦腰。拿起才見底下黏一根體毛，水龍頭下沖半天沖不掉，不得已，用食指摳掉。如果是她的無所謂，萬一是他……一陣噁心湧上。不想再經過客廳去上廁所，尤其穿這睡衣。

十點了吧？翻來覆去，沒電無燈，無從測量時間移動速度。

小學操場，烈日當空，升旗台上校長要大家閉眼，感覺過一分鐘後再睜眼。心中默數一、二、三……數著數著，感到暈眩，因刻意閉上，眼睛不可克制一直眨動，感到白花日照，逐漸失去方向感，數快了，還是數慢了？數到六十，睜開眼睛，有大半同學仍閉眼，他們的時間為何比自己的慢？校長聲音權威從麥克風傳來，小朋友，一分鐘到了，你感覺到時間了嗎？愈想感覺，愈捉不到時間。也許才九點半，也許已經十點半了……

應該去上廁所，尿意已漲得無法平躺，肚子圓滾滾凸出來，一袋子茶水。門外悄無人語，她和他睡了吧？如果小心摸探，也許能順利摸到廁所不發出聲響。

什麼聲音？有人走近。有人在門外，可以感覺到有人在門外，是誰？門沒有鎖……

門被推開，要翻身坐起，身體卻重沉難移，一個黑影閃進，一步步往床邊逼近。開口要叫，一團毛巾塞進嘴裡，一隻水淋淋大手探進睡衣，停在快漲破的腹部。變、漂、亮、了。冷冷的聲音說。

不要，求求你！心裡無助哀求。大手毫不留情使勁壓下。啊！沉重如鉛死壓腹部，圓大突出如球，不能呼吸，要裂開，啊啊！奮力抓住那手，推開那手，雙手軟綿綿使不出勁。大手終於鬆開，鬆開了，喘過氣，腹部漸有知覺，黑影卻跳起，握拳重重朝腹部襲來，啊！

睜開眼睛，一身冷汗。到底是幾點？翻身下床，推開門，仍是一片漆黑，小心翼翼往廁所摸去，尿意就要決堤。坐上馬桶，幾秒鐘後解放，水勢滂沱，到後來，涓涓不止。良久，坐馬桶上，撫著平坦小腹，在夢裡卻如懷胎數月。此夢又不能告訴她。太多祕密橫在兩人中間。沖了馬桶，簡單掬水洗臉，清水漱口，完全清醒。

不願再回牢獄小房間，瞎子似一步步向前，想要摸到沙發，卻一腳踩進水裡。往前再探，水淹腳背，再往前，積水更深！

「淹水了！淹水了啊！」大聲喊叫，向他們房間摸去，用力拍門。

開門是他，走出來，撞上椅子，又撞到桌角，跌跌撞撞去廚房，說要找手電筒。半天，舉著手電筒像擎聖火，大步回到客廳。有光，見大門處水淹至小腿。開門，眼前汪洋一片，隱約可見樹梢，摩托車泡在水裡，似門開向池塘，或池塘半夜長腳移至門前。要跑沒處跑。拿起電話，一片死寂。

她走出來，剛睡醒，卻顯疲憊，啞聲問：「電沒來，水呢？還有水吧？」

「有水。」

「擔心什麼？」他恨聲說，好像淹水跟她有關。「哪裡沒水？裡面，外頭，天上，地下，不全是水嗎？」

「怎麼辦？」

「能怎麼辦？以前又沒淹過。」他不耐煩，「再淹就爬窗出去……」

「去哪裡？外頭黑漆漆，什麼都看不到，又在下雨。」她說。

「那就讓它淹吧，大不了去跟閻王爺報到。」他惡狠狠，被她的反問激怒。

「天快亮了。」連忙插嘴。根本不知道何時會天亮，不忍她焦急。

「節省電池，非必要，不要打開。」他說，有了光源，像握有令箭，手一指，照出位於客廳最高處沙發所在，「先坐下來，坐沙發上，水也許就要退了。」手電筒往大門處掃去，黑夜大海一柱燈塔，「靠門處水深，不要往那裡走。」權威又得意。

三人都坐下。幫她把懷孕後慣坐藤椅搬到沙發旁，緊挨她坐，他坐沙發另一端。雖警告別人勿浪費電，卻任手電筒亮著，隨意照客廳各角落。水已淹至飯廳桌腳，汪汪泛油，黝黝像月夜水溝，他投下一束光，便如同月光。

光束突然掉頭，像一道鞭，打上她臉。臉浮腫，如在水裡浸泡多日，眼睛躲避突來強光，頭偏向一側，像求饒。刷，鞭子換個角度，往這裡抽來。不怕你的光，瞪他，想怎麼樣？他眼睛骨碌碌轉，半晌，手電筒往上，一道挺直光束照在天花板。

一定是身上這睡衣。睡了一覺，蝴蝶結鬆開了……竟然在她面前，看另一個女人的身體！可憐，她如何接受這男人？她素有潔癖，對人對事，懷持孤傲氣質，從未說過一句應酬話。現在則戒懼、討好，委屈求全。對方的回應呢？夢裡腹部那狠狠一拳，現實中是否曾發生。遮掩在長袖下手腕的刀痕，臉上新添疙瘩，缺角的眉……一定還有，有燈時沒細看，或許看不到，都在層層衣物下。黑暗中，她的舊痕新傷在眼前扯開、淌血。

雨聲滔滔不絕，下了很久，聲音竟嘶啞，說著什麼不可說的。就在這裡，在這屋簷下，這個客廳，曾發生過……

他粗壯的腿，踹在胸口，一塊碗大瘀血，倒仆在地後，再踹，便落在腦門，天地不仁，頭要從中裂為兩半，失去記憶，便忘掉爭吵的起始和結束。昏迷前最後一眼，他走開的腳步和木面裂開的桌腳。

對不起，電話裡傳來她沙啞聲音，今天不能，不能來了，臨時有點事，一定要處理，是不是改天？……是，有點感冒，人不太舒服，就下次吧？

或在這沙發，所坐這位置，她被推倒，脖子掐住，刷刷數個耳光，昏天黑地耳膜破裂，再聽不清楚他的斥罵。血跡混淚水流下，滲入織花椅墊，乾後，誰能看見。

喂，是我，真抱歉，又要爽約，今天不能上台北了，我公公生病……感冒還沒全好，所以聲音怪怪的，下次有機會一定，一定……什麼，你講大聲一點，我聽不清楚，電話雜音很多……

或在狹小廚房，到處是凶器。平底鍋和菜刀，不小心會玩出人命。血止結疤，起伏不平，緊抓周遭皮膚不放，像立戰碑。或在臥室，靜夜裡，傳出淒厲女聲尖叫，重物落地、撞牆，一面鏡子丟過去，碎成無數凶器，可以殺人，自殺。手腕割開，血滲出如水淹，無聲無息。

還好你還沒出門，我公公婆婆臨時決定來玩，剛剛來電話，沒法招待你了。還是改天去台北時，再找你。不會的，不會再黃牛……

愛他？還是怕他？為何從未提過一句。通信、打電話，總說一切都好，不要掛念。

他把手電筒惡作劇照自己臉，如犯人受審，臉被光影削成一塊一塊，兩隻眼睛凸出來。

「被叫醒時，我正在作夢。」他清清嗓，開始招供，「夢見你們兩個，穿著白袍，肩並肩站在路橋上。你們在橋上，我在橋下，我想跑上去追你們，橋又寬又長，奇怪一輛車也沒，一個人也沒，我跑著跑著，你們站在橋中央，沒看到我。我不想叫，不知道為什麼就是不想叫你們，只想跑上去，然後，你們牽著手往橋那頭走了，我怎麼都追不到，然後，嘿嘿，」他笑了，「橋就搖起來了，是個吊橋，下面是大河，水勢好猛，我……」

他住嘴，追溯夢的結局，半晌，說：「腳濕了。」

「就這樣？」她說。

「我是說現在。」他往下照，腳下泛水光，「該死，水淹這麼高！」

「何蜜。」聲音有讓人不忍的急迫，「那些花，你看看它們。」

「借一下手電筒。」

「快沒電了。」不情願。

手電筒照亮下，幾盆花可憐兮兮挨牆角，半身浸水，枝葉下垂。涉水過去，把花移上飯桌。

「什麼時候了，還顧著那些花？」他說，一把奪去手電筒。

「可以救，為什麼不救？」

「算了，何蜜。」她說，聲音平板，「算了。」

「舉手之勞……」

手電筒熄了，截斷未完的申訴。站在原處，是在哪裡？不確定。已經失去方向感。是不是該收拾重要物品？是不是該設法求救？什麼都不做，就坐在這裡，等水淹沒一切？眼前兩位主人，遲遲不行動，聽任事態惡化。

為什麼跑來這裡？此刻本該在安全光亮城裡，睡在潔淨軟床。水開始淹時，就該看出是危險徵兆，警告盡速離開。站在森森叢林，幢幢樹影，野獸眼睛在暗處窺視。站在一條溪裡，淺淺小溪，夾著泥沙……溪水愈來愈深，小腿一半浸在水裡。花一定淹沒了。竟然連幾盆花都保不住，她心愛的花……

聞到一陣酒氣。原來，他不只找到手電筒。

「別喝了，會醉的。」她聲音發抖。

「你放心，再怎麼醉，也救得了你，和你的好朋友。」他不在乎地說，似乎她愈勸，他愈要喝，以喝酒氣她。「呃，說真的，你們到底是什麼關係？」

沒人接腔。酒味愈來愈濃。

「給我手電筒，我要上廁所。」她突然打破沉寂，手電筒亮了，她吃力站起。「何蜜，一起去吧？」

一個口令，一個動作，向來如此。挽她手臂，踩在水裡，廚房鍋盆漂出來，水油油如走進洗碗槽。到廁所，她關上手電筒，扯臂，噓噓耳畔吹氣，「何蜜，對不起，害了你……」

「不要這麼說，有難同當。」拍拍她手，安撫。為一時的害怕感到慚愧。

「聽著，」她咻咻喘氣，「不能讓他再喝了，他酒量淺，會醉的。」

「你放心……」

「不，你不懂，」她手使勁，近乎凶暴，「絕不能讓他再喝，否則，否則他會，會做出瘋狂的事。」她殷殷叮嚀，無論如何騙他交出酒瓶。

出廁所前，忍不住問，「他，打你嗎？」

她愣了一下，顫聲說：「怎麼會？」

回到客廳，她照出他的位置，他以瓶就口，酒汁從嘴角流下，被燈光打擾，臉容不悅。上前，傾身，吸氣，胸乳呈美妙弧度，蜜聲說：「自己喝，多沒趣，分我一點。」

他眼光徘徊流連，不自禁遞過酒瓶。接過，剩不到三分之一。退後一步，燈光熄了。有默契。

「搞什麼？」他生疑。

「讓我喝一點，就還你。」再退，撞到茶几，重心不穩，一顛，酒瓶滑落。通！

「怎麼了，開手電筒啊，開手電筒！」他大喊。

「酒瓶掉了，不是故意的。」

「怎麼會掉？掉在哪？」他酒意已有七八分，嚷著，濃濃酒味，來自他嘴，或是混在水裡的酒？

想站遠點，腿已被兩隻大手攫住！憤怒又帶酒意，不敢想像他會如何狂暴。快躲開！奮力一推，想掙開那手，卻一個踉蹌跌進水裡，半身濕透。突然了解，已不能回頭。蹚了渾水，再也回不去。誰還能再客客氣氣維持表面和諧？是我是她還是他，在大叫、怒罵、詛咒。黑暗讓人瘋狂，人變成獸。沒有過去未來，只有現在，現在，要活下去，要攻擊。不是你死，就是我亡！

攫住腿的大手在用力曳扯，怎麼也掙不開。慌亂中，摸到水裡一個東西，是酒瓶。舉起，使出吃奶力氣，砸死你，惡漢！猛力一砸，聽得悶哼一聲，瓶破匡啷，腿上手鬆開。快退，快逃，搖搖站起，向後，不知後方有什麼，要逃往哪裡。

站住，不敢再動。四周變成死般沉寂，只有咻咻喘息。如果你不怕水，就讓你通過。但這不只是水。殺機四伏，一頭負傷的獸，不知他在哪裡。是否猜知藏身處，準備致命一擊？還是轉移方向，找她出氣？

她在哪裡？

快跑啊，快跑！在夢裡叫，不要管腳踏車了，快逃命啊！可是她執意要修好腳踏車，好像那是什麼寶貝。就快修好，快好了，她那樣說。已經感到岩漿的高熱，像小時被路邊狼犬追趕，迫近足踝時所呵出熱氣，下一秒鐘，就要一口咬上……

「啊！」是她，叫聲驚惶。

一道微弱的光亮起，發抖的她站在茶几另一端，有水正從裙裡流下，流進愈來愈高的積水裡，噗，噗，噗。

「不是還有兩個多禮拜嗎？」他出現在光圈裡，額角流血。

「我得去醫院。」她吸口氣說。

他一把將她抱起，進臥室，輕放床上。「何蜜，拿著手電筒。」他說。為了她，前一刻我們是死敵，這一刻又成戰友。

微弱光亮下，他卸下臥室窗戶，攀著窗台縱身坐上，揚聲叫喚鄰戶，「喂，喂，姚大伯，姚大媽？」一片死寂。「高先生，高先生？」沒有燈光，模糊存在的屋子像一棟棟廢宅。又叫幾聲，仍無半點動靜。難道其他人早已撤離，只有我們，茫然不知大水之將至？他站起，消失在窗外，不知哪裡去。

水來無聲，居心險惡城府深沉。眼前漸漸升起汪洋，所在是孤島，漲潮時就要滅頂。許久沒有動靜。他是落水，受傷，還是，自己逃命去？

「他會救我們出去的。」彷彿洞察猜疑，她說。

是嗎？伸出手，摸到她冰涼手指，濕潤掌心，一道凸起長疤……挪近，再挪近，張開雙臂，用力抱住。嬌小的她，如此巨大，緊頂著圓大飽滿肚腹，感受到那重量。如果砸死他，這即將報到的便成孤兒。她會感謝還是怨恨？窗外吹進一陣夾水氣的涼風。

他果真回來，並找到鄰人幫忙。水淹過床以前，大家都上了屋頂，蹲踞等待。濕透衣衫貼身，風吹微涼。手電筒燈光漸弱，終於完全熄滅，但仍看到，腳下瓦片、鄰戶屋頂上人影，水裡一盪一盪漂著家私器皿，天際微光漸分明，看到彼此的委靡倦怠。眼光相遇，有幾分尷尬。她撫著肚腹，若有所思，等待陣痛來臨。他臉面潮紅，額角傷口已止血，沒有想像的猙獰，反而有幾分靦腆。

晨風中，拉攏衣襟。大水之夜後，有多少物事待收拾，第一個想到的，還是那根閃動不停的日光燈管。

——一九九七年創作，獲第十九屆聯合報文學獎短篇小說佳作。

媽媽愛你

「媽媽愛你，」她緊抱著小童，在他耳邊輕聲說。很輕，像微風拂過，小童感到一陣癢，咯咯笑了，八個月的他聽不懂母親的告白，如果聽得懂，她不見得肯說。從不曾直接對人說愛，嫌它太露，太俗，太戲劇化。

「媽媽愛你，愛你、愛你、愛你……」她一疊聲說著，自我催眠似地陶醉在母愛的激情裡。怎麼能這樣愛一個人？她對著小童桃子似白裡透紅鼓起的臉頰狠狠親上去，像一隻章魚吸盤緊緊黏附，像最強力的吸塵器把皮肉往口腔裡吸，小童叫一聲，掙扎著要爬開。

她雙手把他箝住，臉貼在他混著奶香汗臭的脖子上。

她的母親可曾這樣親吻她，想把她吞下肚子去的那種親吻？印象中，母親連一般噓寒問暖也不曾，遑論身體上的接觸。記憶所及，母親最激烈的感情表現竟是揍人。在家裡，溫和寡言的父親是水墨似的背景，脾氣有如雷陣雨的母親才是台上的主角。姊妹四人，一人犯錯，母親的習慣是四個全打。拿竹棍把犯錯的人抽得跪地求饒後，再用剩下的力氣在其他人手上、腿上、身上抽幾下，意思意思。個性乖順的她，常常「陪打」。母親棍子高舉往身上招呼時，她不敢躲開，只是放聲慘叫，誇張皮肉的疼痛，希望母親會滿意，另尋目標。滿屋追打，喘著氣的母親散髮怒視著她們，或她。雖然舞台上是四個人被打，她老覺得母親的怒氣針對她而來，她是大姊，沒作好榜樣，沒帶好妹妹們，天知道這些妹妹一個比一個刁滑。打完，母親習慣以一句話作結：「早知這麼不受教，當初生下來時，就把妳們一個個捏死！」

捏死妳！像捏死一隻螻蟻。

她看著坐在木板地上，啃著玩具搖鈴流口水的小童，無法想像自己有一天也會對他說，早知道就把你捏死。

「媽媽把你捏死！」她學著母親尖銳的聲音說。提高聲音講話時，她有跟母親一模一樣會刮人的音質。

小童抬頭看看她，覺得很好玩，咯咯笑了。

她是老大，母親的第一個小孩，初為人母的母親，對她應會有特別的憐惜吧？至少在大妹還未來臨以前，至少，在她還像小童這麼小的時候，母親只有她一個孩子，她，只有母親。所以，母親可能曾那樣親吻過她吧？

昨天在夢裡，住家前馬路成了一條綠汪汪的河，河面跟大門的高度齊，從二樓陽台看下去，許多人在河裡戲水，一片笑聲。她手裡抱著小童站在陽台上，看著底下的快樂世界，突然一個念頭閃過，這樣的快樂，這樣的輕鬆無負擔，這樣的明亮人世，一定是夢！

她咬自己的手，覺得疼。河水流淌，陽光刺進眼睛。是夢嗎？敢不敢把小童往河裡丟？如果敢，就是。小童落下水去，會咯咯地笑，因為這一切都不是真的，她不會失去任何寶貴的東西。萬一不是夢呢?萬一她是神志不清,誤把現實當夢境,像那些當街脫衣自殘的瘋子。

一轉身,在屋裡,在童年度過的那個狹隘堆滿雜物的客廳,一張父親的書桌,姊妹輪流在上頭寫功課,桌下像是個百寶箱,塞滿了能用不能用的東西,有一次還出現一窩小老鼠。好幾次挨打時,她一頭往裡面鑽,被母親給死命拖出來。現在,母親就端坐在大桌旁的沙發上,慈藹微笑看著她。果然是夢。她感到無可言喻的自由,遂毫無顧忌大喊一聲,媽!母親還是笑。她往前一撲,撲進母親懷裡,像小童撲進她懷裡一樣。

夢在這時結束了,她滿足地醒來,感到人能作夢真是上天的恩典。

她一把抱起小童,小童尖聲大叫,震得她一陣昏眩。「乖,媽媽帶你去公園玩,盪鞦韆。」

她替孩子穿上連頭薄外套,頭套上兩只小兔子耳朵,再穿上有米老鼠圖案的涼鞋,雖然他還不能走路,只能扶著人站一會兒。

公園就在兩個街口外,她推著娃娃車慢慢沿著路邊走,過馬路前很小心地張望兩面來車。娃娃車在柏油路上顛震,小童彎著身子低頭看滾動的車輪。下午四點,公園裡人很多,許多媽媽帶著孩子在盪鞦韆、溜滑梯、堆沙丘。也有可能只是保母。從對待孩子的神情上,並不是那麼容易分辨,有時候永遠不能下班的媽媽們,看上去還更面無表情。

她到坐慣的涼椅上坐下，把孩子抱出娃娃車時發現，竟然忘了替他繫安全帶！隔壁陳家的一歲半女兒，上個月不就是從娃娃車裡跌出來，額頭撞破了，還有輕微腦震盪嗎？此時，陳太太悔恨的臉閃過眼前。如果小童在路上一顛，跌出車外……「啊，小童，媽媽怎麼會忘了呢？怎麼這麼不小心呢？」她跟懷裡的孩子說。小童沒有答案，只是搖搖晃晃站在她腿上，攀住她肩頭，一心想往後頭去。

「後面有什麼？」她也回頭看，「哦，一隻狗，好大的狗狗。」那的確是隻大狗，黑色的狼犬，張開嘴閃了一下兩排鋒利的白牙，看到小童，示威似從喉嚨發出咆哮聲，主人手裡握著的狗鏈緊了緊。

狼狗怎麼可以進公園來呢？這裡都是小孩子，會嚇到他們的。她不滿地瞪了那主人一眼，那是個腆個啤酒肚的中年男人。狼狗仍急躁踱著步，不時扯動頸上的鏈子。牠看來十分有力氣，眼神露出殘暴的攻擊性。她想到母親從衣櫃頂上取竹棍時的神情。

小童呀嗚呀嗚對著狼狗指指點點，狼狗又吠了幾聲。會不會往這裡撲過來呢？她把小童抱緊了，可是眼前出現的是狼狗騰空而起，狠狠往小童脖子咬下的畫面，小童還來不及叫，脖子便斷了，頭垂下來，鮮血直流，像被割喉放血的公雞。

「狗狗壞壞，會咬小童喲！」她警告著，把小童抱離悲劇可能發生的現場，往滑梯走去。

悲劇隨時會發生，要平安帶大一個孩子不容易。八個月。她才帶小童八個月，有時候覺得竟已經是一輩子了，彷彿她有生命起，就有小童。她想不起八個月之前是什麼樣的生活，沒有小童，沒有餵食、尿片、丟圈圈、躲貓貓和無止盡的搖哄。現在她的時間依小童的作息分割，像明暗交疊的方格，明的是陪小童，是舞台上的認真、熱鬧，暗的是她自己，舞台下的虛脫、恍惚。小童以尖銳的哭叫聲切割她的時間，一聲接一聲的拔高，就像清晨的鬧鈴，如果不立即把它按掉，會一直淒厲地響下去，直到人耳膜震裂，神志瘋狂。

滑梯有兩個，一高一矮。黃色的矮滑梯不過五呎長，她把小童放在上頭，讓他自己滑下來。小童咧開嘴，身子歪歪滑到底，兩腳插進土堆裡。她把孩子抱上滑梯，再到底端去等他，如此滑了幾趟，腰背便隱隱作痛起來。她現在是部待維修的機器，過度操作且燃料就要用盡。

每當感覺疲累時，她用童言童語去撲滅，發出高昂的聲音，努力加入一個無憂無邪的童真世界。「小童溜滑梯喔，好不好玩？啊？」她提高聲音問，但是小童看來已經厭倦了。每天都到公園來，每天都滑這個滑梯。八個月是充滿好奇，又極度沒有耐心的年齡。

「不好玩，對不對？」她把小童抱在懷裡，小童掙扎著往下滑，「小童好重，媽媽都要抱不動了，你來抱媽媽好不好？你把媽媽抱去溜滑梯，媽媽也喜歡溜呢！」這麼說著時，她突然想起自己真的很喜歡溜滑梯。那時候她上幼稚園，幼稚園裡溜滑梯要排隊，排很久，一下子就滑下來了，不過癮。有一陣子，母親常抱著大妹，牽著她的手到一個阿姨家，阿姨家有個大院子，那想必是個很精緻的庭園，也許有什麼奇花異草，但是她現在只記得四周圍著七里香，修得平平整整像綠牆，開滿白色的小花，整個院子都是香氣。院子角落裡一個滑梯，平時只有阿姨的兒子在玩，他是個粗魯的小男生，不理人，而且不用梯子，直接從滑梯一步步往上爬，把它踩得很髒，阿姨卻不會罵他。

她記得自己穿著短裙，坐在滑梯頂端笑。她向來不是個愛笑的孩子，但是只要一上滑梯頂，她就笑。可能是因為坐在最頂端、遊戲就要開始的期待吧，很肯定接下來是一滑而下的暢快。

有一次，往下滑的她和往上爬的小哥哥撞上了，兩個人放聲大哭。母親和阿姨都在哄小哥哥，她在旁愈哭愈傷心，最後是阿姨的先生來把她抱起。一個穿著白襯衫、灰色西裝褲，比爸爸高大的叔叔。他讓她騎在脖子上，扛著她在院子裡繞，她早就不疼了，只是抽抽噎噎，不肯罷休。小哥哥又在溜滑梯了，叔叔還在院子裡走來走去，她兩隻腳緊緊勾住叔叔的脖子。最後，來到了七里香叢前，叔叔身手矯捷幾個閃身，便帶著她到了樹叢的另一邊，輕輕放下她，抱在懷裡。他抱她的姿勢很奇怪，兩隻手掌交疊，讓她坐在上頭，一面跟院子裡的人說著話，一面雙手不知道在底下做著什麼。她感到奇特的麻癢，七里香薰得人發昏。

回家的路上，她一五一十告訴了母親，母親瞪著眼睛聽完，不可置信地責問：「妳怎麼不叫我呢？我就在旁邊啊！」

就是因為母親也在旁邊，才覺得沒有必要叫喊吧？如果叔叔做什麼壞事，母親怎麼會不知道呢？母親還在跟叔叔講話呢！她很後悔說出了這件事，不但惹得母親不高興，之後，她也不能去阿姨家溜滑梯了。

已經二十幾年了，早就忘了這件事，沒想到此刻卻一一想起。粗心大意的母親啊，她憤怒地想，一面朝高滑梯過去。她奮力舉起小童，放到紅色高滑梯的頂端，小童好奇地東張西望，兩手扶著滑梯把手。

「會不會滑？」她問，手抓著孩子。小童可能還太小，至少要兩歲，不，可能要三歲才能滑這種滑梯吧。但不知為何，她的手還是鬆開來。小童立刻歪歪倒倒快速下滑，她想抓住已經來不及了！

下一秒鐘，小童撲倒在滑梯底部的沙堆裡，她連忙把他抱起，還好，臉上沒什麼異樣，連嚇到的樣子也沒。她鬆了口氣，快手快腳替他拍去身上沙土，注意到身旁有一些媽媽投來責怪的眼光。

當什麼媽媽！這麼不小心……

她心虛地急步離開，轉往鞦韆處。六個鞦韆，都坐滿了小小孩，大人在後頭一下一下盡責地推著，她把孩子放進推車裡，站在不遠處等著。剛才怎麼會鬆開手呢？她原意只是讓小童在高高的滑梯頂端坐一下，讓他嘗嘗那種滋味。還好他坐得穩，如果半途從滑梯上滾落，跌到地上，怎麼得了？

她一鬆手，小童便從滑梯上倒栽蔥直直跌落，柔軟的頭殼結結實實敲在硬地上，登時頭破血流……

這是很可能發生的啊！他可能會跌得很重，跌傻了，甚至，死了……小童死了，沒有小童的她，會怎麼樣？她還能活嗎？尤其小童是因為她的大意而死。

中學的死黨宋安琪有個小弟弟，剛上小學，圓圓的眼睛，長翹的睫毛，長得很惹人愛。有一次在宋安琪家，她說很羨慕有個弟弟，宋安琪壓低聲音告訴她，原本還有個弟弟，小時候宋媽媽替他洗澡時，被熱水燙死了，如果還在，現在都國小六年級了。她聽了嚇一跳，偷偷看一眼在廚房裡俐落剁著白菜，準備包餃子的宋媽媽，心裡浮起一個念頭：她把兒子害死了，還有心情包餃子？

多少小孩因為母親的大意而死？他們從樓上跌到街心、溺死在魚池、被雞骨頭嗆得窒息、熱天鎖在車裡悶死……最可怕的是，前陣子在報上讀到，一個媽媽在停車場裡車子跟人擦撞，客座的氣袋爆漲開來，五歲女兒的頭被齊齊切斷，飛出窗外。

這些媽媽怎麼活下去？會不會發狂？還是，一段時日後，也跟宋媽媽一樣，繼續包餃子過日子？

所以，她也能活下去，如果沒有小童。

太陽斜照，集中火力烤著她的背，熱汗從背脊滑落。一摸孩子，也是一頭臉的汗。她趕緊把他的小外套脫掉。中暑了怎麼辦？她為什麼這麼不小心？提醒過自己幾百次了，為什麼還是這樣魂不守舍，粗心大意？

「放輕鬆點，不要神經兮兮的。」耳邊響起楊崗的交代。說得容易，生活裡危機四伏啊！

還盪什麼鞦韆，鞦韆也危險，要是鐵鏈斷了，要是從鞦韆上跌下來，要是……她急急掉轉車頭，往回家的方向。

快到下班時間，馬路上車更多了，她等在十字路口上，十分心焦。要是哪部車的駕駛是新手，或喝醉酒，朝她撞過來呢？在馬路邊等紅綠燈被車撞上的事，不是沒發生過。

「孩子一定會平安長大的，我們不都這樣長大了嗎？」說得簡單。楊崗會這樣說，因為他不是媽媽。

真正安全的地方，或許只有她的子宮。現在小童是獨立的，可以自己呼吸，自己進食，滿屋子爬，但又不那麼獨立，事事靠她打理，一點閃失，都是她的責任。

終於安全回到家，抱出小童，怎麼，又沒繫安全帶！她簌簌發抖。以前從未發生過，今天倒發生了兩次！她是怎麼了？虎毒不食子，但殺子的母親不是沒有……

把客廳的冷氣打開，替小童用冷水擦過手臉，換了尿片，讓他坐在高椅裡，這回記得繫安全帶。拿出電鍋裡溫的蒸蛋，一匙一匙餵他吃。照例他又是手指探進嘴裡，抹了一臉的蛋。她拿紙巾拭，小童想躲開，揮舞著小手去擋，但是怎麼躲得掉呢？如果她真的要對他做什麼，他怎麼抗拒得了呢？他唯一的武器只是他的哭聲，如果置之不理，那哭聲也就跟其他噪音一樣。

雖然不樂意，小童茫茫的眼神裡沒有憤怒，甚至沒有表情。這麼小不點兒的小人兒，一塊雞骨頭，不，只要一塊蘋果、一粒花生，就可以讓他卡住不能呼吸。先是四肢抽搐、張著嘴卻叫不出聲，如果她不及時救他，小臉就漸漸變得慘白，兩眼上翻……

她甩甩頭，想把這些恐怖的念頭趕跑，可是念頭像夾住手指的螃蟹攫住她不放。小童這麼幼小稚嫩，像一隻小狗，一隻小貓，只要一點暴力，輕易就能奪命。比方說，用力搖他晃他，造成腦部出血，初無異狀，然後嘔吐、昏迷，幾天後死了，沒有一點外傷……

她的臉色大概不對勁，本來玩著衣襟上蛋屑的小童，突然警覺什麼似地盯住她，空洞的眼神轉為專注，但也就那麼幾秒，他又再去追索那軟滑如腦漿的蛋屑。

她轉身去廚房拿根香蕉，剝了皮，分成兩截，一截塞進自己嘴裡，一截在小碗裡用湯匙壓成泥。小童吃了兩口便別過頭去，兩隻小胖腿踢來踢去。她耐著性子唱了幾首不成調、歌詞東拼西湊的兒歌，哄他吃完。下午點心，蛋白質、鐵質和維他命C都有了。吃得營養，快高長大。又餵他喝了點水，替他再次擦淨手臉。這時，小童打了個大呵欠。

「好大的呵欠，小童累了嗎？」她問。小童像楊崗，精力充沛睡得不多，只要他一露出睏倦，她便像中了獎。今天特別累，小童早上六點不到就醒了，她陪著起來，中午他睡覺時，她趕緊上廁所、吃飯、洗碗、清理浴廁，還把晚上要做的菜先拿出來洗，不時注意著他的動靜，分分秒秒像在作戰。到現在，已經整整十二個小時。

趕緊送他上床，就可以休息了，可以在沙發上打個盹，看看過期的雜誌，或是給誰打個電話。再不喘口氣，真沒有力氣做晚飯，而楊崗最重視晚餐這一頓。這樣期待著，不知從哪裡又生出了一點力氣，一點耐心。

她把小童輕輕放在地板上，隨他在桌椅間爬動，快手快腳收拾善後，然後也坐到地板上，想在他睡前好好陪他玩一會兒。「小童，來，來媽媽這裡，」她輕聲喚。但是小童拖著長長的口水，擺動著小屁股，一扭一扭爬遠了，沒有到媽媽身上來撒嬌。

她心裡浮起疲憊已極後的悵惘。小孩有時竟是那麼無情，只要你陪他玩，替他做牛做馬，卻一點也不在乎你的感受。日後，也許會在乎，但現在，他們心中其實沒有你。

如果小童不在了，她知道自己一輩子不會忘記這軟滑奶香的小東西，但如果她走了，小童根本不會記得，不記得她怎麼在深夜裡抱著他唱了幾十遍催眠曲，怎麼在看到他第一個微笑時流下歡喜的眼淚。只要有人照顧，他還是會快樂地長大。

「妳就是想太多，擔心他吃太少，又擔心他消化不良，擔心他睡不好，又擔心他運動不夠。依我看，開開心心最重要！」

是的，只要小童開心。小童有全世界最純真美好的微笑，夢一樣的。可是白天在家，小童大部分時間總是顯得百無聊賴，只有楊崗回家時，他的精力才一下子爆射出來，又笑又叫。

楊崗總是把他一把抱起，在懷裡又揉又親，讓他騎在腿上，嘴裡發出馬蹄躂躂聲，或把他舉得好高，去碰穿堂上那串風鈴。她在廚房裡，在抽油煙機的轟轟聲中，聽著父子高高低低的笑聲，以及破碎的風鈴鐺，鐺。

身為媽媽，卻抓不住孩子的心。天知道，她多麼想要這個兒子！

小童出生前後，正是秋老虎天候。冷氣全天開著，楊崗晚上睡覺要蓋太空被，她只穿件棉內衣，膨起的肚子像粒火球，全身都在發熱。她睡不著，撫著不時顫動的肚皮，猜是男是女。楊崗不讓醫生說，堅持男女都好。男孩女孩真的一樣好？她私心盼望生個兒子。她不要女兒，她自己就是女兒。如果是兒子，就踢媽媽一下，她悄悄對肚子裡的胎兒說。

她的肚皮圓，胎兒動得勤，大家都說是女兒，落地卻是兒子。她感謝上天給她這個機會，一個親子關係全新的開始。兒子將會多麼愛她！

母親到醫院看她，抱著她的兒子，端詳半天，抬頭要笑不笑說：「一舉得男喲！」她跟母親一年說不上幾回話，卻立刻聽出那語氣中的喟嘆。是自傷連連生女，一生無子的命運？面對長孫，母親的反應卻是女人間的嫉恨。

母親匆匆來去，臨走前探身在她耳邊說，「別以為生了兒子，男人就不會在外頭胡來，妳還是要注意。」說這些做什麼呢？她肚皮鬆垮，臉如黃蠟，已經老了十年。產後虛脫的她，別過頭在枕上靜靜流淚。

她帶著小童住進做月子中心。之後，辭掉工作，全心在家帶小童，要給他所有的愛，絕不重蹈母親的覆轍。

以為養子後會知父母恩，誰知卻是一再在強大的母愛裡，比較出母親的不足。想忘了母親，卻只能在自己的新角色裡不斷重溫。她不停自問，要愛誰多一點？母親，還是兒子？

「乖，媽媽搖你睡。」她抱起小童坐到搖椅上，輕拍他背，手像裝了彈簧般機械式地拍動。快睡吧，快睡，時候不早了，再不睡，媽媽就得去煮飯了，不能休息，永遠不能休息……她暗自祈禱，但是小童翻身坐起，踩在她腿上，手往她臉上、脖子亂抓。她把他的頭壓在胸前，他全身扭動一勁兒往下，氣憤地哭叫，叫聲尖銳，一聲聲一波波，像清晨淒厲的鬧鈴，像母親生氣揍人時歇斯底里的斥罵。

她頭皮一陣發麻，口中發出斥喝反擊：「叫你睡，你叫什麼叫？你再叫，你再叫叫看！」手下更加使勁，把他小臉緊壓在肚腹，好像要把他再按回肚子裡去。小童的哭聲被蒙啞了，雙手揮舞、兩腳狂踢。一隻小野獸，沒心沒肝的小野獸，在她肚皮上掙扎，跟她拚命似地亂鑽亂扭，她快喘不過氣來，嘴裡咬出血，一股鹹腥味。哪裡來的尖銳聲一下下刮著腦殼，有人在捶她腦袋，住手，住手，你為什麼打我！怎麼樣的一個亂哄哄世界啊！她不能再忍受，下死勁把小童的頭按住，不讓他起來，絕不絕不！

天旋，地轉……

突然回過神來時，四下死寂。小童像個布偶一動也不動，軟軟伏在她肚子上，揪住她前襟的雙手鬆開了，兩隻腳垂掛。

小童！

她趕緊把他抱在懷裡，只見一張濕漉漉紅通通的臉，雙眼緊閉，嘴巴微張。

小童？

傾耳去聽，還好，正一聲一聲平穩的吸氣吐氣。

她站起來，把孩子放進小床，小童撅起屁股，雙手縮在肚皮下，趴著睡熟了。她僅餘的力氣在此刻都渙散了，腳一軟跪在小床前，頭抵著欄杆，嘴裡喃喃唸著：睡吧睡吧寶貝，媽媽，愛你……

——一九九九年創作，發表於二〇〇〇年十月號《幼獅文藝》。

迴光

五點二十七分，日頭已然西斜，餘暉隔著蒙塵百葉窗，條條欄欄照進紐約綠地療養院九樓九〇七室。靠窗床位，老人穿戴整齊，歪坐床邊沙發椅，瞇眼不動，好似睏著。一隻蒼蠅飛來，停在老人發皺生斑、骨脈浮突手背，好整以暇摩拳擦掌。老人眼皮微微顫動。

年老體衰，連蒼蠅都來欺！老人感嘆。力氣都到哪裡去？哪裡水龍頭擰不緊，把青春之泉悄悄流淌淨盡？

外頭有人走動、護士講話，病房裡卻如此安靜。聲音隔在透明膜外，像開刀後麻醉未全醒，聽到聲音，都像回音，靈魂飄浮半空，不跟身體一道。室友也是八十老翁，韓裔，言語不通。更靜了。

白牆上倒熱鬧，掛著老大、老二和么兒的全家福。三個兒子四個孫女，兩個孫子三個曾孫。床邊桌上是他和老伴金婚切大蛋糕照片，老伴穿著翠綠絲絨旗袍，戴珍珠項鍊、耳環，雍容華貴。他在一旁，鐵灰色西裝，頭髮梳得油亮，精神奕奕。他那時七十，耳聰目明，無病無痛自覺精力不遜六十壯年，甫自公司退休，讀書旅遊，清福享盡。每天寫毛筆字一小時，寫得大汗淋漓，勝過外丹太極。還能跳舞。跟老伴兩人探戈、倫巴配合神妙，觀者莫不叫好，說趙董寶刀未老。從江蘇到台灣，軍旅榮退後又在私人企業再創事業高峰，郎是將材，女有玉貌，多少盛會是眾人眼光焦點。想當年。

怎料到，金婚之日跟老伴起舞翩翩，竟是最後一回，不久老伴便撒手西歸。此後諸事不順，六年前來美依親，與媳婦不睦，自恃身體強健，手頭有積蓄，租一層公寓在華人聚居的法拉盛，昔日舊友舊屬及同袍，多有寓居紐約，又如浮萍再聚，只是君子之交如水，過日子唯寫字看報。三個月前突然急劇衰弱，檢查出肝癌，醫生以年老不宜動刀，囑以化療並需日夜護理，病情穩定後，自市立醫院直接轉進綠地療養院。

院中無甲子，今日重過昨日，每晨發藥，服畢，一天即入尾聲。長臥床上如冬眠，護士小姐偶爾來，勸他下床活動，鍛鍊腿部肌肉。「趙老伯，躺一天不下床，腿部肌肉會萎縮百分之一哦，」會說普通話的華裔護士小姐半哄半勸，「起來坐著，強過躺著。」他漠然以對。

雙腿果真虛弱，上一趟廁所走走停停，氣喘吁吁。尿液黃濁，時流時滴，灑得池外點點。勉力把灰髮梳過，鬆垮棉褲換成休閒褲，桌上書報理理，即癱在沙發上動彈不了。

就這樣，坐在這裡等，能等待，是幸福。老人想。他邊等邊反覆回想，她溫柔的聲音在電話裡發急：「趙老，您怎麼不早點告訴我呢？我來看您……」

「妳，妳不用來……」

「我下班後就過來……」

她上班處離這兒只半小時車程。沒有立即通知，只因如今這副模樣。過去他常穿整套舒跑運動服，沒有一絲暮氣。他能通英語，生活無虞，獨居不成問題，至於寂寥……老人臉上閃過一絲苦澀微笑。

跟她有緣。她是老同鄉的孫女，三年前宴會上同坐一桌，見她眉眼清秀，舉手投足韻致無窮，宛如古畫中娉婷步出一位江南閨秀。這般人物此間少有！席間殷勤布菜倒茶，敬稱趙爺爺，他特囑改喚趙老。一頓飯吃得心花怒放。

再聞其聲是數月後，春節同鄉聯歡晚會，她是該會行政助理，負責發函通知，租借場地雜事。一通電話打來，請他到場義寫春聯，並親自前來接送。那天他起個大早，房子打理井井有條，幾幅得意大字，狀似不經意置於案上，茶几上放一盆多年養的君子蘭，還有一本社區圖書館借的現代小說。她果然喜好文藝，也識得此小說家，驚呼連連，訝於他看當代小說。他得意大笑。

她穿一襲淡紫洋裝，如雲秀髮高挽，淡妝下更顯膚色粉膩，芳唇柔潤。替他拿用慣之筆墨，小心扶他下樓，有她扶持，天天上下的兩層樓走了許久。她問高壽，答七十有七，連說不像不像。人常說他看來健朗，多年軍旅磨練及規律生活鑄下不老體魄。也可能只是奉承之語。她應對進退總是得體合宜。

會場上，與會者排隊求字，寫春滿乾坤，寫春回大地，案上漳州水仙香氣暗湧，綠葉紅結，報喜亦報春。他筆酣墨飽，走筆龍蛇力透紙背，或行或草，一字字元氣淋漓，觀者頻頻叫好。她不時過來招呼，補充紙墨，或捧來香茗，悄立一旁。他寫得滿頭生汗，豪氣干雲，命取來數呎紅紙不裁，由她執紙頭一端，屏氣凝神，一揮而就：不信青春喚不回，不容青史竟成灰，為近年最好作品。此幅合該贈她，一旁求字老嫗早已千謝萬謝雙手捧去。到晚會結束，始終無緣替她寫字。她送他回府，地有殘雪凍冰，她伸手相扶，他順勢隔皮手套緊握，一路不放到停車場。相約年年義寫春聯，年年春節遂不再感景傷時。

老人嘆氣。那年春節前，雨雪交逼，困守斗室多日，幾有斷糧之虞，卻是一盆老根曇花，寒天裡花苞連結，看來心驚。多年波瀾不興，難道是，臨老入花叢？以後偶有聯絡，語多歷史掌故昨日風雲，少涉今日之寂寞蕭條。問及先生孩子，她有問必答。有家有兒，不是二十芳華，卻更見成熟風韻，姿態如梅如蘭。她是晚輩執禮，問候請安，他則喜聽溫言軟語，想念秀雅容顏。何敢奢望。見報上刊載，台灣八十老翁迎娶大陸青春美眷，擲報斥之無恥。又思及印度聖雄甘地，壯年禁欲不近女色，晚年則夜夜令年輕女子裸睡其旁，謂之考驗。是何等考驗。

週末，他步下公寓，到法拉盛市區消散霉氣。四處走逛，商家搭棚行道上，羅列新鮮蔬果魚蝦，燒臘烤鴨火腿燻鴨，肉香人氣，說不盡地熱鬧繁華，如在家鄉。欣欣然到相熟店家，囑切半隻燻雞、裝一盒四季豆，一抬頭，見她自人群中急急走來，脂粉不施，臉有倦容，手提數包購物袋，想必購足全家一週肉菜。他沒叫喚，她沒看到，就此錯身而過。想她返家捲袖做主婦，清蒸西湖醋魚，紅燒無錫排骨，招呼先生孩兒熱菜熱飯，襯得他孤魂野鬼更難消受。怔忡佇立街頭，他不過是，客居他鄉一老翁。

去年聖誕晚會，她來電數次請他務必到場。他擦亮皮鞋，吹著口哨，又宛如年少。她是接待，含笑站在入場處，見他到來，特別領他到寫有名牌桌位。她穿黑色連衣裙，薄紗長袖，銀色高跟鞋，背影搖曳生姿。晚會備有自助餐點飲料，他破例要一杯葡萄美酒，有酒且喝喝，人生能幾何？

餐畢，燈光轉暗，大廳中央五彩燈球緩緩旋轉，左右鄰座紛紛下池，有摟著老伴，緩緩踩社交舞步者，也有學了國際標準舞，於池中比畫亮技者，不一而足。他首次在舞會作壁上觀，幾次有人激將：趙老舞技一等一，那麼多美女等您邀舞呢！他只是微笑。眾人以為他年高體衰，卻不知他心有所待。她也在池中，跟張三，跟李四，舞技比起老伴盛年時尚差一截。畢竟是不同時代，她能懂倫巴探戈，已屬難得。

果然她來邀舞。年齡差距，遊戲規則如此。「趙老，我有沒有這分榮幸？」她笑說，「都說您是文舞全才？」

「恭敬不如從命。」他握住伸過來的柔荑，陶陶然不知老之將至，已至。是柔媚深情他最擅長的倫巴呵！

老伴去後，他便不近舞池，但舞步深刻腦海，音樂節拍中不召即來，只是身手不似過去靈便，舉手投足分外小心，一世英明，絕不能毀於今夕。她果然聰慧，走步有致，帶轉輕盈，順著舞步往前，彷彿行將走遠，他不肯鬆手，及時一帶，又回到跟前。幾回近身聞到一股迷香，無法言喻，不知今夕何夕。

多年無夢，那日卻夢見，一面目模糊女子睡在身旁，不需掀被，也知是一絲不掛。醒來氣血翻湧，直嘆慚愧慚愧。人都說槁木死灰，怎知死灰復燃。

雖有四十餘年歲月相阻如關山重重，但也因此免她戒備。暫借青春之火照亮暮年，如此而已，如此而已。

想為她寫幅好字，只等她開口求索。等到今日，全身氣力散盡，提筆手抖，不成一字。空自蹉跎。曇花未開即紛紛凋落，罷罷罷，終是不合節令。

五點半。一道簾幕之外，隔床人電話鈴響驚天動地，只聽得那人咳嗽翻身，鈴聲聲聲逼人。躺在床上哪能及時起身接聽？既老且病，早無能為力。鈴聲既啞，聽到一聲嘆息，不知是那人還是自己。正悵惘，卻聞久違吳儂軟語：「趙老？」

他全身一顫，驚起蒼蠅飛起，暮色中見到款款而來，伊人身影。

——二〇〇〇年創作，發表於該年五月二十二日《聯合報・副刊》。

生魚

日正當中，克羅夫頓塘心映著藍天白雲，亮晃晃像面鏡子，塘邊紫色狗尾花、綠灌木和野蘆葦裡一片靜悄，整個早上在其中穿梭吱喳不休的鳥雀和野鴨，不知道哪裡去了，只有幾棵彎腰的柳樹，垂下枝子釣起一陣漣漪。

所有釣客都走了，最後一個收拾好釣具的，是頭戴遮陽帽、穿背心短褲的吉米，露出來的肉都被曬紅了，紅油油肥嘟嘟像烤熟的熱狗。他揹起兩根釣竿，費力提起一個水桶。水桶看來很沉，不時晃動，彷彿有什麼物事在裡頭撞擊，力道還真不小。吉米慢慢走出池塘的黃泥路，來到外頭馬路上，拐進了路邊一家中餐外賣店。

每個美國小鎮，都會有一間學校、一間郵局，還有一家中餐館，俗語這樣說。這是美國小鎮典型的中餐外賣店，現在店裡沒半個人影，櫃台後牆上一排彩色中菜圖片，宮保雞丁、什錦炒飯、芥藍牛肉，都是美國人常吃愛吃的美式中菜。吉米看看店裡的時鐘，十一點半，還不到忙碌的時候。

「嘿，查理！」他扯開嗓子叫，把水桶往地下一放，裡頭的物事潑灑濺出水來。一個瘦高的華人應聲出現在櫃台後，看著四十來歲，斯斯文文地，鼻梁上架著副黑框眼鏡，跟身上繫著的油圍裙不搭調。他堆著一臉的笑問候來人：「吉米，你好嗎？」

「好，就是肚子餓。」吉米是老主顧了，每週六一定來釣魚，釣完了就來買外賣。「今天給我甜酸肉和春捲。」

查理朝後頭用中文喊了幾句，廚房裡是他的太太梅。

「麥可呢？今天溜班了？」

麥可是查理的獨生子，週末都在櫃台負責接電話點菜，十五、六歲，笑起來露出兩顆虎牙，顯得稚氣，身量也小，吉米總覺得他是個小毛頭。但是他做起事來倒很麻利，收錢找錢，全用心算，不多說話，像他老爸。這些華人話都不多。

查理的笑容僵了一下，「哦，他，出去了。」

「年輕人，都是愛玩的。你有個好孩子，你知道，願意在店裡幫忙……」

平日最喜歡麥可長麥可短的查理，今天卻很快轉了話題，「今天釣到什麼？」

「對，你一定得看看！」吉米踢踢腳邊的桶子，口沫橫飛，「我在這裡釣了二十年，從來沒看過這種怪東西，恐怕有兩呎長吧，你瞧牠那股猛勁，好像要從桶子裡跳出來。你沒看到，我把牠拉上岸往地上甩，離岸好幾呎，牠扭呀扭的，差點就扭回水裡去。我說，好，你神氣，曬曬太陽，看你還神不神氣。結果，曬了一個多小時，丟回水桶去，牠還是照樣活蹦亂跳，把我水桶裡一隻鱸魚給吃了半截！你看看，這魚真怪，真醜，頭像蛇一樣，嘴巴這麼大，像要把我一口吃下去，你看！」

查理從櫃台後走出來，往水桶裡一瞧，不禁喜上眉梢，「這是生魚啊！」生魚兩個字是用中文說的。

「什麼？」吉米露出狐疑的表情。

「這是我家鄉常見的魚，養在水田和溝渠裡，」查理露出他鄉遇故知的喜悅，「這是很好的魚，非常之好，很補身體。」

「是嗎？」吉米看看查理，又看看魚，後者黑溜溜地在桶裡衝來衝去，他想到那黏不溜丟的魚身，這是好魚？中國人什麼噁心的東西都吃。

「開刀或產後，拿這魚煲湯，加點西洋菜、紅棗和杏仁，傷口很快就會復元。」查理看著桶裡生魚額上一個八字斑紋，更證明了這是貨真價實從廣東來的生魚，「怎麼在克羅夫頓塘會有生魚？」

「是啊，牠是怎麼從中國跑來的？二十年來，我沒看過……」

甜酸肉和春捲好了，熱騰騰包好了擺在桌上，梅苦笑對吉米點個頭，進去了。查理想，老婆還在發愁，卻不知踏破鐵鞋無覓處，得來全不費功夫，昨天還在煩惱兒子的傷口復元，今天就有生魚送上門。

「吉米，這條魚賣給我吧？」

「你要？」

「我知道怎麼處理。」言外之意是，你帶回去要怎麼弄？

「我本來想，這魚長得怪，可能我小孫子會有興趣養。」

「二十塊錢，賣給我，這頓午飯我請了。」查理從冰箱裡拿了罐可樂，放在吉米桌前。吉米看看魚，真醜怪的魚，再看看查理，後者臉上有種少見的熱切。他灌下一大口冰可樂，點了頭。

晚上打烊後，查理和梅圍看水桶裡的生魚，臉上泛著滿足的笑。水桶裡活力充沛的黑魚一扭一扭，兒子的刀傷也一吋一吋合攏來。

「這魚又大又肥，等麥可出院就煲它一大鍋，薑絲和火腿！」梅說。

「就是吃牠的活，不用殺，把牠摔昏了，連內臟一起，煲紅棗更好。」查理暢快地拍一下大腿，「老天有眼，要不去哪裡找生魚，最近的華埠魚市，要開上四小時車，還不見得有！」

「老天要是有眼，麥可也不會……」看到查理臉上一黯，梅忍住不講了。再埋怨有什麼用，只是徒增傷心。好好一個兒子，昨天在學校被兩個惡少圍攻，對方打不過就亮刀子，在他後背刺了一刀。當年來到這個小鎮落腳，舉目不見黑髮黃膚，就擔心兒子有一天會被這些金毛的欺負，特別週日送他去學跆拳道，想到這裡，梅說：「早知道就不讓他學功夫了，以為自己能打，不懂得跑。」

「不會功夫，人家就不欺負你嗎？那幾個金毛的，本來就看他不順眼，這不是第一次了。」查理記得麥可六年級時，有一次放學晚了一個多小時，一進門鼻青眼腫，衣服上全是泥巴，說是在克羅夫頓塘跟人單挑，被他訓了一頓，委屈地哭了。是他先找碴的！麥可不服氣地抗議。

叫你別理他們，聽到沒有？

他罵我，叫我清客……

愛怎麼叫隨他們，我們管不了，不必要為了這樣就打架，打架就是不對。

你不懂！麥可氣呼呼地，有兩天不跟他說話。

他真的不懂嗎？是兒子不懂，不懂做老子的為了維持這個店，這個家，忍受了多少。他什麼都吞下了，裝瞎裝聾，咬牙撐了好幾個月，總算讓遠近的人接受了他的中餐外賣店，也接受了他的家人。薄利多銷，四塊美金有飯有菜有湯，還送春捲和飲料，生意開始轉好，好到忙不過來，麥可下課都得在店裡幫忙，他還在想法子把老家侄子辦來美國。對街本來有間家庭式餐館，賣咖啡、三明治和炸雞，客人都跑到他店來，過了一年關門，臨走時，店主對他罵的是什麼？

「算了，」他像對妻子說，也像對自己說。

梅好像沒聽見一般，蹲在水桶前，看著魚發呆。水桶的空間不夠牠伸展，扭來扭去，顯得急躁不安。

「放到浴缸裡養吧！」他說。

愛乾淨的梅這次沒異議了，只要魚活得好，保持住活力和精力，然後把這活力和精力注入寶貝兒子的血肉裡。

早上十點不到，就聽到有人在外頭大喊。查理放下手邊正在挑揀的青菜，出來一看，是吉米。吉米一張圓臉漲得通紅，雙手比畫著像中了樂透。

「查理，那隻魚呢？」

「魚？」

「是呀，昨天那隻大魚。」

「吃掉了。」他本能地撒了個謊。

「吃掉了？」吉米瞪著他，那喜悅立刻變成愁怨了，「真的吃掉了？」

「怎麼了？」難道是後悔了，這可是銀貨兩訖的。

「怎麼了？你沒看到昨天的晚間新聞，今天的晨間新聞，還有報紙！」吉米像洩了氣的皮球，往椅子上一癱。

查理連忙送上一罐可樂，瞧他一頭一臉的汗，「發生了什麼事？」

吉米一五一十地說，昨天自然資源廳的人發布消息，有人在克羅夫頓塘釣到怪魚，送去驗明正身，發現是來自中國的生魚，據說這種外來魚非常凶悍，會吃盡池塘裡其他魚類和青蛙，最可怕的是，上了岸能呼吸，離了水可以活上三天，還能用長長的鰭走路，遷移到另一個水域去，簡直是科學怪魚。有關單位憂慮這種魚會破壞克羅夫頓池塘的生態，現在池塘四周都圍起來，不准閒人靠近。池塘邊的柳樹上，還貼了一張通緝告示，有科學怪魚的照片，底下大字寫著：你見過牠嗎？

這怪魚，這強盜，這天殺的異國侵略者。

「報上照片看來，百分之百就是我釣的那種魚，新聞說，任何釣過這種魚的人都要去報告，我就想趕快來告訴你。」吉米雙臂揮舞著，「外面馬路上停了一長排車，還有不少人扛著攝影機，一定是電視台的記者來採訪。你想想看，我們如果捧出了那條魚，他們不高興死才怪！」吉米長嘆一口氣。

小鎮一向無事，現在生魚新聞上了各報頭條，全國報紙、電視和電台也爭相報導，把這籍籍無名小鎮，推到了鎂光燈下，這場熱鬧真是千載難逢。吉米不甘心再問一句：

「你真的吃掉了？有沒有剩的？」

「什麼都不剩，抱歉。」

送走吉米，查理連忙到廚房囑咐梅，千萬別走漏風聲。

梅說：「神經，把生魚說得那麼可怕，沒看過大蛇拉屎！」

查理搖搖頭，「橘過了淮河就變成枳，生魚來到這裡就變成科學怪魚，管不了別人怎麼說。」

他轉到浴室去。那尾生魚潛在浴缸底，一動也不動。他順手拿了水勺擊一下水面，生魚還是不動。沒事吧？一定要吃活的才有療效啊！他作勢往生魚頭上擊下，生魚潑啦一聲躍出水面，濺得查理一頭臉水，還來不及反應，只見生魚直線下墜衝進了浴缸旁的馬桶。

「找死啊？」查理在袖子上抹了臉，魚頭已經鑽進了排水口，留下一截身子在外頭拚命扭動。牠以為那裡是什麼，是河口，是生路？查理顧不得許多，伸手就去拉，魚身滑不溜丟，愈抓牠就愈往裡頭鑽。他連忙抓過一條毛巾，包住了魚身，用力扯出來，緊緊抓在手裡。裹在毛巾裡的生魚，露出一截蛇般的頭，寬厚的魚唇，幾顆利牙，像個扭動啼哭的畸形嬰。查理頭皮發麻，連忙丟回水裡。

「安分點吧，等麥可明天出院！」

生魚在缸裡無聲梭游。

中午，外賣店擠滿了人，一半以上是外地人。有些是看到新聞，遠道而來想一睹科學怪魚的真面目，有的是報紙和電台的記者，在這裡歇歇腳，順便找點故事。少了麥可，查理一個人要給顧客點菜、打包、買單，不時還得到廚房作二手，恨不能有三頭六臂，雖然對外頭的熱鬧好奇，一直抽不出空去打探，只能豎起耳朵。顧客七嘴八舌討論中，不時迸出「中國」、「華人」、「華埠」的字眼，聽得他膽顫心驚。

有人說自然資源廳已經在池塘裡撈出了一百多條小生魚，看來這種中國魚已經占領了這個美國小鎮的一角，據地為王了。有人說在有關單位的明查暗訪下，當年放生魚到克羅夫頓塘的人出面了，是個華人！此人兩年前受友人之託從紐約市華埠買來一公一母兩尾生魚，友人變卦不要，魚就養在水族箱裡，過了一段時日，生魚長得太大，水族箱再也容不下，此人把魚放生在克羅夫頓塘。隨意放生是違法的，但是兩年追訴期限已過……

查理聽得渾身不自在。在異鄉討生活，個人就代表全體，一個華人出了名，所有華人臉上都有光，一個華人出了事，所有華人背脊都發涼。那個放生的人是誰？他在心裡把小鎮寥寥幾戶華人過一遍，有誰會老遠去紐約買魚？

他站在櫃台後，感到擠在店裡的外地客和媒體，眼睛不時往他這裡瞟。一個從沒見過的男士，高大體面，胸前掛著新聞記者牌，一臉微笑走上前。

「你好，我是《前鋒日報》的傑瑞，你是查理吧？在這裡開店多久了？生意很好？」這個傑瑞嘻嘻哈哈跟他聊了幾句，話鋒一轉，問起生魚的事。聽說中國人愛吃這種科學怪魚？店裡賣不賣？味道如何？說是對身體有特別功效？

查理捺住性子，一句句老實地回答，但是談到功效，他有所保留。別落了口實，教他們把中國人看成迷信、奇怪的民族。「也沒什麼稀奇，跟美國人愛吃的鮭魚一樣，魚的營養好。」

「但是活吃生魚，又是怎麼一回事，是做成生魚片？」

查理搖搖頭，不知說出活宰活烹的方法，會不會被看成野蠻不文明？

看查理支支吾吾，傑瑞神色一正，追問：「你，買過生魚嗎？」

「生魚當然買過，」查理怏怏地說，「對不起，我還有客人要招呼。」

傑瑞卻不罷休，藍灰色的眼睛瞪住他，像瞪著即將到手的獵物，從齒縫裡一字字吐出來：「是誰把生魚放生的？」

查理吃了一驚，只見店裡的顧客，一雙雙眼睛都瞪著他，其中有多少懷疑、不屑，還有一些他看不懂的情緒。他看不懂這些藍色、綠色的眼珠子，就像他們看不懂他的緊張和不安，是無辜而非掩蓋。那些正在不斷捕食吞噬美國本土魚蝦青蛙的生魚，跟他有關係嗎？

他略帶氣憤地說：「我怎麼會知道！」

傑瑞微笑，「查理，很高興能跟你談話，請給我一客芥藍牛肉。」

晚上查理和梅提早打烊，一起到醫院接麥可回家。坐在輪椅裡推出醫院的麥可，臉容蒼白，眉頭鎖成一條鞭，嘴抿成一根線，對母親的絮絮問候，只是含含糊糊在喉嚨裡咕噥幾聲。扶著兒子小心上了車，查理默默往家的方向開去。

梅看著手抓前座椅背，避免受傷的後背靠到椅背的兒子，有說不出的心疼。「乖兒子，忍耐點，回家媽媽給你煲魚湯，活蹦亂跳的生魚哦，吃下去傷口很快就會長好……」

「我不要吃什麼魚湯。」麥可跟一般美國孩子沒兩樣，嫌魚湯有腥味。

「這魚可不是普通魚！」一直沉默開車的查理試圖緩和氣氛，「牠現在是我們鎮上的通緝犯！」

「你是說，電視新聞說的科學怪魚？」

「如假包換！」查理很得意。

梅笑著強調：「這種魚對刀傷最好了……」

麥可截斷她：「不，我絕不吃這種魚！」

「麥可，你聽媽媽說……」

「我什麼都不想聽，我不要吃這種笨蛋中國魚！」

「你是什麼意思！」查理厲聲喝斥。兒子講到「中國」二字，語調裡那種激憤刺了他一下。

「好了，好了，兒子才剛出院。」梅抹起眼角了，父子兩人遂不再說話。

回到餐館，梅把兒子安頓好，熄了燈，走到樓下，看到查理聚精會神在看電視。她坐到他身邊，只見電視上正在播報生魚入侵的新聞。

自然資源廳的官員神情凝重表示，估計池塘裡至少有上千條生魚，兩年內，兩條生魚繁衍成上千條，這種遷移入侵，嚴重影響美國本土生態。雨季就要來了，萬一池水上漲漫淹，可能會有生魚播遷到僅隔七十五碼外的小帕突河，即使池水不淹，以生魚能在旱地移動的本領，也有可能會進入河道。一旦進入河道，以其繁衍之迅速，掠食之凶猛，河流生態勢必完全改變，而且無從逆轉。目前生魚活動範圍只在這四畝大小的池塘裡，還有希望一網打盡……

她搖搖頭。這些人在說什麼，說的是生魚嗎？生魚不就是餐桌上的一道鮮味嗎，有這麼嚴重？

新聞繼續說，有關單位決定要痛下殺手，毒殺池塘裡所有魚蝦，先殺水草，讓池魚缺氧，再用殺蟲劑毒魚，務求剷除所有生魚……主播在結束報導前，不忘幽華人一默，「要解決生魚問題，也許應該到華埠請教生魚專家。」新聞畫面從克羅夫頓塘轉到一個華人魚市，透明水缸裡幾隻肥黑大魚游來游去，一個特寫，只見魚唇一開一合，似乎在說話。

查理緊盯畫面，生魚吐出一個個氣泡，叫著：冤，冤，冤……

「喂，喂！」梅推著眼神發直的查理，「新聞播完，該睡了。」

他頹然關掉電視。

「那麼明天，魚湯……」梅徵詢先生的意見。

「明天再說吧。」

查理早上從市場批菜回來，門前馬路上已經沸沸揚揚。池塘的入口處，擺了個攤位，賣的是印有生魚圖案的恤衫、帽子，店主看著眼熟，一想，不就是幾年前對面那家快餐店的老闆，頭髮都禿了，但是那隻鷹勾鼻還是透著冷酷。

你清客、你傅滿洲、我操異類外來者！

查理把腦裡迴盪的辱罵聲甩掉，轉身回店。

早上十點，有人到店裡找他，是昨天那個新聞記者。

「早，查理！有些事想請教。」傑瑞的語氣很熱絡，「有位叫吉米的，是你的老顧客吧，他說兩天前賣了一條生魚給你，有沒有這回事？」

查理暗叫一聲苦，不情願地點頭。

「這條魚呢？」

「吃掉了。」他強調，「買的那天就吃掉了，這種魚要活吃，我們沒有魚缸可以養。」

「是，是，」傑瑞抹抹汗，從冰箱裡拿了罐啤酒，「這種天氣真要人命，是不是，天氣一熱，青少年打鬥的事就多。」

「我不懂你在說什麼？」

「聽著，我沒有惡意，只是要找點故事，你知道，現在生魚的故事大家最愛看。我碰巧打聽到，你的兒子剛出院，好像是刀傷，有此一說，華人用生魚來療傷，所以我就有了一些聯想，希望能得到證明。」

「別把我們扯進去！」查理提高聲調，「我們不想在你們的故事裡！」

「你知道，有關單位要求擁有生魚的人都要去報告，」傑瑞淡淡笑著，「這條生魚是不是你兒子吃了？」

「我拒絕回答你任何問題，你沒有權利盤問我，請你立刻離開！」查理心跳加速，眼皮急跳。不能上報，千萬不能上報。上了報，麥可被歧視殺傷的事曝光，他們吃生魚進補更要被獵奇的美國大眾當作茶餘飯後趣談，像談生魚一樣。

傑瑞從口袋掏出兩塊錢放在櫃台上，一句「零錢免找」，大踏步出店去了。

宰了牠嗎？梅幽幽的聲氣。

宰了牠！夜長夢多，全鎮的人都在找牠，最安全的地方就是我們的肚子。快，快去！

水聲潑啦，梅的驚叫聲，潑啦，潑啦。怎麼還有嬰兒的哭啼？一轉身，梅已經端了一個湯鍋放他面前，有點怨恨地瞅著他。

煮好了？

好了，快吃吧！

怎麼是我吃？

不是你要吃的嗎？梅把鍋蓋一掀，一個大魚頭對著他，鼓凸凸的圓眼睛，大嘴還在一開一合。梅？魚還活著！

不是要吃活的嗎？活的最補！

查理翻身坐起，一時不知身在何處。天剛微亮，梅的鼾聲徐緩。他定了定神，趿了拖鞋去上廁所。一進廁所先開燈，往浴缸裡看，生魚好端端在那兒，從這頭游到那頭。

「作孽啊！」查理深深嘆息。為什麼你們要到這裡來寄生？寄人籬下就該安分，怎麼又惹得人要把你們趕盡殺絕？天地之大，難道就沒有你們容身之處？

他撒了一泡尿，生魚聽到水聲，游得更快速了。餓了三天還這麼有精神。查理想到小時候跟堂兄弟在田溝裡撈生魚的情景。生魚住在水田溝渠裡，乾季水涸了，牠就一扭一扭，扭過泥巴地，扭到另一個水渠裡。生魚生魚，你哪是什麼窮凶惡極的科學怪魚，不過是因為生長的環境困難，特別能吃苦耐勞罷了。家鄉人都愛你的生猛韌性，母親用薑絲煲出來的生魚湯，又是多麼鮮美啊！

我不要吃什麼笨蛋中國魚！麥可忿忿的聲音在耳邊迴繞。爸，他們叫我清客！

查理伸手把浴缸塞子拔了，水嘩嘩很快流掉，生魚驚恐地在即將乾涸的缸裡扭擺。他到廚房裡拿了大垃圾袋，快手快腳把生魚套住，緊緊抓住袋口。

從後門走出來，天際幾抹紅曦，圓圓紅日已經在雲邊蓄勢待發。路上寂無一人。沒有看熱鬧的人，沒有記者，沒有商販，更沒有捕魚毒魚者。他很快穿越馬路，拐進黃泥小路。幾天沒過來，克羅夫頓塘四周圍起黃布條，禁絕進入。他隔著黃布條看，池上不時冒出氣泡，有一千多條生魚在裡頭呢！牠們忙著覓食、交配、產卵，渾然不覺死期將至。

查理邁開步伐往另一頭走，不遠處就是小帕突河。那裡，應該容得下一條生魚吧？

——二〇〇二年創作，發表於二〇〇三年三月號《聯合文學》；
入選《聯合文學20年短篇小說選》。

夕照

五十五歲的林美鈺走進興祥泰布莊，腳步有點遲疑。布莊兩旁玻璃櫥櫃和牆架上，展示著各式各樣五顏六色的綾羅綢緞，每匹布上或織或繡，極盡華美。她環顧四周，表情茫然。

「這位太太，需要什麼嗎？」一名店員過來招呼。

「想，想剪塊布做旗袍。」

「喜歡什麼樣的？」

「不要太花。」

店員熟練地拿出幾卷布，攤開來在櫃台上，「這幾款花色高雅，很配您的氣質。」看林美鈺猶豫的樣子，店員又問，「什麼場合要穿的？喝喜酒？」

林美鈺神情有點靦腆，含糊地說：「朋友聚會。」

「這個怎麼樣？」年輕的店員又從壁櫃裡取下兩卷布，一個是水藍底描紅荷，一個是夕照紅雲變幻。

她取過夕照紅雲往身上一披，鏡裡，蒼白的臉頰被映得暈紅，眼角扇開一圈細紋，如風吹水塘，她笑了。

店員把裁下的布包好，給她一張旗袍師傅的名片。「您說趕時間，否則就在我們店裡訂做，樣子很多，隨您挑。」

林美鈺鬆了口氣，提著袋子出店，腳步有點輕飄，轉過街角。人車嘈雜，從市聲裡浮出一對男女的對話。……以妳的氣質，穿起旗袍，一定美得不得了……我沒試過……妳一定要……

一個摩托騎士從街角過來，轉頭，看一個穿旗袍的女人背影。背影不失曲線，走路姿態搖曳。女人走進一棟公寓大廈，大廈警衛笑著打招呼，「來上課？」她一笑，在會客紀錄簿上寫下：訪客林美鈺，受訪人六樓B座孫健，時間上午十點五分。

「林小姐，今天這麼漂亮。」

她不好意思拉拉身上的旗袍，「孫老師過生日。」

「幾歲生日？」

「七十。」

「人生七十古，嗯，才開始……」警衛忙改口。

林美鈺轉身搭電梯上樓。電梯裡蒙塵的鏡子，映出一個紅豔的影像。電梯門一開，傳來有點蒼老的男聲叫喚，「是美鈺嗎？」

「是我。」林美鈺回答，又朝鏡子看了一眼，電梯門快關起時，她才慌忙走出來，沒有去看在門口迎接的孫健，嘴裡說著「對不起，來晚了，煮豬腳麵線……」低頭進屋。

孫健盯著她的背影，直到她消失在廚房。他坐下來繼續看報，藝文版上全版介紹新排的全本昆曲《牡丹亭》，傷春悲秋情致纏綿，六十來歲的製作人在被問及製作原委時說「老人也有一顆春心」，這句話被作成黑體標題。

林美鈺從廚房出來，端了兩杯鐵觀音，在書桌前的一張太妃椅落坐。這是個布置雅致的客廳，擺了不少古玩字畫，顯出主人的古典品味。美鈺併攏雙腳，上身挺直，一身剪裁合身的旗袍坐在那兒，像一幅仕女圖。孫健繼續埋首報紙。

林美鈺的頭漸漸轉開，去看窗台上一株文心蘭。

三年前的林美鈺，留著俐落的短髮，穿著恤衫和長褲，揹著個環保包，走進社區大學的一間教室，這是書法班，台前站著的是孫健。上課時，孫健在她座位旁站了很久，兩人說著話。她主動幫忙磨墨拉紙，收發作業。下課要走時，林美鈺對孫健說：「您講話的口音很像我父親，連走路的樣子都像。」孫健笑，「那表示我們有緣，這位同學，我請妳吃點東西，謝謝妳剛才的幫忙。」

兩人在一家小吃店裡吃麵。孫健把筷子在桌上一點，伸長了去夾豆干。林美鈺興奮地說，「我父親也有這個小動作。」孫健一愣。

穿旗袍的林美鈺臉上浮起一朵微笑。「笑什麼？」不知何時，孫健已經笑吟吟看著她。

「我想到，我們第一次見面的情景。」

「嗯，妳說我像妳爸爸，一樣喜歡鐵觀音，喜歡王羲之的字和李義山的詩。」孫健點起菸，「對了，他也是個老菸槍。」他噴出一口長菸，模樣瀟灑，「現在妳還覺得像嗎？」

「不像。」林美鈺立刻說。

「不像嗎?」孫健反問。兩人注視著對方,廊前風鈴叮噹,叮噹,孫健移開眼光,端起桌上的茶。

「我今天煮了豬腳麵線。」

「不好意思。」

「有什麼不好意思。」林美鈺有點嗔怪,但隨即改變口吻,「您說過,以前師母會煮麵線給您祝壽,我就煮了,不曉得合不合口味。」

「謝謝啊,妳真是個好女孩。」

林美鈺看著孫健,他再次避開眼光,把菸熄了。「這樣,我寫幅字給妳。」

林美鈺起身,站到書桌前磨墨。孫健看著她的手緩緩繞圈移動,那是一雙不失潤白的手。他的眼光順著那身夕陽無限紅霞滿天的旗袍蜿蜒而上,越過微微起伏的胸部,駐留在林美鈺因專心磨墨而微啟的紅唇。他閉上眼睛,睫毛微微顫抖。

「您累了嗎?」

「哦,」孫健睜開眼睛,「還好。」

「醫生怎麼說?」

「沒什麼。」孫健清清喉嚨,「人老了,毛病多。」

「老什麼，人生七十才開始。」

「是嗎？」孫健拿筆在硯上蘸墨，「歲月不饒人哪。」

林美鈺站到孫健身後看。筆尖在宣紙上按捺頓挫，墨汁淋漓，筆勢略抖，寫的是：

莊周曉夢迷蝴蝶，望帝春心託杜鵑。

「喜不喜歡？」

「喜歡。」

兩人相視而笑。林美鈺深吸一口氣，小聲說：「這旗袍，您喜不喜歡？」

孫健嗯一聲，點頭，又拿出一張紙，「旗袍最顯氣質。」

林美鈺微笑。

孫健輕撫案上白紙，「妳師母生前最喜歡穿旗袍，她穿起來真好看。」

林美鈺臉上的笑容僵了一下。孫健落筆開始寫另一幅。她的眼光從筆移到握筆移動的手，肩頭毛背心的一段線頭，到耳朵，耳後灰黑的髮腳。她咬住下唇。

再回去看，紙上已經寫著〈蘭亭集序〉的一段：當其欣於所遇，暫得於己，快然自足，不知老之將至；及其所之既倦，情隨事遷，感慨係之矣……

「您今天大壽……」林美鈺皺眉。

「無妨，」孫健仍繼續書寫，筆勢愈來愈歪斜潦草。……向之所欣，俯仰之間，已為陳跡，猶不能不以之興懷。況修短隨化，終期於盡……

白紙已盡，孫健看了看，搖頭，將筆一擲，沉聲說：「給妳，要不要？」

「我請人裱。」

孫健靠在椅上，顯得疲累。林美鈺小心把兩幅字捲好收起。

「要不要我盛碗豬腳麵線給您，吃過了，到床上瞇一下。」

「不了，這幾天胃口差，什麼都不想吃。」孫健頓了頓，面無表情地說，「美鈺，我這裡，妳以後就不用常來了，我教不動，妳來也是白來。」

「我可以來陪您說說話，我，反正不教書了，女兒也大了。」

「謝謝啊，我很感謝，妳還年輕，陪著個老人做什麼。」孫健說，眼睛看著收空的桌案，「有事，我會找妳的。」

林美鈺眼一紅，「二年來，我半個月來一次，一次兩小時，一年四十八小時，合起來也就是兩天。兩天，您七十，我也五十多了，一年裡，我們也就是這兩天……」她停住，胸口起伏。

孫健雙手抱胸，不看她，「有些話，我得跟妳說清楚。」

「我在聽。」

孫健長嘆一聲，「我年紀大了，這病又，哎，人老了，經不起刺激了，生活有一定的習慣，不想改，也改不了。我希望，就這樣平平靜靜，一個人走完它。」

「這是，真心話？」林美鈺語音微顫。

孫健沉默。風鈴叮噹，叮噹。

「好，我尊重您的想法，不會再來打擾。」林美鈺說畢，拿起皮包急步往外走。走到門口，回過身來，望著孫健，他還是看著眼前空洞的桌案，她一字一句慢慢吐出，「生日快樂，孫老師。」

林美鈺搭電梯下樓，看著鏡子裡的影像，水霧升起，影像愈來愈模糊。

林美鈺把鏡子拭淨了，鏡裡的她未施脂粉，紅腫著眼。她在夕照紅雲旗袍上，罩了一件黑色長外套。旗袍紅領露出來，她繫了條白絲巾遮蓋，戴上墨鏡，走出門，攔了一部計程車。

社區大學的禮堂裡，正在舉行告別式。林美鈺走進禮堂，一眼看到孫健的遺照高懸，兩旁各色輓聯花圈，興祥泰布莊的景象在眼前交疊。「為什麼不告訴我？」她眼眶含淚，喃喃問著遺照中的人。

此時，不知哪裡隱約傳來風鈴叮噹，叮噹，風吹開她外套下襬，露出夕照紅雲的旗袍一角。

——二〇〇四年創作，發表於二〇〇五年六月七日《聯合報・副刊》。

媳婦兒

敏玉常想起她的公公，那個衝著她叫媳婦兒的男人。

敏玉開始跟周大民交往時，就聽說他的媽媽臥病在床，家裡三個兒子大中、大華、大民會讀書但不管事，照顧媽媽全靠老爸一人。由於這個原因，大民很少帶她回家。

後來，周媽媽不行了，兩人趕辦喜事，文定禮就在周媽媽病床前舉行。敏玉穿了件在百貨公司匆匆買來的粉紅薄綢旗袍，順著苗條的身段蜿蜒，影影綽綽有點舊時代大家閨秀的味道。她鬆鬆挽一個髻，兩長掛鑲碎鑽長耳環，低頭坐在房中央的椅子上，讓大民替她戴上一條金項鍊，那是未來婆婆送的禮。

房裡站滿了人，她的媽媽和舅舅，從豐原來的大民的大哥大嫂、竹北來的二哥二嫂，只有她跟周爸爸是坐著的。小孩都在客廳裡玩，房裡沒什麼人講話，舅舅一個人不時哈哈哈說著恭喜，想製造點喜氣。大家都知道，這個婚事是趕在喪事前辦的，周媽媽要看到么兒辦了終身大事才能含笑閉目。

不會有婆媳問題了。媽媽說這話時，一副老天保佑祖上積德的表情。媽媽跟奶奶的戰爭，一直進行了二十年，直到奶奶住進了老人院。媽媽從不去探望，逢年過節都是敏玉當代表。

敏玉偷瞥一眼床上的女人。女人的眼睛時開時閉，呼吸急促，身上沒有肉，只有老皺的皮包著骨，臉上搽了胭脂，抹了口紅，卻顯得更加骷髏憔悴。房裡有種難聞的氣味，不知是病人身上的尿臊，還是藥味。她暗自慶幸不需照顧一個重症病人，一個她稱之為母親、但實質上是陌生人的病人。

戒指戴上了。有點鬆，來不及改。他們叫她喊媽。她抬頭再看一眼床上的女人，婆婆。

「媽！」她怯怯叫了一聲，感到站在身後的媽媽身上一顫。

她一叫，屋裡人都跟著用台語喊，「媽，媽，唔聽見嘸，敏玉在叫你，恭喜哦，娶媳婦哦！」

「媽！」她再次叫喚。

床上的婆婆睜大眼睛，濁黃的眼睛裡蓄滿淚水。敏玉覺得自己也要哭了。這是一個多麼不吉利的訂婚典禮。

哈哈哈，一陣沙啞的笑聲，打斷了眾人的叫喚，大家錯愕地尋找，發現笑的是一直無言坐在角落裡的周爸爸。周爸爸頭髮全白了，穿著一套鬆垮垮的舊西服，歪斜的暗紅條紋領帶，兩手撐在叉開的大腿上，笑意滿盈。敏玉第一次看到周爸爸這麼精神奕奕。周爸爸重聽，又不喜戴助聽器，幾次見面，他們的交談僅限於問候。他總是佝僂著，嘴裡含糊說著什麼，眼光渙散根本沒看到人。現在那雙眼睛卻十分銳利，亮閃閃盯著她，眼神喜不自勝。原來，大民長得像爸爸，父子的眼光一模一樣。周爸爸比周媽媽大了十五歲，聽說是河北大戶人家的獨子，僕婢前呼後擁團團伺候，是爺爺奶奶父親母親的心頭肉。隻身飄零來台，好容易成了親，一份微薄的公務員薪水養大三個兒子，七十多歲的人了，本當享福，還要照顧臥病的太太，也真是難為他了。

「哈，哈，哈！」周爸爸還在笑，眼光罩住她，「娶媳婦兒囉，娶媳婦兒囉！」他顛顛站起來，走向敏玉，「我的媳婦兒，我的媳婦兒啊……」

敏玉連忙起身，大聲喊：「爸！」

大民一把攙住老爸，免得他向敏玉身上倒去。他對老爸最近時而發癲的毛病很不滿。也不看是什麼場合。

「媽，媽！」有人驚叫，所有人的注意力又轉回病床，只見周媽媽眼睛半睜半閉，頭歪著，一絲口涎正往下流淌。

訂婚後兩天，敏玉的婆婆就往生了。喜餅都還沒送完呢，就要寄白帖發訃聞了。敏玉覺得真是晦氣，但是，這似乎也是意料中的事。她絕不願結婚典禮再度到病床前搬演。這還沒什麼，喪事辦完，跟大民的喜事要趕在百日熱孝接著辦，敏玉都不知自己是新婦還是孝媳，當笑還是該哭。

婚禮那天晚上睡在辦喜酒的飯店，她跟大民一動也不動躺在床上，一股悲哀淡淡籠罩他們。婚事喪事一起來，大民的精神和體力嚴重透支，一會兒就打起呼來。人生大事就這麼辦完了，敏玉的頭腦很紊亂，在一片混亂中，覺得有什麼事不對勁兒，是什麼呢？

她盯著嘴巴微開，眼睛沒有完全閉攏熟睡的大民，這個人，就是她的丈夫？睡不瞑目的一個人！她賭氣地轉過身去。有誰的新婚夜，比她的更不浪漫？

從飯店返家，一推開門，周爸爸就笑嘻嘻迎上前，討好地接過她手中的行李包。「爸……」公公的精神抖擻和笑意，讓她有點納悶。昨天喜宴上，他也是樂呼呼地，一點也沒有喪偶的悲傷。當然，婆婆已經病了很久了，可是在人前，總得做做樣子吧，敏玉當時心裡有點嘀咕，還有點害怕。怕什麼呢？她也說不上來。大概是擔心公公又胡笑一氣嚷起來，破壞婚禮的莊嚴氣氛。

婆婆的房間重新粉刷，置了新床和衣櫃，當作他們的新房。這是暫時的安排，所以她也沒什麼抱怨。隔壁是公公的房間，她探了一眼，一張單人床，一張書桌，上頭亂糟糟堆了一些什麼《幼學瓊林》、《水滸傳》、《三國演義》的舊書，床下也有書，放在紙箱裡。大民說他爸爸以前很喜歡看書，現在年紀大了，看得比較多的是電視，大陸的風光介紹或是京劇。還有一間房，作了儲藏室，積累著幾十年來家庭生活的舊物，一直堆到天花板，沒一樣能用，沒一樣捨得丟。要老人丟棄舊物，就像扒一層皮。將來，將來都會秤斤賣掉，或者花錢請人拉走的吧，敏玉漫漫地想。

廁所只有一間，跟浴室一起，裡頭一股難聞的公廁臭味。敏玉也像使用公廁一樣，半蹲著不敢坐到馬桶上。洗手時，她發現洗手檯上厚厚一層黃垢，鏡前的置物架上散放著淌奶的牙膏散髮的牙刷生鏽的刮鬍刀，還有一些不知為何的小物件，在灰塵和膏漬之間。

不只是這個廁所，當敏玉仔細看時，發現這個家每個角落都積著多年的塵垢，彷彿困在一個巨形蛛網裡，灰濛濛死沉沉，令人想瞌睡。這是個沒有主婦的家。公公充其量只能照顧好婆婆和自己的飲食起居，哪有精力打理房子。大民每天早出晚歸，下班後又忙著約會，也顧不上。

她打開前幾天就送過來的幾口皮箱，把衣服掛進充滿松香味的新衣櫃裡。櫃裡的穿衣鏡，照出她豐潤的臉，兩道為了化新娘妝特意修過的柳葉眉，一雙有點往上吊的眼睛，水盈盈地漾著媚光。新娘子！她好像突然看到自己的美。青春的光從體內向外散發，形成一個光環包圍著她，跟這個老朽的家，形成強烈的對比。

在家裡住了一晚，隔日上午到娘家轉了一下，就出發到日本度蜜月，正是春櫻爛漫時節。從機場回到家，已經十點多了，公公睡得早，房門虛掩著，仗著公公耳朵不便，他們笑笑鬧鬧，吃了點消夜，然後一起沖澡。洗得正歡，有人敲浴室的門。

「該死，是爸要上廁所。」大民關了水龍頭，拉過浴巾扔給她。

「請他等一下嘛。」

「老人哪能等？我叫他等，他也聽不到。」

門敲得更急了，還聽到老人沙啞的咆哮。「爸一定以為是我在洗澡。」大民像在解釋什麼。老爸的脾氣愈來愈怪了。

大民套上短褲，門開一半，她圍著浴巾，頭髮滴著水，躲在門後。老人看門一開，就要往裡衝。

「爸，你幹麼？」

「你這個混小子，你把我媳婦兒藏哪兒？藏到哪兒？」老人喊著，舉起拳頭。

「我們在洗澡。」大民擋著不讓老爸進來，但也不敢太使勁，怕傷著他。

「還我媳婦兒，你這小子！」老人突然一股蠻勁，把門撞開了，敏玉嚇得尖叫。老人往兒子身後看，看到敏玉像朵帶露的鮮花兒，被水氣蒸得濕淋淋地，皮膚雪般白潤頭髮墨般烏黑，臉上一喜，便叫：「媳婦兒！」

「爸，你找敏玉做什麼？」

老人彷若未聞，一雙眼睛只是盯著半裸的兒媳婦，像膠住了一樣移不開。還是大民反應快，把敏玉往外一推，叫她快進房，解除了尷尬的對峙。

公公一定是因為老伴走了，么子娶親，一悲一喜刺激太大，所以才會……但想到公公看她的眼神，真不像一個七十開外的人啊。我的媳婦兒，我的媳婦兒……一想到他那蒼老的呼喚，敏玉心頭發顫，說不出的滋味。他口裡叫她媳婦，眼光卻分明把她當成女人，他的女人。敏玉很納悶，在大民口中一介讀書人的公公，怎麼行為如此乖張出軌？

「台灣人說媳婦，說的是兒子的老婆，」媽媽跟她說，「他們外省人說媳婦，說的是自己的老婆。」

啊！敏玉吃了一驚。是這樣嗎？她一直以為，公公叫的是「兒媳婦」，為什麼公公管她叫「媳婦兒」？

沖澡事件後，老人又成了嚴肅寡言的公公，對敏玉的問安點頭回禮，敏玉準備的晚餐也吃得很香，此外沒有一句廢話。白天小倆口不在，晚上回來，公公都在客廳裡看電視，聲音開得震天響。憑著女人的敏銳，敏玉知道公公是疼她的。他注意到敏玉愛吃魚，每次上市場一定帶條鮮魚，出門用餐也會點魚，雖然沒有明言，但敏玉注意到公公其實魚吃得不多，只在魚背上夾幾口肉，不像會吃魚、愛吃魚。恢復正常的公公，自重自愛，一點也不給她添麻煩。他早就習慣生活自理，不需要別人服侍，有時還會主動做做家事，像買菜和洗碗，就全是他包攬。家裡蹺腳享福的，反倒是大民了。於是敏玉也投桃報李，特別留意老人的喜好，知道他喜歡甜爛的食物，就常煲點紅豆湯，買芋泥糕，哄著他開心。老人耳背，兒子喊半天，他聽不清，反倒是敏玉一靠近他耳朵慢慢說，他什麼都聽懂了。

週末如果遇上好天氣，敏玉讓大民在家睡懶覺，自己陪著公公在社區裡散步。她挽著老人，慢慢走上小公園的階梯，看著鄰居孩子在草地上打滾。長年乏人噓寒問暖，還要照顧病人，鬱鬱寡歡的公公，身體顯得虛弱，坐在涼椅上，喉嚨裡不時咳咳一陣響，卻連口痰也吐不出來。敏玉看著公公的側臉，兩頰生斑的肉垂著，嘴唇有點外翻，像孩子撒嬌嘟著嘴，風吹白髮，眼裡有一絲難解的憂鬱。敏玉知道該怎麼做。她帶著老人到附近的糕餅店，買兩個剛出爐的蛋塔，香甜軟滑，是老人的最愛。老人把蛋塔小心捧起，深深吸進香味，張大嘴，稀落的上排牙齒猛然向前探出，深陷蛋塔軟滑的中心，溫香軟脂在齒舌間滑溜，老人臉上漾起滿足的笑容。

相安無事三個多月，那天敏玉一下班，公公就衝著她大發雷霆，「你這個女人，不守婦道，跑哪裡去了？」

「我去上班啊！」敏玉頭皮一緊。

「上班，你上什麼班，丟人現眼！」公公抓住她肩頭搖晃，嘴裡泡沫星子濺到她臉上。

敏玉把老人一推，衝回房去門反鎖。見鬼了，真是。她一邊打電話找大民，一邊流眼淚。電話不通。她鎮定了些。別怕別怕，他，畢竟是個老人了，能對她怎麼樣？她發現自己恐懼的，不是被打被罵，而是更可怕的。她躺在床上，看著這有點陌生的房間。哪裡有點怪。

她的衣櫃門夾著一塊粉色的布塊。打開來，衣物有點凌亂，裝內衣的長匣沒關緊，訂婚穿的那套粉色旗袍，外頭罩著的塑料保護套被拉掉了。強烈的被侵犯感及它所引起的憤恨感淹沒了她。這個髒老頭！

她把門打開，老人等在門外，她還來不及出聲罵，老人的眼淚就流下來了，「我想你，好想你……」

「爸……」

「我不該把你留下來，我該帶你走，我，我……」老人老淚縱橫，泣不成聲。

公公被診斷出有老人失智症。醫生說，公公的大腦線路已經堵塞不通，這堵塞會愈來愈嚴重，錯將昨日當今日，記憶失序行為乖張，他將會不認識人、不認識路，最後，連自己是誰都忘了。

大民和敏玉的心安了，一切都有合理的解釋，爸爸的行為出格也成了理所當然。如果一個人瘋了，你還會在乎他對你吐口水？現在新的問題是，老人病了，他們想搬出去另築愛巢的計畫，又得無限期往後延。

老人接下來出格的行為是，不管媳婦是否在場，他照常更衣，開著廁所門撒尿。天氣熱了，他成天只穿一件汗衫一條內褲，在屋裡緩悠悠地晃。敏玉沒說話，大民倒有點尷尬。

「我爸爸，他本來不是這樣的。」大民像要解釋什麼似的。

「我知道。」敏玉柔聲說。

周爸爸課子嚴厲，再加上有點悒悒寡歡，大民看父親，一直就是個不苟言笑的讀書人，固執嚴厲不易親近。考大學時，為了填寫志願父子意見分歧，冷戰許久。他到南部讀書、當兵，回到台北工作住在家裡，兩人不過是一個屋簷下的陌生人。爸爸現在這副為老不尊的模樣，倒教他懷念起當年的威權。他不由得感謝起敏玉，本來以為她是個嬌嬌女，沒想到這麼識大體。他找療養院的態度也更積極了。

敏玉在家裡出入行動特別小心。公公在她面前愈是袒胸露背，她自己就愈是包得緊密，寧可背上長痱子，也不肯穿得清涼。她還是陪著公公散步，買甜點給他，但臉上緊繃著，手也不去挽他。如果大民不在家，她不去沖澡，生怕公公再來敲門。進房就把門鎖住，把燈調暗，有時聽到公公在外頭咕咕噥噥說什麼，她只作已經睡了。這些小心翼翼，她誰也沒告訴，包括媽媽和大民。

公公好像時而清醒，時而迷糊，當他一個人自言自語眼光遙遠時，敏玉會特別當心。有時她來不及走掉，被公公的眼光罩住了，那雙眼睛裡尖銳的痛苦，就像兩根長矛，把她釘在原地動彈不得。在公公眼裡，她是個女人，一個渴望卻無法親近的女人。這種炙人的眼光，她也沒法跟別人說。

公公有時像個小孩那樣使性子，有時卻又像呼吸著最後幾口空氣的老人般認命。我是個老不死，他不只一次這樣說，老不死，老而不死謂之賊。他的健康在急劇走下坡，健忘得厲害，有時不記得自己吃過飯沒。別人跟他說話，他一概不理，只有敏玉彎下腰來，圈嘴在他耳邊說話，臉上才有了表情。大民說是女人聲音頻率高的關係，卻沒解釋為什麼大嫂二嫂講話，老爸也恍若未聞。

那個晚上，大民加班，她先在外頭吃過晚飯才回家。公公聽不到電鈴聲，她自己用鑰匙開了門。客廳裡沒有點燈，公公房裡透出一點點光，還有一種奇特的呢喃。細聽，不是呢喃，是哭聲。

「爸，爸？」

她走近，公公的哭聲更響了，邊哭邊說，無限委屈。推開門，公公背對她跪在床前，兩手抱胸，哭得非常傷心。

她伸手碰觸公公抽搐的肩頭，公公猛然抬頭，一時似乎認不出她。他手裡緊緊抓著一張黑白老照片，淚水滴落在照片上，他趕緊在汗衫上拭去，藏到身後。就那麼一瞥，敏玉看到那是個穿著旗袍的年輕女人。

是婆婆的照片？敏玉知道不是。一定是公公在大陸的戀人，甚至是髮妻。瞞著一家人，獨自背負著對另一個女人的思念和愧疚，這種故事在兩岸開放交流後，突然從地底下幕帳後竄出不少，遍地化暗為明的竊竊私語。看著滿臉淚痕的公公，敏玉不禁心生憐憫。誰知道這個老人的心事呢？養了三個兒子，沒一個關心。

「來吧，起來。」敏玉伸手去拉，公公卻把她一扯，帶進懷裡。「你可回來了，我等你這麼久，」他粗糙的厚掌撫摸著敏玉驚惶的臉，「不，是你等我這麼久，我回來了，回來了。」他濕漉漉的老臉貼住她的。敏玉掙扎著，沒想到老人的雙臂像鐵條般，箝住了她再不肯放。

「爸，我是敏玉，是你兒子的老婆啊……」

老人什麼都沒聽到。他似乎沉浸在他的世界裡，四十年前吧，他跟戀人或髮妻正在親熱纏綿難分難捨。漫長的分離啊，終於又摸到抱到了，戀人美好年輕的軀體，溫暖柔軟說不出的香甜。老人在敏玉髮上臉上嗅聞著，整張臉埋進她懷裡，像個索乳的嬰兒。

敏玉腦裡一片紊亂。公公，兒媳。三綱五紀人倫天理。她該高聲喊叫，用力捶打，用尖指甲劃破他的臉，用利齒咬他的手。

老人抱緊了她，嘴裡呢呢喃喃說著情話。大民從不曾這樣對她。事實上，結婚才多久，兩人已像老夫老妻。公公這跨越近半世紀的思念，是何等熾烈，竟然在年老糊塗時爆射出來。如果她跟大民分隔兩地，大民恐怕很快就有新歡，即使沒有，心房也不再住著她，她只是房裡的家具。

「媳婦兒，媳婦兒……」老人歡喜地流著淚。對這個來日無多的男人，她是人生最後的盼望，是幸福的光源。此刻，他的心必是萬分虔敬，感謝上蒼把思念的伊人帶回身邊。誰知道，上輩子，也許她曾是照片中那個女人。

老人身上陳年的朽味籠罩住她，她幾乎無法呼吸，而老人還在拚命嗅著，在她臉上身上磨蹭。青春的光華和芬芳，被老人不斷嗅入，留給她的是一種時間無涯的迢迢感，彷彿她也活過很久，就要來到生命的終站，在那生命的終站，不要有一絲絲遺憾。

老人哆嗦著手來回撫著她渾圓的手臂，然後探進她絲質襯衫的領口。

這件事，過了很多年之後，敏玉才告訴病床上的媽媽。寡居多年的媽媽，也走到生命的盡頭了。她瞪著敏玉，沒有說一句話，良久，長長嘆了口氣。

住進療養院的公公，最後忘掉的人是敏玉，這讓其他兄嫂有點吃味，因為她是最晚進門的。「敏玉很孝順爸爸，常陪他去散步哦。」大民這樣解釋。他總是要為一些令人不安的現象找出解釋。

公公忘掉她以後，敏玉相信，他也從對照片中女人的思念裡解脫了。不久，他便撒手西歸。遺物裡，怎麼也找不到那張照片，最後，全都讓收垃圾的拉走了。

她跟大民的婚姻，只維繫了三年。媽媽常歸因是紅白喜事一起辦的關係，盟誓愛情和悲悼死亡，兩者哪能混在一起？敏玉微笑聽著，不置可否。

——二〇〇六年創作，發表於該年五月二十三日至二十四日《自由時報‧副刊》。

春日天涯

春寒料峭，薄薄的日光從雲後透出，空曠的公園草坡上，一個女人帶個四、五歲的小男孩在玩。

「這已經是最後一個球了，不要再弄丟。」女人這樣說著，把手中的羽毛球輕輕一拋，球拍往前一擊，球飛高了，來到男孩的面前突然失去動力，往下墜落。男孩兩手握住過長的球拍趕緊來接，卻還是慢了半拍，球拍在空中虛晃一招，球跌落草叢。

男孩撿起球，仔細端詳。他生著一張像女人一樣的圓臉，飽滿天庭上一個美人尖，密密長睫毛下一雙圓眼睛，高鼻子和外翹的下巴則像爸爸。這是一張綜合了父母雙方特點的臉，如果他跟媽媽上街，店員說他像媽媽，如果他跟爸爸散步，路人說他像爸爸。

女人沒有催他，只是望著遠方出神。難得的春日太陽，終於把她從終日掩著窗簾的房裡引出來了。她也不能不出來，兒子吵著要玩球。「媽媽頭痛呢。」她微弱地說，但禁不住兒子熱切的眼光。從外婆家回來後，還沒有帶他出過門。她從衣櫃裡拿出男人留下的羽毛球拍套，裡頭有三支穿羊腸線的上好球拍，握手處纏的膠布已經磨損，上頭一定浸足了男人的汗漬。男人從小就打羽球，曾是校隊明星球員，兒子出生時興奮地說後繼有人了。她輕撫拍柄，有點擔心兒子的反應，向來是爸爸陪他打球。但是兒子什麼也沒問。是的，她最怕兒子問起爸爸。喪禮後，讓他回鄉下外婆家住了兩星期，她自己像隻地鼠冬眠，躲在黑洞洞的房子裡，不怎麼吃和動，只是昏睡。

她握緊球拍，想到男人在球場揮汗打球，球衣濕透黏在身上，貼出健壯的背肌。每一次，她想到，每一次他總是用力抽送，直到大汗淋漓。新婚時，他們每個週末都結伴去打球，她的球技普通，仗著男人護持，雙打所向無敵。懷孕時，她還是到場邊加油，辛苦地蹲坐在階梯上。兒子出生後，男人仍維持每週一次的打球時光，她跟兒子待在家裡。男人說過，今年開始，全家又可以回到球場了……一股怒火突然燒上。單靠我，是沒法把兒子調教成羽球高手啊！

球筒裡只剩三個球，她全帶上了。才玩了一會兒，已經掉了兩個。如果認真去草叢裡翻找，可能也找得到。算了，丟了就丟了。過去那種用不完的精力和對事物的熱情，不知道從哪裡全流掉了，連對兒子的愛好像也消失了。兒子從外婆手中掙脫，衝進她懷裡時，她只是反射性地抱住他。

荒謬啊荒謬，她突然咧開嘴角，似哭似笑。一個月，男人死了一個月，春天還是來了，她跟兒子在這裡打羽球。男孩盯著手中的球，女人的眼光穿過男孩不知落在何處，時間凍結，接下來，誰也不知道會發生什麼。至少女人這樣覺得。有時感到痛，好像有人拿刀剉她心口，刀背在她頭殼上使勁敲，有時卻什麼都感覺不到，進入了一種無聲無感的空白。連結這兩種極端感受的是巨大可怖的惶然，把她重重網住，她像蜘蛛網裡的小蟲，愈掙扎就愈被纏綁。

「你在幹什麼？」女人突然怒斥，叫聲劃破凍結的時間。男孩怯怯地往她這裡過來。

「媽咪，你看。」他把球舉高了。

「看什麼？」女人極不耐煩，球拍在她手中蠢蠢欲動，想掙脫她的手往男孩頭上抽過去。

「你看嘛……」

白色羽球裡一隻黑螞蟻，火燒屁股似鑽來鑽去，找不到路。

「有什麼好看？」

「我可不可以帶回去養？」男孩問。

「不可以。」

「可是爸爸說我可以養寵物。」

女人愣了一下，放軟聲音，「我們養一隻小狗，小狗可以陪你玩，你把螞蟻放掉，牠的媽媽在找牠哦。」

男孩順從地把螞蟻放回草地。

「還要不要玩？」女人莫名的怒火消失時就像來時那麼突然。

「不玩了，」男孩把球拍和球交給她，「只剩下這個球了。」

「沒關係的，」她蹲下來撫摸兒子的臉蛋，「媽媽可以再買。」

「我們去看魚！」男孩指著公園邊上的池塘。池塘再過去，一邊是荒地，另一邊用來停放報廢的舊車。從高速公路上往這裡看，可以看到數百輛五顏六色的舊車排得密密麻麻。

女人牽著男孩，慢慢朝池塘走去。往常，如果只有她帶孩子來玩，絕對不往池塘這邊走，嫌它太荒涼，遠處廢車場和荒地的景觀，總像什麼犯罪現場。尤其廢車場邊有個兩人高的大坑，雨季一來便蓄滿了水，如果跌進去，呼救也不會有人聽到。

池塘裡泥水混濁，水草雜生，過去看過的大鯉魚不知哪裡去了。男孩蹲在池邊看水中竄游的蝌蚪，她默默站在一旁。如果男人在此，一定會興致勃勃跟兒子一起看，很有可能會撿起草堆裡一個空瓶子，撈幾隻蝌蚪回家。不只是蝌蚪，螞蟻、蚯蚓、青蛙、蜘蛛等她避之唯恐不及的小生物，父子倆都是興致勃勃。現在，誰來教兒子認識、把玩這些？

「媽咪，你看！」兒子指著池邊一團物事。是隻死魚。

「牠是不是死了？」兒子顯得很興奮，撿了根樹枝在僵硬的魚體上戳來劃去。

「不要去動牠。」

「牠怎麼死了？」

「我怎麼曉得。」

「是不是被車撞死了？」

兒子平淡的語氣，聽在她耳裡卻像針扎般刺痛。「我們走吧。」

「媽咪，魚死掉了去哪裡？」

「不知道。」

「外婆說，死掉了就去天上了。」

她沒有搭腔，只是牽著孩子往廢車場走去，孩子執意問出答案，「是不是，媽咪？是不是？」

她還是不回答，加快腳步，男孩有點跟不上，被她拖曳著踉蹌向前。前頭已經沒路了，他們走在草叢裡。

「我們要去哪裡啊？」男孩問。

「帶你去一個地方。」

「我不要去！」男孩開始想掙脫。

女人抓緊男孩的手，像老鷹攫住小雞，她瞪著男孩，幾秒鐘後，男孩不敢再出聲，順服跟著往前走。

不遠處橫著一輛報廢的小貨車，四個輪子都被拆掉，引擎蓋整個扁掉，駕駛座門凹陷，擋風玻璃也沒有了，有些雜草已經從車裡長出來。她走上前去，探身望了一眼駕駛座，不知道自己想找什麼？她抬目四望，這裡有多少是車禍報廢的車子，在驚天動地的猛烈撞擊後解體犧牲？它們的主人在哪裡？

男人的車賣給了修車廠。並沒有什麼太嚴重的損壞，老闆說，除了駕駛座。男人看起來也沒什麼外傷，只是嚴重內出血。她等著他來，她有那麼多話要跟他說，一個月了，他不曾入夢。難道在另一個世界的他已不再牽掛？不是說好要照顧她一輩子？不是說要把兒子調教成羽球高手？

「媽咪，有蚊子。」男孩拍打著腳。

蚊子嗎？女人看著男孩，眼光非常遙遠。

「媽咪？」

女人突然狠狠往孩子臂上打去，抬手，一抹蚊屍和鮮血留在孩子白嫩的臂膀。他在自己衣服上抹掉，外婆買的新衣，今天才剛上身，但她沒阻止。

蚊屍的紅與黑，死魚蒼白的肚皮，男人不瞑目的眼睛。生與死，不過一瞬間。這一刻，多少人在出生，多少人在死去，歡笑和哭泣，有什麼意義？就像現在，她可以繼續帶著孩子往前走，走到那個蓄滿雨水的大坑，那個以前認為絕對危險而現在覺得是最後解脫的地方。然後，在幾分鐘之後，世界就不一樣了。她一點也不害怕。那似乎是最容易的一條路，不用再去想過去現在未來。故事結束。她可不可以就這樣畫上句點？

「我們去找爸爸，好不好？」

「好啊！爸爸在天上。」

「對，我們去天上找他。」

「你要死掉，埋在地下，然後才能去天上，外婆說的。」

「媽咪跟你一起。」

「我不要死！」男孩大聲說，「我不要埋在黑黑的地下。」

「你不想找爸爸了？」

男孩堅決地搖頭。這個月剛滿五歲，外婆臨走前，塞了一個紅包在他外衣口袋，祝福他快高長大。她看著孩子。長得真像他，會愈來愈像，很多很多年以後，但她不能讓時間快轉，轉過這一天，這一月，這一年……要多久，這一切才不會那麼難受？

「以後就只有媽咪了，曉不曉得？」她哽咽了，「爸爸能替你做的，媽咪不能……」

「我餓了！」男孩高聲打斷母親喃喃的訴說，「我餓了，媽咪，我要回家，我要吃荷包蛋。」

天色漸暗，蚊子也愈來愈多，開始聚集在頭頂上。天猶未回暖，蚊子卻已經出來了。女人看著孩子新衣服上的汙漬，洗得掉嗎？

「蛋黃要不熟的哦，外婆不會煎，我要媽咪煎！」

女人抹乾眼淚，牽起男孩的手，開始往回走。她感到非常疲累，而肚子，也真的有點餓了。

——二〇〇七年創作，發表於二〇〇八年六月二日《聯合報‧副刊》。

苦竹

夏日之夜，有如苦竹，竹細節密，頃刻之間，隨即天明。

在夢裡，她跟他說起這首偶然讀到的日本俳句，他們見面時總是聊文學居多。她問，夏日之夜為何有如苦竹？這苦竹是什麼樣的？一語未畢，他突然湊過臉來，探舌在她眉心之間舔了一下。

她一驚，醒了。天已大亮，夢境還很清晰，還沒有被外界干擾，那充滿挑逗的一舔，分明還在眉心，濕潤舌尖的力道令她驚異、悵惘，既然是夢，為什麼沒有夢久一點？

下午一點，她敷上淨白淡斑面膜，躺在香妃竹榻，空調森森送爽，想起這一節，已經失去那種顛倒魔力，只覺得可笑，這樣的春夢竟會是跟他？那麼一個拘謹膽小的老男人，從不敢迎看她大膽的眼光，只在她移開目光時才偷瞥一眼。難道我會吃了你？她暗笑，就是要吃，也輪不到你。

四十多歲的她，喜歡看青春洋溢的小夥子，二十左右，五官分明唇紅齒白，目光要單純，態度有點青澀，身材嘛，要結實偏瘦，像山裡一棵棵修竹，在晚風斜照中輕輕搖曳，對，就是那種感覺。常常可以看見這樣清秀可人的年輕男孩。以前，當她如鮮花初綻時，她沒看見，忙著躲避陌生男孩的眼光。在那個保守的年代，她穿著白襯衫和長裙，頭髮抿在耳後一絲不亂，胸衣外一定要加件小馬甲，不能讓人看到胸衣的輪廓。歲月匆匆，她踉蹌跌入胸衣外穿，肩帶外露的年代。

男孩總是看著她，一群女學生放學從那條有男校的路上經過，她感到許多突然亮起的眼睛，一閃一閃。她目不斜視。所以，一直要到這麼多年後，她才能看見，好整以暇地打量，一株株頎然而立嫩青如竹的男孩。

對街那家美髮院就是那麼塊寶地，養著數個清秀的男孩。年齡足以當她兒子的七號，頭髮理得極短，只在前額處留了一綹長髮，染成金紅，青青頭皮有了那綹紅髮平添幾分妖媚。他擅長吹鬈髮，梳子一拉一捲，吹風機首尾並用，熱氣烘捲冷風定型，成就了一股一扭的復古麻花。把一股鬈髮在臉旁一拉，彈回，輕觸她臉頰。

十號是新來的師傅。那天她從長鏡裡看到他，坐在一旁等客人，側臉線條清極俊極，正面看去，臉略窄，眼梢上揚，紅唇像刀削般分明。他的眼光接觸到她，低頭一笑。下回，她指定找他吹頭髮，在鏡裡把他看個夠。

五號還是個小孩，身形沒長全，但雙瞳盈盈，十指修長有力。那一回他替她洗了頭，鬆頸按肩，輕攏慢撚抹復挑，她閉眼任他按去，按著按著，他笑，「姊，怎麼你肩膀在動？」「唔？」她睜開眼。「我手一邊按，你肩也跟著動。」

「有嗎？」她否認。

有嗎？她問自己，剛剛真的應和著他的手勢，你進我退我進你退如跳探戈倫巴？

他們每回總甜甜喊她姊，央求她把美髮卡再充個幾百元，買一份促銷中的水療護髮，或是燙髮染髮等各種高額消費。她或應允或搖頭，篤定如山卻又忍不住微笑。就像孩子撒嬌要糖，給或不給，全憑她高興。

她至此完全懂得，老男人為什麼喜歡小姑娘。

但是那個老男人，夢裡的那個，倒是老成持重，沒有多看班上年輕的太太。眼觀鼻，鼻觀心，他看著桌上那本上海話課本。小區會所開辦的上海話課，一班六個太太，年歲相當，孩子都上中學、大學了，陪著先生在上海，家中大小事務有阿姨打點，學上海話打發時間，學三句忘兩句。她倒是很認真，從小就喜歡語文，特別喜歡用各種語言賣弄嘴皮，她是唯一返課時能流利讀出課文的學生。

休息時間，太太們聊天，她拿書到老師身旁請教「坐」和「做」的發音。老師一看她過來，突顯慌亂，顫抖著摸索桌上眼鏡，她也詫異，但還是把問題問了。老師嚴肅示範二字發音區別，她細辨其中差異，在課本上寫下：坐，俗，做，卒。她微嘟著嘴，索吻似的，從嘬起的紅唇送音。嘴唇是她五官裡最美麗的一部分，飽滿豐潤，唇型微翹。

然後，她開始注意到老師從不抬頭看大家，但只要輪到她讀課文或發言，他便帶著一種愣愣的神情，專注地從厚厚的鏡片後望過來。她並不是班上最年輕，甚至不是最漂亮的一個。有個成都太太，皮膚白皙，熱情爽快，常邀大夥兒到她家吃火鍋。

每回休息時間，她都去請教老師，但是說話的內容從上海話慢慢變成文學。他是退休的中學老師，年輕的時候也是文藝青年，到現在還固定閱讀《上海文學》等小眾嚴肅文學刊物，曾經出過一本書，早就斷版。結婚前，她做過幾年編輯，中外文學作品也看了不少，兩人有了共同話題，這是其他太太無法介入分享的話題。來上海多年，頭一回遇到可以談文學的男人，向來見到的都是老公生意圈裡的人，股票和房地產，設廠或培訓，具象而不能抽象。

她把一週一次的敷面，移到上海話課前。輕敷脂粉，淡掃蛾眉，不動聲色地打扮起來。她的腿仍然纖細修長，她穿塑身有彈性的煙管褲，緊貼合身的牛仔褲，揚長隱短的名牌恤衫和短外套遮住發福的腹和臀。她讓五號把青絲護得發亮，十號染成咖啡紅，七號吹出嫵媚的鬈髮，低低束成馬尾，用珠圈盤在腦後，或披散肩頭。

相較起來，對手簡直是一成不變，從春天到夏天，他只是脫去那件米色夾克，裡頭是單色恤衫和起了毛球的西裝褲，天氣更熱，恤衫換成了短袖。中等身材，一張缺乏個性的老實臉，眼睛因為高度近視常帶著一種空茫的神情，幸而有股書卷氣，不惹人厭，更幸而他不時在鏡片後追隨蝴蝶般翩翩的她。

就跟對五號七號和十號一樣，她也是篤定如山又忍不住微笑，一個要糖吃的老男人，提供了一個繼續愛美扮俏的動機。她不想知道他下課後的生活，一週三個小時上課之外的家庭和其他種種。她也在他面前保持神祕，台灣，已經讓她有異國情調，再加上住在這種小區的多金暗示，她擁有的是他無緣窺見只能想像的奢華生活。

一個月，一或兩次，老公會在不加班沒有越洋電話開會的晚上，突然坐到看電視或看報的她身旁，她清楚今晚又有任務了。履行任務時，她穿上或絲或綢各種鮮麗的性感內衣，躺倒在床緊閉眼睛，隨意召喚七號十號或五號。但她從未，從未，召喚過他。如果他看到她穿著這種內衣的模樣，肯定嚇得面紅耳赤，眼鏡都要從臉上跌下來吧？但昨天的那個夢，那一舔，卻讓她懷疑他也許不像她想的那麼畏縮膽怯，反而暗藏著一種爆發性的熱情，在她猝不及防時，將勢如破竹席捲她，征服她。

無眠的夏夜，火燒火燎，空氣膠結黏稠，浸滿汗漬的裸身輾轉於滾燙的席榻，企望綠竹生涼，企望竹林生風，企望終結這漫漫長夜折騰的天際曙光，但夜風無情，不消暑熱卻讓弱竹顫慄呻吟。老公那斷斷續續的抽送，濁重的呼吸伴著打嗝放屁，七號的熱風，十號的俊臉，五號的手指，繁複交錯，一節又一節，一輪又一輪。她從未，從未，在此時召喚他，求他幫忙，求他讓她自覺美好，就像白天那樣。

她怎能如此分裂，分裂若此？

兩點差五分，她在眼皮上抹上最後一筆發光的銀色眼影，帶上課本往會所款款而去。她喜歡晚幾分鐘進教室，讓他小小擔心一下。但是教室裡只有他和成都太太，看到她進來，兩人都鬆了口氣。她挑了遠一點的位子坐下，不看他。

過了十分鐘，沒有別人來。成都太太說了，「大夥兒都出去耍了，肯定是，今天，還上課不？」

他有點猶疑，「你們，要上嗎？」

她還是不看他，只望著成都太太，「你上不上？」

成都太太有點抱歉地笑著，「其實我待會兒也有事，本來就要早點走，不過，對老師不好意思吧？」

他好脾氣地說：「不要緊，下星期再上吧，我，我也有點事。」

成都太太走了，她起身拿了課本，有點忿忿對他說：「你有什麼事？」這是今天頭一回正眼瞧他。

「沒，沒什麼，不要緊，你要是想上，我們也可以……」他把眼鏡取下又戴上。

她提議在小區走走，天氣這麼好。這是上海聞名的涉外小區，占地極廣，四周高樓中包綠地，樹影婆娑鮮花處處，有池塘假山，還有戶外泳池白沙灘。他們走過兒童嬉笑追逐的白沙灘，走進池塘邊柳蔭深處。兩人面向池塘而立，塘裡有一群錦鯉，色彩斑斕，看到人影，都聚到他們腳前，等待著。

這一路兩人都沒說話，沉默中，有種說不出的壓力和密度。她竊喜於這壓力密度，彷彿他們之間的確是有著什麼曖昧不明的情愫，這情愫在發酵中，一步一地雷。但他如此認分沉默地跟在一旁，卻又讓人感到委屈，堵得心頭發悶。她終於捱不住了，笑著說：

「昨天讀到一首小詩，挺有意思，卻又不太懂。」她才唸了詩的上半，他便接著唸完。

「原來你知道，那麼，這夏日之夜和苦竹，是個什麼關係？」一問出口，突然感到眉心被刺了一下，臉色乍變。

「怎麼了？」

她舉手摸眉心，「不知道是什麼，蟲還是什麼？」

「我看看。」他湊過臉來，跟夢裡一模一樣。兩人臉挨得很近，他的吹氣拂到她臉上，他的臉也霎時漲紅了，鼻翼緊張地掀動，眼神裡有種很陌生的什麼。她心跳突然飆速，搽著銀亮眼影的眼睛盯著他，紅潤性感的雙唇等著他，命中注定的事她不能負責。但他馬上退回去了，垂眼看自己的腳：「沒，沒看到什麼。」

「哦，沒有嗎？」她雙手抱胸，把課本緊抱入懷，以免自己把課本扔到他臉上。

「咳，那個苦竹我曉得，」他清清喉嚨說，「中看不中吃，滿山遍野瘋長，密密麻麻一大片，人到裡頭，就像天黑了一樣。」

那天深夜，當老公氣喘吁吁壓住她時，她試圖召喚他。有何不可呢，不過是另一個跟她不搭界的男人。他來了，但只是把眼鏡拿下，疲累地揉揉眉心，然後瞪著一雙空茫的眼睛說：忍著點，天，就要亮了。

——二〇〇八年創作，發表於該年九月號《聯合文學》。

插隊

彼得汪離開美國兩年多了，聽到有人說英語，還是會豎起耳朵。也許耳朵豎得更尖了，像獵狗嗅到野兔，忍不住腎上腺素的分泌，因為少聽到，更因為他聽得懂。

上海靜安寺地鐵站，從月台電扶梯上來，喧鬧的地鐵閘口處男人的語聲卻異常清晰，彷彿大家一時都靜默了，留出那片空白讓他去說。「給我收據，請，我會處理……」有口音的英語，辛苦地交涉。男人把手機緊貼耳朵，手摀嘴，身體朝牆，一種不願旁人聽到的姿態，可是他講話的聲音如此之大，在閘口迴蕩共鳴。怕自己說不清或對方聽不明，他反覆說著那幾句話，「是的，我了解，我需要收據，請你給我收據……」來往的人面露好奇，他們不知道這男人在喊叫什麼，只有彼得汪聽懂男人語聲中那種近乎痛苦的緊張，崩潰前的掙扎。他踩上通往大街的電扶梯一級級向上，準備把語聲拋在底層、腦後，此時男人無效的溝通，爆發成一聲巨大的「幹」，緊接一連串的英語咒罵，我幹你，你這混蛋，你想要我，我幹你，幹幹幹！

彼得汪被幹得頭昏腦脹，站在靜安寺前茫茫然。

「先生，看相嗎？」一個老婦靠近他。

「啊？」

「看個相，先生，您是男身女相啊！」

他往前走，老婦緊跟不放，「先生……」

彼得汪停步，轉身，對著老婦用流利的英文說：「看在老天的份上，我聽不懂你在說什麼！」

老婦慌忙退下，彼得汪繼續往前。

彼得汪過了馬路往靜安公園走，跟幾個朋友約在公園裡一個峇里島風情的餐館，落地玻璃窗看出去一池荷花。但是老婦的聲音在耳邊唸咒。男身女相。什麼意思？是褒是貶是福是禍？他在美國就知道自己長得太秀氣，但是來到上海，他的桃花運走不完。她們暱稱他咖啡王。

咖啡王有一把咖啡壺，玻璃壺身金屬圈，底下用酒精燈小火，白色棉芯浸在酒精裡，吸飽了漲滿了，不緊不慢吐出一簇藍藍的火焰，一下一下舔著壺底。用這把壺時，總是在兩個人關係剛開始不久，照例是夜晚，在外頭吃過飯後，到他住的地方喝咖啡。隨著小火不懈地舔舐，屋裡開始瀰漫一股咖啡香，香味愈來愈濃。水遇熱變成蒸氣，遇冷又成水，這冷熱過程成就了汩汩流出的咖啡。女客無一例外，總是睜著勾畫入時的明眸，目不轉睛看著酒精燈壺，讓他飽覽燈下美人嫵媚的側臉。

自從來上海，彼得汪從不缺美人。他生著一張娃娃臉，一頭濃密的鬈髮，兩個深深的酒渦，很能激發女人的母性。一米七的身量不算高大，跟嬌小的上海美眉站在一起也還般配。何況以他留美多年衣錦榮歸的背景，在講實際的上海美眉眼裡，賣相勿要太好噢！

這是彼得汪三年前無法想像的。他當時考慮要不要到中國，不知道在中國等待他的是什麼。到美國留學，是他那一代人的夢，他替父母和同代人圓了那個夢。在美國找到工作，拿到身分，是他順著夢的圖標，順著所有人的腳步往前，而他的運氣好，沒什麼困難就在美國安身立命了。至少父母和友人都這樣看，他也不多說，只是微笑著在返鄉時送上一份份美國帶回來的禮物。

同樣，美人也常在耳鬢廝磨時，問他關於那些年的生活。哈，有什麼好說的？彼得汪會聳聳肩，伸手插入自己濃密的鬈髮中，那樣子是有幾分瀟灑的。他愈含糊其辭，美人的興趣就愈大，他文秀得近乎孩子氣的面容，他的多金，渾身充滿了待開發的祕密，都把美人的心緊緊拉住，不想走，也不想讓他走。彼得從不多作解釋，留美回憶是繡就他海歸榮光的金線，如果沒有這些，他也不是這些人眼中的彼得。只是，怎麼說呢？面對從未出洋的美眉，家中唯一的「寶寶子肉肉子」，不知道過去腥風血雨政治運動只知道歐美各國名牌，簡言之，不懂被貼標籤痛苦的嬌嬌女，他要從何說起？

彼得，我們要出去買咖啡，你要嗎？紐約大學研究所休息時間，跟他比較熟的尼克問他，他當然說要，其實獎學金沒到手，他中午吃的都是冷三明治，有時肚子實在受不了那個冷，到店裡要一碗蔬菜雞湯，附贈一個小麵包，就是一餐，他從不買咖啡。窮學生的日子結束後，冬天買咖啡，圖的就是手心那個熱度，握在手裡也不喝，直到燙手再換手。在美國他沒煮過咖啡，只是海灌公司的免費咖啡，為的是提神保住飯碗，更為的是人手一杯，想融入能不喝？是那麼一個生存的手段啊……真正開始買進口咖啡豆，買研磨機，買各種咖啡壺，竟是到上海以後了。這裡各式洋貨齊全，而他頭一回有餘裕去享受這些美式享樂。

「美國，真那麼好？房子很大，都開車？很有秩序，特別會排隊？」汀娜一口氣問了許多，彼得汪只是眼睛半睜半閉，指尖在她絲緞般裸肩上畫符。

「你說嘛，你說！」

「美國，哪有上海好？」

「我不信！」

汀娜比起前幾個女友較真多了，彼得汪嘆口氣，跟她說起排隊。美國人很重視排隊，自覺排隊，誰也不敢插隊，插隊讓人瞧不起。剛去美國那時啊，不知道隊是怎麼排法。去郵局買郵票，看到一個窗口前排了一長條，其他窗口前只有一個人，他就等在了一個窗口前，前頭人辦完事輪到他，還沒開口，櫃台後的郵務員問：你，排隊了嗎？

「啊！我們這裡，外國人多的地方，上廁所也是排成一條。」

「所以我說嘛，上海不比美國差呀！」彼得汪不想再說，指尖往下探索。但是汀娜的問題特別多，「怎麼沒有在美國找個金髮美女呢？」

「我對洋女人不來電。」他斬釘截鐵。

如何不來電的？洋女人皮膚粗，眼睛大得像銅鈴。汀娜吃吃發笑。上海女人的皮肉細緻，又比老家女人白上三分。他湊近香肩，輕咬一口，懷裡的人一陣顫慄。這一招是屢試不爽，比親吻多那麼一點恰恰好的暴力，又不那麼口水相濡舌肉交纏的肉欲。

瑞吉夫也問過他，為什麼沒有在美國找對象。瑞吉夫是一家美國公司的亞洲總裁，印度人，每隔幾個月飛一趟中國。他給了一個理由：女朋友不想來中國唄。瑞吉夫很同情，能理解現代男人為了事業在各大洲當空中飛人，犧牲家庭和關係。

關係，各種關係。美國人總喜歡把關係掛在嘴邊。喜歡上一個人，談一段戀愛，就是產生一種關係。他的關係又是什麼？他在那裡從二十六歲待到了三十六，整整十年，黃金的十年。寂寞的十年。唯一能救他於水火之中的，就是結婚。找個晚上可以光明正大摟著睡、活生生的女人，不是成人錄影帶裡的，大馬路上的，夢裡的。能找的對象卻那麼少。女人對他視而不見。金髮、棕髮和紅髮，甚至黑髮，一個個眼高於頂，從他一米七的頭皮上掠過，四周都是魁梧的大漢，厚實的胸膛，虯結的臂肌，他這個玉樹臨風的白面書生，被比成了娘炮。

還有那個棕髮的喬漢娜。嬌小豐滿的猶太人，兩個琥珀色的眼珠，淡淡的雀斑，編貝似的白牙，臉上總是很認真的神情，聽他期期艾艾說著邀約的話時，也是這麼認真。

喬漢娜大學時修過中文，支持環保，崇尚素食主義，做瑜伽並打坐，是那種看起來靈魂很乾淨的女孩。她跟他出去了，絕無僅有地，他跟一個棕髮的美麗女孩併肩走在紐約下城。晚風清涼，他們一步步踏過印度希臘義大利不同族裔組成的社區，看了一場東歐的藝術電影，吃素漢堡當晚餐，大多是她說他聽，她的辯才無礙，而他語不成句，他從未用英語談這麼多專業以外的話題。等她跟他談中國人權和西藏問題時，他只能沉默了。之後，喬漢娜客氣地回絕他的邀約，他覺得很冤，那些甚至不是他的問題。

懷裡的汀娜也是棕髮的，髮根微露黑夜的底色。再咬一口，香肩上留下齒痕，汀娜不依了，往他懷裡磨蹭，他順勢撈起她的上衣。予取予求，她們都在討好他，一個完美的結婚對象，或是一個完美的情人，他都可以是。她們假裝天真地坐在他懷裡，彷彿無所企圖，不知自身的媚力和男人的一觸即發，管不住他的手似地躲，又能往哪裡躲？兩人吻著咬著舔著黏在一起。

女人的浪笑，讓他從夢中驚醒。鬧鐘螢光針指著一點。每週末，隔壁的謝恩都會從酒吧帶女人回來。他從未見過這些在吧裡尋歡的女人，金髮棕髮紅髮，甚至黑髮，只聽到她們的浪笑、叫喊和呻吟，一波波愈推愈高，勾走了他的魂，吸走他的精氣神，還使勁撞他的這堵牆，死撞活撞，他感覺床搖晃起來，斗室的四面白牆往他抽搐的裸身轟然倒塌。白天，他在走廊上遇到謝恩，彬彬有禮的瘦高個子。嗨，怎麼樣？很好，你呢？

兩人擦身而過。他暗地裡叫他 Shame，可恥，但他不知道，相對於牆那頭的熱鬧，他這頭的安靜，是否更令人感到恥辱。

現在美眉在他身底下嬌喘，她們的叫喊和呻吟比洋女人的明顯節制多了，但她們非常配合，她們討好他，就像他討好他們。他們是懷特先生，是史密斯女士，是菲利普，是寶琳……

艾美，二十二歲，五呎四吋，身材曼妙，要找有誠意有專業的洋男子，先友後婚。琳達，大學生，英語系，喜歡爵士和舞蹈，要找洋男子語言交換。你想要認識上海嗎？我可以當你的嚮導。艾曼達，二十五歲，漂亮活潑，通英文、法語。

米色的帆布大陽傘撐開來，一張鋪了橙色桌巾的圓鐵桌，四張鐵椅，彼得汪坐在其中一張，翻著別的客人遺落的一本英文小冊，這種小冊在涉外社區的會所和西洋食品專賣店裡免費散發，裡頭全是餐館和酒吧夜店的廣告，後面數頁的徵友啟事。許許多多的東方美眉，以似通非通的英文，諂媚地求著哪個西洋男人青睞。田子坊的初夏，空氣裡充滿一種奇異的騷動，那是分合之間的緊張暗流，狀況未明前的興奮，更是東西雜燴的混亂。這裡本來是一大片上海傳統民居石庫門，石板小路邊兩層樓的磚面木造老房，漆成黑色的兩扇對開石框木門，門上是半圓形或長方形的石頭門楣，講究一點的人家還有石雕。當其他都支離破敗後，這石頭箍就的石庫門仍然神氣挺立，把所有狗皮倒灶擋在門後。現在這裡被開發成個性商店和藝品區，咖啡館林立，上海人家把底樓讓租成店面，賣各種流行服飾、陶瓷器和絲巾，婦人還照常在二樓窗口伸出長竿曬衣裳，幾件半新不舊的衣褲被風吹成旗幟，她探出頭來，遙遙喊過對面，那裡也有個婦人在窗口，飯吃過了伐？就是這種里弄家常混合了紐約蘇荷式的新潮和波西米亞，在這夏日的午後，吸引來許多洋客。

只有上海能炮製出田子坊這樣的地方，讓洋人舒服地像在歐美城市的某個熱鬧街道，卻又不乏刺激的異國情調。上海讓他們住得愜意，在舊租界那些時髦高級區，開著一爿爿小店，專賣洋酒和乳酪，還有從歐美進口貨源的城市超商連鎖。想要尋歡作樂，這裡有各種奢華淫靡的地方可去。單身男女泡酒吧夜店，在健身房和網球場鍛鍊，攜家帶眷的也有他們的樂子，混私人俱樂部，住在別墅或高檔公寓。他們的孩子週末踢足球打棒球，有模有樣，跟在家鄉時一樣。不一樣的是，媽媽什麼事都不用做了，有阿姨有司機。他們把錢帶來，把西洋禮儀留在家鄉，因為這裡用不著。少了西洋禮儀的潤滑劑，上海的洋人更不可親近。他們提防著所有的人，所有的人對他們敬而遠之。彼得汪是例外，因為他的存在，跟洋人有千絲萬縷的關係。

洛伊來了，騎著閃閃發亮的鋁鈦合金腳踏車，隨意把車往店前梧桐樹幹上一靠，大步走向他。洛伊跟很多歐洲客一樣，喜歡騎單車穿梭於大街小巷，所住的舊法租界，林蔭夾道較為僻靜，的確適合騎車，但是租金貴得嚇人，只有駐外的福利和薪資才供得起。彼得汪在台資企業工作，不能相提並論。

「外頭或裡頭？」他問。外國朋友一般都喜歡坐在街邊，而他自己並不喜歡在太陽曝曬下吃飯。

「到裡頭去吧，愈來愈熱了。」

這家餐廳依著石庫門原來的格局，一樓設了飲料吧，玻璃櫃裡擺著起司蛋糕和巧克力布朗尼，二樓的大房間擺了幾張檯子，三樓是陽台，同樣撐著幾把大陽傘，排了座椅，還有一個木頭鞦韆。擺飾力求營造老上海的腔調，留聲機、老電話和老電風扇，牆上貼著周璇胡蝶美女月份牌。老闆是台灣人，口音一聽就知道。

服務員來點餐，笑容滿面聽著洛伊半生不熟的中文，沒看彼得汪一眼。洛伊點了雞肉三明治，他點了義大利海鮮麵，兩人都叫了德國啤酒。

洛伊是法國人，在美國成家立業，被派駐上海，從事亞洲手機市場研發，彼得汪在台資企業手機部，接的是美國訂單，兩人有時會聚聚。

點的餐來了，雞肉三明治做成了豬排三明治。「我要的是雞肉。」洛伊說。

服務員笑得惶恐了，「您要的不是豬肉嗎？」

「不，是雞肉！」洛伊改用英文，把雞肉的兩個音節發得特別清晰，chink-en。

服務員像在上英文課一樣跟著唸了一遍，「企——啃？」

彼得汪插嘴了，「這位先生要的是雞肉三明治，請你換一下。」

「換一下？」服務員面露難色，大概是怕廚房那裡吃排頭，或老闆扣錢。

「去換吧，」擔心服務員再猶豫，他很快說了一句，「他是回教徒，不吃豬肉的。」

服務員哦了一聲，把盤子端走了。

「你剛跟他說什麼？」洛伊好奇。

「我說，找你們老闆來。」

洛伊嗤笑一聲，「這些人。」

「哦，是啊！」他也搖頭。巴結去吧，任你把臉笑僵，這個洋人也不會算了，雞肉就是雞肉，沒得商量。天氣燠熱，彼得汪有點心煩。他為什麼捱不住要跳出來打圓場？自己明明跟洛伊同行，服務員丟臉，為什麼就是他丟臉？面前的洛伊好整以暇吃著新做好的雞肉三明治，不笑的時候，他的臉容透著冷肅和不耐，一雙冷冷的藍眼珠。

洛伊的報應很快就來了。餐畢兩人走出來，停在店前的腳踏車已不翼而飛。

彼得汪沒有走到大路上打車，抄近路往田子坊另一頭走去，那裡通往真正的石庫門民居，空氣更陰濕更混濁，是因為橫掛的繩子上垂著魚乾和肉脯，晾曬的衣裳擋住了天光，還是後門廚房牆上厚厚的油汙？門口幾無例外都釘著好幾個郵箱，一個房間就能住上一戶，郵箱上墨字歪歪扭扭寫著各家訂閱的報紙和牛奶。從前台繞到了後台，這是洛伊不知道的角落。彼得汪一身名牌恤衫和休閒鞋褲，穿過這片外人罕至的石庫門，午餐時的不悅漸漸退潮，被另一種無力感充滿。

美國最大的客戶到上海來，巡檢合同下幾家公司的工廠。這是一年一度的考核，成績攸關明年的訂單和公司的發展，公司上下只有品管部處長彼得汪最清楚美國公司的作業習慣，由他統籌接待，從之前的協調安排，當中的參觀簡報，之後的資料彙整，每一環節都做得得體麻利，客戶十分滿意。考核結果出來，老闆特別把他請到虹橋的別墅家裡吃飯，勉勵有加，年底的分股和紅利，定不教他失望。

忙了兩個月，彼得汪決定好好放鬆一下。

彼得汪泡妞一定約在情調優雅的西餐廳，如是初到上海的洋客，則請在懷舊老洋房裡吃上海菜，長住上海的洋朋友，通常就在西餐小館碰面或是吃吃內地各地特色菜。今晚，他挽著汀娜從街角一家牛排館出來，撫著汀娜長長的鬈髮，一溜而下停在水蛇腰，正想提議去他住的地方喝咖啡，手機響了，是瑞吉夫。

瑞吉夫說週末晚在法租界包下一個洋樓開派對，請了很多人，有個名叫喬漢娜的，跟他本是同一個公司，現在調到上海。

「哦，做市場研發的喬漢娜？喬漢娜・考夫曼？」

「不確定，總之，你一定要來。」

兩人又聊了幾句，掛了電話，汀娜以崇拜的眼神仰視他。其實他沒有比她高多少，何況她還蹬著個三吋高跟鞋，她一定是不自覺矮下身去。

在上海能說流利英文的小姐，可能是為了釣洋客，能說流利英文的男士，則都是專業人士。從路人的注視、其他食客的抬首中，他一次又一次驗證所說的是某種更高級的語言。像他這樣條件的人還真不多。在公司裡，他輕巧越過兩個排隊的資深副處長，坐上品管部處長的位子，斡旋於美國客戶和公司生產線之間。彼得汪完全理解汀娜崇拜的眼光，但他無心陶醉，幾個香吻匆匆把她送走，獨自沿著森森梧桐樹道踱去。

喬漢娜？他們竟然會在上海重逢？怕不有五年了，自從那次失敗的約會後，他們幾乎不再交談。每次回想，總覺得那約會有什麼地方不對勁，就像吃的那個素漢堡，用煎豆腐替代了豬絞肉，再怎麼健康掛帥，口味總是奇怪。

喬漢娜，這個喜歡辯論道德文化議題的奇怪女人，琥珀色的眼珠，水晶球般的明亮。在美國時，他一杯又一杯灌下苦咖啡，吞嚥冷沙拉和硬麵包，學習那種音調上揚陽光燦爛的社交英語，言不及義。他從來不能真正說什麼，也沒有人要聽。現在他回到中國，主動擁抱洋文化，穿戴歐美品牌，出入於上海的洋人區，跟洋人敷衍得很好。英語不是他的短處了，是強項，是他穿梭於上海國際社區的通行證。他的洋朋友比以前在美國時多得多，他們下了班要找樂子要打球，會記得叫上他。他們需要他，一個現成的橋梁，已經打好磨光，即時可用。

入夜，位於僻靜巷底的這幢洋樓，十來株香樟樹一起發出清香，玫瑰小徑的路燈亮起，煌煌的屋內客人大多到了，識與不識，都手持酒杯談笑。負責接待的侍女穿著一式的淡綠色短旗袍，開叉到腿根，端著飲料和點心，四處走動。彼得汪刻意晚到了，他今天破天荒穿一件短袖白色麻紗中衫，配上一條黑色夏褲，頭髮用髮膠抓出一種不經意的帥氣。一看到穿旗袍的侍女，他又對身上的中國元素感到後悔。

「彼得！」人群裡有人對他招手，他連忙定定神，露出招牌的瀟灑微笑，往熟人那兒去。許多的介紹、握手，許多的現在和未來，他們的舌尖彈跳著國家城市的名字，世界就像一個地球儀，隻手可以轉動。空調開得死冷，彼得汪臉上卻開始冒汗。他心裡詛咒，臉上帶笑，excuse me，暫別這一屋的熱鬧，站到了陽台上。陽台這一刻是安靜的，他閉上眼睛，有沒有風？好像有，有一絲風，夾著底下花園的香氣拂面，彼得汪深吸一口氣。

「彼得？是你嗎？」

彼得再吸一口氣，轉身。「嗨，好久不見！」

喬漢娜。琥珀色的眼珠子好像淡了一些，眼角漾出細紋，但臉上仍是那副認真的神情。「我不能相信是你！」喬漢娜說的好像過去五年都在找他似的。她穿一件剪裁合身的黑色連身裙，深深的V字領，乳溝處躺著一枚金閃閃的墜子，皮膚是飽浸陽光的黃熟。

彼得汪喉嚨發乾，他當然知道洋人應對的那一套，但一時真不知要說什麼。難道故人的出現像一道魔咒，一記就把他打回那個緘默的歲月？

「看看你，跟過去完全不一樣，變得，」喬漢娜認真尋找字眼，「變得好有自信，你整個存在都在發光！」

彼得汪笑了。好個喬漢娜，存在？他頭一回在派對上聽到這個字眼。他鎮靜下來，談天說地如一位紳士。

「回到上海，你可說是如魚得水。」喬漢娜如此總結。

彼得汪故意一本正經地接口：「不是魚，是一隻海龜！」他解釋諧音的海歸之意，說得喬漢娜頻頻點頭。

喬漢娜跟他的談話裡，不時穿插幾句生硬的中文，很認真地要他教她中文，實用一點的，例如「不要插隊」。看來她才來上海不久，還在接受上海給予的文化震撼，彼得汪這時總是跟洋人靠邊站，對一切不合西方文明的事嗤之以鼻。有一堵堅固厚實的石庫門，把那些擋在後頭，跟他不沾邊。

喬漢娜突然若有所思，「我們說的這個插隊，有別的意思吧？」

「你是說？」

「我記得在學校讀過，文革時候發生的，插隊什麼的，到鄉下去？」

彼得汪無法置信。難道五年之後，在那個難堪語塞的約會之後五年，喬漢娜又來詰問他，拿的又是不屬於他的問題？

「你為什麼要問？」他維持著紳士風度，但口氣明顯冷淡。

「哦，別誤會，我只是聯想到，你知道的。」

彼得汪微笑頷首，「今天真高興又見到你，相信我們會有很多機會再見面，現在，請原諒……」

彼得汪走出那個派對時，腳步有點踉蹌。他今天的表現相當出色，不是嗎？喬漢娜給了他高度的肯定。這次成功的演出，終於可以取代那次約會的記憶，幾年來，它像個濕手印陰涼涼貼在胸口，焐不乾焐不暖。她沒結婚，還是離婚了？總之看起來是寂寞的，他有絕對把握可以約她出去……他這麼盤算著，卻又分明知道不會再見她。

一股熟悉的味道逗引著他。深夜的街角，拉上鐵門的報攤後頭，竟有一家小咖啡館。

他往那裡走去，整個派對上除了酒，什麼也沒吃。他點了咖啡和金槍魚三明治帶走，正要付錢，旁邊一個低沉的聲音用英語說：「我在排隊。」

這個高大的男人看起來聽起來都是英國佬，比美國人更有一種傲慢。

「你是說，我插隊了？」彼得汪反問。

「我是說，我正在排隊，難道你沒看到？」男人俯視著他。

彼得汪冷笑，「我沒有插隊，剛才這裡沒人，你搞錯了。」

男人露出一絲訝異，本想說什麼，但只是搖搖手，彷彿是說算了。

那個手勢更加激怒彼得汪，酒窩深深陷入抽搐的臉頰，好像有人突然從他臉上剜去兩塊肉。什麼意思，我們就是不懂得排隊，不可理喻？他高聲喊：「我是絕、絕對不、不可能去插你的隊的，你、你最好搞清楚。」也許是太憤怒了，他的英語竟然結巴起來。

男人瞪著他，彼得汪從那對冰藍的眼珠子裡看到兩個字：瘋子。

收銀員皺起眉頭，「到底是誰先來的？」

「是我！」他吼，噴出濃濃的酒氣，收銀員的眼光帶著懷疑。

「是我，我先來的。」他試圖控制自己，像個有教養的紳士，這是他整晚，不，多少年來都在扮演的，他這麼體面的一個人，怎麼會不排隊？

收銀員的眼睛猶疑望向英國佬，然後朝他眼珠子一瞪，「是你就是你，付錢呀！」

什麼態度?你巴結去吧,再巴結他也不會把你當回事。他猛力一捶桌子,開始大聲咆哮。英國佬試著說什麼,收銀員也在說什麼,但他的聲音蓋過他們,蓋過所有,在咖啡館裡迴蕩、共鳴,放大到無限,我幹你幹你,幹幹幹!

彼得汪第二天醒來想到這一幕,覺得不可思議,那個咆哮的人,他自己都不認識。認真一想,也說不清自己是什麼樣的一個人。他四仰八叉躺在席夢思軟床上,只是發呆,然後,他看到了自己。到達美國的第二天,他站在無人排隊的郵局窗口,望向那名郵務員,好奇而無辜,不知道羞辱正在等他。

——二〇〇九年創作,發表於該年八月號《聯合文學》。

最後的華爾滋

夢憶大舞廳開在上海古北區一個商業大樓九樓，全層統包，客人從電梯一出來，迎面就是牆上滿貼的國際標準舞競賽海報。一幅立起來比人高的是世界冠軍得主到上海巡迴演出海報，洋男洋女擺出了優雅的華爾滋舞姿，穿著燕尾西服的男人俊拔挺立，油光的頭髮一絲不亂，眼裡含笑，懷裡往後仰倒的女人，金髮高盤也是一絲不紊，露肩裸背的桃紅雲裳舞衣層層纍纍，頭往左後方偏，長翹睫毛藍眼影，笑得優雅。但是杜麗麗知道這個姿態擺出來費多少腰力，那像天鵝般斜後探出的修長頸項，需要多少鐘頭的按摩推拿。

她移步到玻璃大門前，一個穿白襯衫繫紅領結的服務生搶上前開門。一進大廳，她不往舞廳那兩扇金框酒紅厚絨大門走去，卻到吧檯旁坐在了高腳椅上，一個大提包擱吧檯上，掏出維珍妮涼菸，一邊抽菸一邊對著杯櫥的鏡面掠頭髮。服務生小李多少精乖，立即用耳上戴的對講機通知裡頭：「幫杜小姐留一個檯子，舞池邊浪相。」

杜麗麗是熟客了，專跳下午場，國標舞專場。夢憶是新開的舞廳，聽說老闆是台灣人，老闆娘舞跳得好而且是個紅迷，所以店名裡有個夢字；另有一說，老闆的二奶叫夢娜，夢自此而來；更有一說，店名是請高人算筆畫合了老闆八字才拍板定案的。不管此夢從何而來，這裡的舞池跟百樂門的不遑多讓，裝潢則不走老派舞廳金壁輝煌的路子，而是簡約優雅，鏡牆幽幽反映壁嵌燈火，紅沙發黑檯面，檯上五角水晶瓶裡四季鮮花，夏天送來擱了檸檬片的冰水，冬天是龍井綠茶祁門紅茶，晚場有現場演奏和餐點，四周立了大螢幕，不停播放英國黑池國標舞競賽和表演的帶子，吸引了不少舞齡十年二十年的中年老舞客。來得更多的是海歸、新貴、日本和台商太太們，就近到舞場來消磨時光，請了舞蹈系專科畢業的年輕舞者伴舞，熱情拉丁和優雅摩登，雙腳踏兩船，搖晃來擺盪去。杜麗麗不一樣，她一心一意只跳一種舞。

能把一種舞練好，也不簡單。國標舞一舉手一投足都有講究，它像劇院裡台上一分鐘台下十年功的精緻唱作，而交誼舞則是野台上粗陋無文的即興演出。杜麗麗曾經誤闖上海那些跳交誼舞的小舞廳，黑壓壓摩肩擦踵，全是中老年人，走起舞步四肢動，頭和軀幹不動，沒什麼視覺美感技術含量。如果那些小舞廳是大眾浴池，浸泡著芸芸眾生，夢憶這種地方就是高級Spa了，小柳這樣說。

一根菸抽盡，一個頎長的身影終於推門而進，笑著朝她招呼：「杜小姐，你來啦！」男人背個包，黑衣黑褲，額頭高闊，眼睛狹長，一頭黑色鬈髮帥氣地攏到腦後。

「小柳。」杜麗麗似笑非笑點個頭，慢慢從高椅裡下來，自己拎了包，帶頭進了舞廳。

兩人一進舞廳，都往場子裡打量，看有沒有熟人，更要看今天的舞客水平高低。舞場是習技之地，更是炫技、競技的地方。場子裡只有五對，四對是老客人了，有一對沒見過，一頓一挫斜步橫行跳著探戈，架勢十足。

小柳眼神銳利盯著場中人，杜麗麗自顧去更衣室換衣換鞋。今天穿的是一條在南外灘訂製的圓裙，長度及膝，白色紫色紅色一瓣瓣，轉起來奼紫嫣紅如繁花盛開，舞鞋是剛從台灣空運來的包頭紅酒緞兩吋半。圓裙雖美，卻顯得腰粗，舞鞋倒好，可能也是她的腿還沒怎麼走樣。她在穿衣鏡前轉個圈，打量，再轉個圈，還要再轉個圈時，進來一個人。李珊。

「哦，你剛來啊？」李珊身材豐滿，一件黑色細帶直統短洋裝繃在身上，綴著一條條流穗，紫色褲襪，金色舞鞋三吋高。

「小柳晚了。」她在包裡摸薄荷口香糖。

「又晚了，那你要他上足九十分鐘才能走，不需要對他們太客氣！」

李珊語氣中的輕蔑，讓她有點反感。「畢竟是老師，我只看他們教得好不好。」

「小柳還行吧，我那個就有點淘漿糊了，自顧跳自己的，不管我。」

李珊的老師，從舞蹈學校畢業一年多，在舞蹈教室裡專教拉丁，幾次在場裡看他扭腰擺臀臂轉蓮花，把李珊像甩陀螺般甩得直打轉。這些年輕老師曼妙的舞姿，還真是魅惑性感，但他們沒有一個會跳摩登。小柳不一樣，三十出頭，是北京舞蹈學院的全材生，摩登拉丁一把抓，幾次在電視上為嘉賓伴舞。當然學費也不一樣。

「小柳，就是太忙，我想再多排一堂課都排不上。」

「是嗎?」李珊若有所思,「我本來還想,是不是要換老師。」

「他沒空。」話一說出,察覺自己答得太急了,「還是,我幫你問問看?」

「算了,比賽完再說。」李珊已經報名社會成人拉丁組,三個月後在盧灣區體育館比賽。

李珊一定不曉得,小柳是初賽評審之一呢!杜麗麗不無驕傲地想,敷衍幾句就趕緊出去了。

她的新舞鞋踩在紅地毯上悄無聲息,回到他們的檯子,面向舞池的小柳卻像後腦勺長了眼睛說:「看看這對,滿好。」

是那對新面孔,在跳狐步,流暢輕快騰雲駕霧,凌波舞步就是這樣吧?小柳說狐步是摩登舞裡最難掌握的,激勵她學,她總不肯。沒有人只跳一種舞的,他說。有沒有聽過「一往情深」這個詞?她問。小柳笑,是那種見識到代溝的笑容。

杜麗麗對別人的舞功沒那麼大興趣,「剛才遇見李珊,她好像想跟你上課。」注意著小柳臉上表情。

「哦,李珊。」小柳沒說什麼。這裡大家搶學生搶得厲害,換老師也換得凶,但是低頭不見抬頭見,不好輕舉妄動,遇到壞學生,不是那種笨手笨腳拎不清的壞,是那種百般挑剔耍脾氣的壞,那可真是啞巴吃黃蓮。而且,他知道杜麗麗在想什麼。他站起微微欠身，手向前瀟灑一伸，「Shall we dance?」

兩人先在場邊走了幾趟基本步熱身，待到華爾滋樂曲一響，小柳即擁著杜麗麗昂首開步舞去，一二三，一二三。杜麗麗提醒自己，一拍要短，二三拍要長，下壓延伸，企及最高點，鬆落，再下壓……套路已經學完，這幾個星期都在打磨拋光。一支舞曲結束，小柳並不稍停，繼續跳下一支，右手緊貼她肩胛骨下方，左手與她右手交握，杜麗麗感覺身上熱起來，後背開始出汗，盤上去的髮絲抖落了幾綹在臉上，癢得人心神不寧。「頭不要動，功架擺擺好。」小柳像對小學生般。

她吸氣拔開上身後仰，小腹貼向小柳，兩人如連體嬰般，又如一個樹幹叉出去兩根花枝，在舞場裡旋轉再旋轉，一個雙峰點地，她緩緩下腰轉頭，一個婉約略帶夢幻的轉頭……右腿一個踉蹌，小柳把她抱住了。

華爾滋過後是森巴，小柳不管，繼續帶著她在場裡飛舞，其他的摩登舞客也照舊自練自的。舞客鮮少有能同時駕馭摩登和拉丁者。這時，李珊和老師下場了，他們笑容滿面在場中央，腹部和膝蓋隨著音樂律動，咚咚咚咚，扭胯前進，咚咚咚咚，彈腹向前，只見李珊舞衣流穗碎碎不停搖晃，豐乳肥臀和圓滾的腹部彈跳著，咻一聲，媚笑著從老師胯下鑽過去……「專心！」耳邊響起小柳的聲音。

專心。她收束心神。年紀大了，學舞本來就慢，腦裡有的，身上使不出來，顧此失彼，總是不能教人滿意，偏她還不專心。這不專心的毛病，也是由來已久，早就有人對她耳提面命過了。她那時怎麼會那麼不專心呢？其實不是不專心，是靈魂出了竅，所以，他要說「魂靈桑緊底！」那也是心急衝口而出的老上海話吧？他常說的幾句上海話，至今刻在腦裡，為什麼舞步就虛浮不實，沒有刻在身體裡？三十年後，再來跟這個上海小青年學舞，再來聽他說儂啊，專心！

連著跳了七、八趟，杜麗麗沒有因為熟稔而跳得更好，反而因體力不濟開始頻頻出錯。等到小柳把她送回檯子，她已經汗流浹背，氣喘吁吁了。小柳啜了一口冰水，笑吟吟看她，「回去練了沒有？」

「你，」杜麗麗一杯冰水飲盡，看著小柳往她杯裡加水，喘著氣說，「我，我累死了。」

「基本功不行，你以前不是有基礎的嗎？」小柳促狹地說，拿起桌上的紙巾抹汗。

「你也會流汗啊？我以為你是超人呢！」杜麗麗恨恨拿起紙巾往臉上一抹，紙巾上全是脂粉。真是糊塗了，抹汗把臉給抹花了，幸好這裡燈暗，可能也看不清。只恨年過半百，不化妝就沒「臉」出門。

「你可以開始學新的舞了。」

杜麗麗把蝴蝶夾取下，把及肩的鬈髮重新梳攏盤起，眼睛不看小柳，但她也像額頭上長了眼睛，知道小柳眼光一直沒移開。

「你可以學得很快的。」

「還是把華爾滋再加強吧。」杜麗麗語氣堅決，小柳就不再吭聲了。畢竟要學生多學，相當於要學生多上課，多交錢。

小柳起身去外頭講電話，杜麗麗看著舞池。李珊跳完森巴，略過探戈，現在跳倫巴，在舞池中央扭擺著，身體時時保持著上下互擰的姿態，特別顯得胸部高聳，臀部圓翹。其他幾對拉丁舞客，男的也是清一色的年輕舞者，舉手投足都是一絲不苟的專業水平，身體像蛇般從頭到腳一波波起伏蠕動，而女的都是中年婦人，個個腳步虛浮，挺著小腹胡扭亂擺，靠著男舞者的引帶借力在場中移動。那一對對一雙雙，怎麼看都像是養著小白臉的婦人，絕望地要留住小白臉的心。杜麗麗嘴角一撇，她是絕不會這樣出醜的。

華爾滋已經學了半年，真的該學點別的？其他摩登舞，她過去也跳過，只是沒下苦功，但是陪老張出去跳跳舞還是夠用的。她喜歡的男人都比她老，快三十歲時嫁了五十開外的老張，十五年後就走了，沒有生個一男半女。現在老公比她大了十來歲，是個舞痴，不是痴迷的痴，是白痴的痴。整十年，她不曾跳舞。願意讓她這樣花錢花時間珍重學習的，也只有華爾滋了。那時跟老張也算夫唱婦隨，但是兩人一跳華爾滋就要吵架。弄不明白你對華爾滋就有這麼多疙瘩？老張也是隨父母流落台灣的上海人。她喜歡聽他的上海口音。

有很多事老張是弄不明白的。雖然她是真的愛過他，不像對第二個，只是找個有經濟基礎的伴罷了。其實，她曾想對老張說的。答應他求婚的時候，在他病床前，她曾經想說。祕密不能分享，但一天不分享，它一天不安分，滋味時時在變化，夢魘般壓在胸口。又像她這個人，永遠沒讓人完完全全明白過、愛過，因為她有一個部分蓋在祕密的陰影下。老張至死愛的杜麗麗，不是她。

其實也沒什麼。她二十三歲，這一生，她再也沒有比那時更美了，之前，帶著青澀，之後，有了滄桑。就在那一年，她像一朵花綻開，骨肉亭勻，白皙的臉上永遠健康又嬌羞的兩朵紅暈，眉眼如山水盈盈，迷你裙下一雙無瑕玉腿。她在台灣南部一家美國航空公司的俱樂部圖書館工作。每一天，她都是滿懷期待地醒來，預感生命裡有什麼重要的事情即將發生，而她將因此脫離父母嚴厲的看管，飛向自己的世界。那個公司洋人特別多，他們高大有禮來來去去，借閱雜誌時，總要跟她開開玩笑。有一天，一個洋人邀她參加週五晚上俱樂部的舞會。俱樂部有時會舉辦舞會，只有洋人和主管可以攜伴參加，像她這種小職員是沒分的。她當然去了，穿上最漂亮的洋裝，走進平時放映電影的交誼廳。那天，椅子都靠牆放，天花板拉了線安上水晶彩燈，大家嘻嘻哈哈喝著飲料。燈暗，音樂響起，舞池出現了一對對人影，她好奇地看著他們移動，腳步這樣那樣換來換去。約她一起去的洋人在哪裡？洋人沒有出現，出現的是一個穿西裝頭髮摻灰的老紳士，微笑著，眼睛裡有什麼會勾人。小姑娘，怎麼不跳舞？不會跳不要緊，我教你。

他讓她叫他祈伯伯。後來才知道他是公司的副總裁之一，中英文俱佳，溫文儒雅，比其他洋人主管更有一種紳士風度。如果她知道，標準的華爾滋舞是男女貼著腹部跳，年輕的她一定不敢答應。但那時在舞會上，祈伯伯握住她的手，他的手溫暖厚實，他的笑容誠懇，而她躍躍欲試。他們跳了整晚，她一直因自己的笨拙在發笑。

「怎麼不跳了？小柳呢？」李珊不知何時已在檯邊落坐。

「去打個電話。」她這才察覺小柳已去了一段時間，汗濕的上衣貼在身上久了，都冷起來了。

「你對他真好呀！」李珊話裡有話。

杜麗麗哪會不懂，傳聞很多女學生把男老師當成伴。她淡淡地說：「不用跟小朋友太計較，我是運動健身，不跳足九十分鐘是不會走的。」

「我剛才看到他跟一個女的在講話，八成是在找學生。」李珊惟恐天下不亂，手一指，「喏，就那個。」

是那個倫巴跳得不倫不類的肥婆！杜麗麗正想說什麼，小柳回來了。

「小柳老師，聽說你是上海區國標舞比賽評審？」李珊的笑容讓杜麗麗看了火氣更旺，「什麼時候給我指導一下？」

「先問問你的老師吧，」小柳不想在杜麗麗面前多說，「我這裡還在上課呢。」

李珊吐吐舌頭走了。杜麗麗不等小柳邀舞，率先下池去。

小柳的手是涼的，涼而軟滑，年輕的皮膚，沒有歷練過的掌心。他把她往自己身上一帶，腹部緊貼，她就像要避開對方的索吻似的，上身往後仰頭朝左四十五度。他涼涼的手指輕托她的下巴，調整一下角度，就像開車前調整座位和照後鏡。滿意於座駕的現況後，小柳便發動引擎了。一步跨前，她依順向後，一步後退，她緊追向前。跳舞的時候，他是主人。

彩燈旋轉，朝四面八方投去彩色光束，有時一道特別亮的光束湊巧照進眼睛，讓人有一秒鐘什麼也看不見。

你要完全相信我，讓我帶著你。我不是用手來帶你，是用腹部，貼著它，感覺它。

從沒有跟男人有過肌膚之親的她，貼著一個男人的腹部。南台灣的夏日焚風，汗濕的薄衫。那塊肉溫暖堅實又活跳起伏，頂推她向後，又內縮引她向前，她不禁偷偷轉頭看那塊肉的主人。儂啊！魂靈桑緊底！主人這樣歎道。其實他自己也不專心，不時偷看她一眼，歎口氣。她知道，有什麼事情不一樣了，因為他握住她的手熱得發燙。是這般良辰美景，是這般情意綢繆。

那時他們已經跳了好幾次舞，瞞著她家人，有時在公司舞會，有時在外頭舞廳，他們跳華爾滋，只跳華爾滋，這是他的最愛。他是上海聖約翰大學的高材生，當年多少名媛淑女願意跟他跳舞，他也的確娶了門當戶對的一位。但他說，我最歡喜跟我的小姑娘跳，我曉得她有一天會跳得很出色。歡喜，他總是把喜歡說成歡喜。因為喜歡一樣事，就會歡天喜地？一開始，她沒有察覺到歡喜就是喜歡，甚至是愛，等到明白了，已經太遲。

最後一次在他家客廳，百葉窗吹進七〇年代末夏日的晚風，淡淡的蚊香味，昏黃的燈，沙發前的木板地光可鑑人，他放著一張黑膠唱片。那是一個有草坪的洋房，社區的居民大多是公司的洋人主管。跳了一趟之後，他握著她的手沒放，告訴她，這是最後一次教她跳舞了，因為他辦好退休，就要去美國，太太和女兒早就去了美國，等他一家團圓。去了美國，他說，我要想辦法回上海，回去看看。她不知道要說什麼，只是望著他，那時她還不知道，還不知道這該死的貼著腹部跳的華爾滋，這上升下降潮水般讓人發暈的起落，這手和腳的碰觸、眼光和微笑的交換，已經讓她無法再回去天真無邪的存在。她不知道，之後多少年，他使勁把她攬到身上彼此相貼的這個記憶，會發酵成銷魂勝過性愛的感官經驗。

再跳吧，記住我教你的舞步，將來見面，我們還要跳！他擁她入懷，在客廳一遍遍跳，那首歌她記得很清楚。Somewhere my love there will be songs to sing, although the snow covers the hope of spring. Somewhere a hill blossoms in green and gold, and there are dreams all that your heart can hold. Some day we will meet again, my love...

總有一天在某個地方，我們會相見，吾愛……

小柳一個止步，巧妙避開就要撞上他們的舞客，一派優閒地繼續向前。他擁著她就像捧著一束鮮花，小心呵護，還要展示給所有人看這如花美眷，似水流年。在極難得的時刻，當兩人跳得無比契合，她就又變得年輕柔軟，她就又靈魂出竅，飄回到三十年前南台灣的夏日，從內裡發出滿足的歎息。

但不是今天。她覺得自己整個洩了氣，腰挺不直，腳步更是錯亂。她最討厭上課的時候有人干擾，她要這九十分鐘安靜專心，兩個人都把心放在舞裡。

「累了嗎？」小柳停步。

「有點。」

「那再練練基本步就下課？」

他們在舞池一角繞著四方練基本步。你進我退，壓步上升下降，我進你退，壓步上升下降。當年祈伯伯就是從基本步開始教起。如果他只是找個年輕女孩排遣寂寞，他不需要這麼認真。他說，我最歡喜跟我的小姑娘跳舞，她有一天會跳得很出色。他沒有跟她要什麼，只是握著她的手，把她攔腰拉近跟他相貼。而她覺得已經把童貞給了他。

帳單送來，直接送到杜麗麗面前。大家都曉得，像這樣男少女長的舞搭子，都是女的買單。杜麗麗買了單，又數了幾張百元大鈔給小柳，小柳把包一背，瀟灑一笑：「杜小姐，我走了，下回還是老時間？」

「老時間。」杜麗麗微笑目送。她不像有些人，下了課請老師飲茶、吃飯，讓老師陪著去推拿，也許還陪著做其他的事。也難怪。當男人以如此瀟灑帥氣的舞姿，托帶著你騰雲駕霧時，誰的心裡不發顫呢？沒有誰比她更了解箇中滋味了。

她緩緩起身，到更衣室去換衣鞋，此時場子裡又開始了華爾滋。疲憊的杜麗麗沿著場邊往前走，沒有回頭。最後一條華爾滋跳過，她的舞伴已經離開了。

——二〇〇九年創作，發表於二〇一〇年八月號《聯合文學》。

雙人探戈

老范的日腳，本不會跟台灣太太有搭界的。

井水不犯河水，彼此人生的軌跡相差十萬八千里，不僅是上海和台灣的空間距離，還有七十來歲及五十來歲的年輪代溝，更甭提一個是水裡來火裡去閱人無數的老克拉，一個是平凡守分溫室裡生長的家庭主婦。這兩個來自不同星球的人，卻莫名其妙被一條銀河給牽上了線。

說得好像有點曖昧。誰說一個男的遇上一個女的，就一定會有曖昧？但它還一定就曖昧，因為老范最善於營造一種浪漫的氣氛，最知道怎麼說怎麼笑，眼神怎麼勾轉，能讓面前的女士心旌蕩漾，不管是芳齡二十的小姑娘，還是跟自己一樣白髮多過黑髮的阿婆。但是那曖昧也不一定是你想的那種。

老范就住在上海水城路一帶某個所謂的「文明小區」。那一帶已陸續被日本人台灣人入侵蠶食，一個個新建的高檔小區配有會所綠地和大門警衛，一間間日本居酒屋克拉部，台菜店及台灣小吃。走在水城路，他彷彿到了異鄉。唯一讓他心安的是他住的小區，多少年來維持著同一個面貌，白色的外牆風吹日曬成糞土汙黃，大門外的小塊綠地上堆滿雜物，盆盆罐罐種了些蒜苗香草，外頭停了一排腳踏車，少數人家門口停著小轎車，公共樓梯間燈泡不亮，玻璃窗破了幾塊，連長竿伸出去晾曬的衣服，也顯得面料粗糙，特別寒磣。但是這裡安靜。真的，老范每次走進自己的小區，都訝異於這裡跟外頭的差別。外頭，就在一條街之外，是那麼車水馬龍市囂不斷，一走進這裡，怎麼時光倒退了二十年，什麼都緩下來，安靜下來，不慌不忙。就連這路邊的牆草，隨風搖曳都帶著韻致。二十年前初搬來時，這裡是被人羨慕的時髦小區，老友們都還擠在擁塞汙暗的石庫門，他就搬到了這裡。他總是那個最快接受新事物、擁抱新變化的人。老友都說，小范啊小范，儂來塞，花頭經老透啊！

再怎麼物質貧乏的年代，他也能穿得整整齊齊，跟別人一式一樣裡，從領口袖口這兒那兒一點一滴翻出講究來，只給內行人看。多少個運動，他都避開了大浪頭，從沒真的傷筋挫骨，就像這路邊的草，勁風來了彎彎腰，風過了又腰桿筆直。到現在，要過七十四歲生日了，他的腰桿還是挺直的，一頭銀髮，常年穿條吊帶西褲，燙得筆挺的襯衫，擦得鋥亮的皮鞋，挺頭挺胸走在馬路上，他老范還是很有看頭的。

說有錢，他沒什麼錢。除了這套舊的一室一廳，跟他年紀相當的老傢俱和即將報廢的家電，醒目擺在櫥架上的古董唱片、留聲機和老相機——不是收藏品，是他青春歲月的紀念物（沒人知道這些東西怎麼沒有在幾次運動裡給搜刮一空），此外身無長物。但是那些老東西都是有來歷的，就跟他給人的感覺一樣。如果你有機會到他小屋裡坐坐，可以聽到很多故事。他不談工作和出身背景，只愛吹什麼時候在哪裡看過的一場熱鬧，跳過的一支舞，吃過的一頓大菜。這熱鬧這舞蹈這美食，當年人人愛聽，剛從翻天覆地的運動裡熬過來，什麼主義啊黨啊建設與破壞都膩了，只想把眼前的小日子過好，一個繁華的老上海，由見證人活生生帶到眼前來，怎不教人懷念嚮往。經過數十年清湯白水的日子，新的繁華來了，來勢洶洶，沛然莫之能禦。有了新的繁華，老克拉的故事就真的翻頁進入歷史了。但是老范還腰桿筆直（歸功於多年的舞功和私人的講究），還未進入歷史，老聽眾跑了，他還能「花」來一些新聽眾，最多的就是跟他學舞的女士們。女士愛聽故事，不管是窮是富。他現在講故事總帶點懷舊的傷感，還有一絲嘲諷，以瀟灑的手勢，多情帶笑的眼睛（年輕時一雙桃花眼，現在一笑就布滿魚尾紋）娓娓道來，跟他煮的黑咖啡一樣，很香，很苦。

靠著一點退休工資，老范還是過得有滋有味。鄰居們每天看他穿著整齊，走進走出，小屋裡也不乏訪客，女客居多。同齡的人早就背駝氣衰，冬天在屋子裡孵著，湯婆子握在懷裡打瞌蟲，夏天敞開門窗，一件汗衫一把蒲扇趕蚊子，只有老克拉活得像個人，像個男人。他們總結一句，老范啊老范，路道粗，花頭多來兮。

老范的一世英名，卻差一點毀在這個姓杜的台灣太太手裡。

就跟著老范稱她小杜吧。小杜住在附近的涉外高檔小區，這天下午，她到台菜一條街來吃飯洗頭，然後到便利商店買咖啡奶精。買好後，沿著馬路漫無目的往前逛去，便到了剛整修得煥然一新的文化中心，外頭掛一長條紅幅寫著奇石展。小杜對石頭沒感覺，除非它們能發光。長日無事，她還是走進去。

一進展覽會場，小杜就後悔了，只有她一個參觀者，講解員一路跟隨。奇石都很大，樣子千奇百怪，顏色也多變，依據造型冠上名稱，太極、駿馬奔騰、蓬萊仙島，還有座八仙過海，簡直無奇不有，也不知是否真的天然。小杜想到還是雲英未嫁時去蘭嶼玩，導遊指著海邊一個有洞的巨石說叫玉女岩，當時她百思不解。每個奇石前的名牌上都有標價，動輒五、六位數。講解員看她的舉止打扮，跟前跟後特別熱絡，說奇石可以鎮邪，擺在家中增添氣派。要把這麼個幾噸重的石頭放在客廳，那客廳也不能是一般的客廳。

走了一圈，看小杜只是微笑點頭，並未對任何一塊石頭表示興趣，講解員指著一個鑲在金屬座上巴掌大的石頭，彷彿是兩個相擁的人形，一邊的手筆直長伸，要不您買個小一點的，擺在茶几上也好看。她一看，牌子上寫著「雙人探戈」。為什麼是探戈不是華爾滋？她仔細端詳。因為石頭剛硬嗎？相較於她所鍾愛的華爾滋，探戈充滿了拉扯抗衡，男女相互叫板。售價……

沒來得及問售價，講解員已笑容滿面向外迎去，門口走進一位滿頭銀髮的老先生。肯定是什麼大買主囉？小杜不由得特別留意，沒想到來者眼睛瞟到她，竟然在她身上略停，而且微笑著對她微微頷首，一派紳士風範，然後才跟講解員用上海話說了幾句。小杜聽不清他們說什麼，但是老先生幾句話，說得講解員眉開眼笑。老先生說完本來要走，卻改變主意往她這裡走來。小杜這才發現，自己一直盯著對方，是她大膽好奇的眼光把對方引過來了。

「儂好，阿拉勒拉啥地方碰著過？」老范彬彬有禮開口了。

「我想沒有，沒見過。」小杜說。她剛捲過的鬈髮在臉龐兩側恰到好處修飾著臉部線條。

「是嗎，怎麼這麼面熟，這麼好看的笑容，我肯定在哪裡見過。」老范說。這是他最常用來稱讚女士的話，不是稱讚對方的頭髮五官肢體，是笑，是神情。再怎麼皮肉老皺的女人，也相信自己笑起來好看。

我在笑嗎？小杜暗驚，對一個陌生的上海老頭？其實，公平一點講，這個人雖然滿頭銀髮，跟老頭是不搭界的。他臉色紅潤，腰桿挺直，而且還雙眼放電。要說老頭，是家裡那個吧？

文化中心裡有交誼舞廳，下午場兩點到四點，老范常帶著女學生來跳舞。新裝潢好的舞廳，仿外頭夜總會的腔調，裝了吧檯（主要提供熱茶水）、沙發，柚木地板的舞池被擠得只餘一小塊，天花板上一個巨大如鐘的銀色轉燈，照著底下的舞客彷彿夢遊。小杜反正沒事，有個像老范這樣的地頭蛇領路，她就把三層樓的文化中心給走了一趟，跟著老范向裡頭的主任辦事員阿姨等打招呼。她發現，老范的人緣不是普通的好，那些阿姨們從領導到小職員，看到他也像那個解說員般眉開眼笑。老范常是拿自己開玩笑，讚美著對方，雖然那些讚美稱不上貼切，更不含蓄，對方總是嗔笑地照單全收。

此人是誰？新學生？也有人問起小杜。老范總是忙不迭地搖手，解釋說這位是新認識的朋友，人家是台灣人。

「台灣人哪能啦？儂吃伊勿落？」辦活動的小姐，跟老范沒大沒小地笑鬧。樓下講解員就是老范介紹給她的。那小姐一張五角臉，高高的顴骨，戴一副雙色方框眼鏡，看起來精明。她轉向小杜用普通話說，「范老師在我們這裡是最有名的老師，你要跟他學跳舞，不要太好噢！」

小杜看向老范，老范也看向小杜，兩人同時轉著一個念頭：有沒有可能？

老范討女士歡心，已經成為一種反射動作了。從十幾歲的小夥子，歷練到今天，他早已成精。在他的圈子裡，還沒有哪個女士他擺不平拿不下。就像鮮花和蜜蜂的關係，老范深信，這些盛開知名或不知名，玫瑰般嬌豔或菊花般淡雅，甚至是野花般不起眼的女人，只要是花，它就等待著蜜蜂。他老范作為一隻從不怠工的蜜蜂，出入過多少女人的心房，雖然沒有一個長留身旁，因為他不是死認一朵花的蜂，但他曾吸取過多少醉人的花蜜呵，午夜夢迴，為了自己做出的浪漫事、薄倖名，既傷感又滿足。

但是這回這朵花，可不是他輕車熟路就能擄獲芳心的。這是生在台灣的花，一位台灣的貴太太。真的吃伊勿落？老范的鬥志被燃起了。老話一句，天下的花都待蜜蜂來採，這位也不會例外。

小杜被老范的眼睛，看得掉轉了頭，臉微紅。這個老男人。她發現自己也像那些上海阿姨一樣，啐罵著，又高興著。

但是小杜沒有接受老范的邀請，進舞廳去跳上一曲。交誼舞可以不貼著身，手總要給人握著吧，另一隻手也能藉機在後背上做功夫。再說了，今天的鞋子不對，而且，那個舞廳有點怪。

老范天天下午到文化中心報到，每跳幾支舞，都要去外頭繞繞。那個台灣太太卻消失了。他對小李和小陳兩個學生，還是殷勤有禮，但是他自己卻感覺不到花的香、蜜的甜了。這天跳完舞，小李提議去隔街的港式飲茶喝下午茶，那裡是他們常去的地方，兩碟點心，一壺龍井，可以坐上半天。他託言有事要先走。小陳在旁說，不如明天去喝咖啡，有家台灣人開的咖啡館，情調滿好，還有一種紅豆鬆餅，味道不要太好噢。他也搖頭。他像個紳士般欠身，說還是改天請兩位到我那裡坐坐吧。小李小陳微笑，再約吧。她們都喜歡去老范那裡，想著要怎麼擺脫另一個，得到老范所有的關注。

老范走在馬路上，有點百無聊賴。突然一陣香風吹來，飄來一句軟甜的台灣國語：「范老師，你好。」怎麼有人到了這年紀，講話還這麼嗲聲嗲氣？老范擺出嚴肅帶著一絲悲傷的面孔，對著眼前的這張笑臉。

「不記得我了？」小杜笑。

「怎麼會不記得？」老范說，「小杜，你這幾天都到哪兒去了？」

「哎呀，我這幾天倒楣了，全球股市大跌……」小杜住了口，沒必要跟他說這些吧？雖然覺得這個人挺有趣。

「你也炒股？」老范說，「我曉得幾支牛股，可以給你作參考。」老范不炒股，但要吹出一套股經卻是輕而易舉。

兩人邊走邊聊，不知不覺走到了老范的小區前。「我就住這兒，要不要上來坐坐，我有很多上海的老照片。」

「你一個人？」

「吾和一隻貓同居。」

「今天不行。」小杜說，「我還有事。」

老范再加把勁兒，表達自己的關心，「炒股要當心，一套牢，菜錢都沒了。」

「沒事的，我先生拿了五百萬給我玩玩……」小杜話一出口，便覺失言。這句話她常跟朋友們講，大家都被股市套牢，笑鬧慣了。

老范臉上還笑，但眼睛裡閃過一絲絕望，他不再殷殷望著小杜，好像要用眼光把她圈住，而是很快地揮手道聲再會，轉身進小區了。他移動起來像隻貓，悄然無聲。

小杜五百萬的玩笑話，把老范嚇醒了。乖乖隆地咚，他老范是吃飽了撐著，去招惹一個這樣的貴太太。恐怕連請她吃飯的錢都拿不出來。他想到十幾年前見識過的一個台灣太太。

十幾年前，那時上海跟現在可不一樣，百廢待舉，他正忙著重拾舞藝。有一回老同事們在上海最有名的海鮮樓吃飯，反正是單位開銷，大家放開肚皮吃，尤其是大閘蟹。大閘蟹人人愛吃，那時價錢還沒漲到現在這樣。總之，上海的一些好東西，大閘蟹也好，房子也罷，都被台灣香港人炒得比天高。十幾年前，一人兩隻大閘蟹，就吃得齒頰留香心滿意足，可以跟別人誇耀了。突見兩個侍者伺候著一個貴太太走來，貴太太一坐下開口就要了六公六母一打大閘蟹。大家你看我，我看你，不知道她葫蘆裡賣的是什麼藥。一刻鐘後，大蒸籠來了兩個，侍者開籠，裡頭伏著一公一母兩隻橙紅紅的大閘蟹，貴太太伸手拿來，螯腳一一折斷放在一旁，兩手一扳剝開蟹背，低頭一門心思舔吮膏黃。兩籠吃畢又來兩籠。如此這般，六籠十二隻大閘蟹膏盡黃乾，肉都啖光，蟹腳打包帶走。貴夫人走後，大家趁著幾分酒意，喚來侍者，侍者說此人每到此節，就從台灣飛來吃大閘蟹，一吃就十隻一打，蟹腳不及吃，帶回當點心，真是個蟹痴。

當時大家都搖頭冷笑，台灣人就是巴，大閘蟹要細細品嘗，狼吞虎嚥無異焚琴煮鶴。他太了解這種嗤笑了。在那個大多數人都捉襟見肘，靠著單位才能出去打牙祭的年代，這種不為擺譜只為自己喜歡的豪奢吃法，對大家造成多大的震撼，多大的威脅。這成了老范常講的故事之一。他老范也嚮往這種豪奢。如果可能，他也要盡情享用所有對他有情而他也有意的女人。一般人只吃一、兩隻，有的人可以一口氣吃一打。

可是現在，他想到這個狂啖大閘蟹的台灣女人，卻覺得說不出的鬱悶了。回到小屋，每天下午必有的點心咖啡，也無心調弄。白底黑紋的咪咪，臥在窗台邊，冷冷看著他發愁。咪咪，來，咪咪？連貓都不理他。他是個沒人要的孤老頭啊！老范把頭抵在靠窗的小圓桌上，往日的豪情銳氣都消散了。七十四了，還能花多久？他自怨自艾。

小杜的樣子清晰萬分地浮現眼前：雙排扣復古式米色風衣多麼合宜，說話時鬈髮在臉邊輕晃多少風情，她的眼睛因懷疑而生動，表情因冷淡而有魅力，小腿勻稱修長，穿著那雙美麗的短皮靴，顯得腳步輕盈。他要讓這樣的一個女人為他動心。

約她出去。去哪裡？老范不愧是老克拉，知道西餐這種噱頭，對台灣太太不起作用，人家搞不好天天吃西餐。泡高級咖啡館？他懂行情，一小杯咖啡就要五十元，還不能單請咖啡。上舞廳，那也要高檔如百樂門吧？那裡哪能隨便進去，一不小心就被扒一層皮。送禮物？那些手機鍊條、真絲巾、小荷包之類的，送送小李小陳還行，拿來送她，不讓人笑他小兒科？想來想去，還是請到自己的小屋來。他的小屋有情調，又實惠，進可攻退可守。

老范在那裡傷透腦筋，卻不知小杜的心思。其實小杜先後嫁的兩個男人，年紀都比她大得多，她比別的熟女更看得出老范是個寶。經過歲月洗滌渲染的成色，辛辣成熟卻又脆弱天真，隨時準備拜倒在石榴裙下，奉上一顆熱騰騰的心，卻又發乎情止乎禮，自嘲自謔總能化解尷尬。這樣的男伴，還真的可遇不可求。

小杜沒有多給老范一個微笑、一個眼風是有原因的。倒不是顧忌老公。老公除了生意，什麼都做不了了。有時她覺得，老公只是帶著她出門充充門面，就像讓她陪著躺在床上做做樣子。她考慮的是，這是個上海男人。她不知道這個上海老男人，會不會有什麼目的？除了她這個人以外的目的。

老范小杜的第三回合交鋒，發生在書報攤前。老范不買報，每天早上到街口的書報攤翻翻《東方晨報》，傍晚再翻翻《新民晚報》，上海大小新聞翻不出他的手掌心，這全靠跟賣報阿姨的交情。這天傍晚，老范正翻著報，聽到了那軟軟甜甜的台灣國語：

「《新周刊》有嗎？」

可不是她嗎？老范喜出望外。小杜也看到他了，「這麼巧。」

「我就想著，也沒有你電話，天涯海角去哪裡尋人？」他語氣誇張地說。

「范老師找我？」小杜忍著笑。

「對，我要過生日了，請你來吃蛋糕。」

「我……」看著眼前這張笑臉，小杜一時不知如何拒絕。這個人到底想做什麼？總不會真要追求她吧？她的結婚鑽戒好端端亮閃閃戴在指頭上。手機叮噹響一聲，教她跳舞的老師發來短信，說要暫停上課，因為最近有參賽的同學需要加緊練習。小杜心一沉。

「小杜，怎麼樣，能賞光嗎？」

「好吧，在哪裡？」

「我住的小區你曉得的，三樓一室，星期五下午三點，一定要來。」老范說完就走，怕她改變心意。

一週裡的時光，老范最喜歡星期五，那是週末的開始，街上氣氛特別熱絡，人心特別自由。這是為什麼他約小杜星期五來。他把小屋收掇整潔，廁所裡換上雪白的新手巾，窗邊圓桌鋪上那條手織的白桌布，端出最寶貝的兩組咖啡杯，銀湯匙擦得雪亮。他穿上了最好的襯衫長褲，繫上一條花領巾，選了一張摩登舞曲，先就在屋裡轉起圈來。咖啡壺在爐上咕嚕嚕響，咪咪冷冷看著主人發痴。

時間到了，小杜沒有來。老范在窗邊望眼欲穿。不會被放白鴿了吧？台灣女人，他畢竟是吃不準。

三點一刻，小杜出現了。

小杜一進小區，就渾身不自在。她沒來過這種地方。危險嗎？可能。還繼續嗎？為什麼不。這幾天她心情惡劣。過去大半年來，每週都讓老師陪著練華爾滋，沒想到老師突然拋棄她了。是她自己堅持不肯參賽，老師為了賺學費拉抬知名度，替參賽學生護航也是無可厚非。但小杜就是揮不去那種被棄的感覺。是她投入太多了？還是他太無情？

她自然倒向了另一個張開雙臂的有情人。她是不是太大膽了？根本不知男人的底細，（怕什麼，難道這個老男人還能勉強她？）不過是萍水相逢，她沒準備出牆，也不會跟這種人出牆。（好就好在萍水相逢，都五十幾了，還在等什麼？）

老范在窗邊看見小杜走過來，心開始急跳（是兩年前裝的心律調整計故障了？）這可是他老范證明自己男性魅力的終極考驗。如果這個女人走出他小屋，還是原來的那個女人，他就要認分服老了。

小杜一進門，老范心就定了，因為她笑的樣子看起來不一樣了，帶點嬌羞，肢體動作也變得比較嫵媚自覺，這細微的變化只有像他這種老薑才能辨識。精神一振，老范恢復了原有的瀟灑風度，讓小杜在圓桌前落坐，端出蛋糕，倒了咖啡。

小杜拿出禮物，是一個巴掌大的石頭。「這尊石頭叫雙人探戈，像不像？」

老范接過來。這是那個奇石展裡的東西嗎？她肯定被宰了。這個世道，石頭都成了寶貝。他雙手捧著，點頭，「靈啊，老靈啊，謝謝儂噢，看來小杜也喜歡跳舞。」

老范說著文化中心跳舞的事，開自己玩笑，然後說了些滄海桑田的往事。他估量過，老上海的繁華不如老上海的滄桑讓台灣太太感興趣。然而，陳年往事在這斗室裡聽來遙不可及，小杜啜著咖啡，打量這狹小的客廳。這人也真能吹，她還以為這裡會是陋巷華屋，別有洞天，但她看到的只是一個老房子，一些舊東西。咖啡有點煮過頭了，蛋糕裹著厚厚一層奶油。今天不該來的。原先在這人的殷勤中得到滿足，現在只覺多餘。為了禮貌，她努力表現出興趣，在適當的時候蹙眉或微笑，並尋覓告辭的良機。

終於老范不說話了。他往椅背上靠，笑吟吟看著她。那是雙會勾人的眼睛，她避開那眼光。小杜現在很確定自己的方向。

此時，探戈舞曲響起，一掃斗室的慵懶之氣，那分明的鼓點，好像在催促著什麼。老范起身邀舞，她略一猶疑便伸出手。空間很小，他們在這小空間裡作小的蟹行貓步，作小的迴旋，停頓，擺頭，後仰。老范很會帶領，暗示動作明顯，即使她久不跳，也能跟隨。小杜逐漸放鬆了，開始感覺到那種來自老男人的安全感，沾在男人身上的咖啡餘香，混著古龍水的味道，老舊的櫥櫃，牆上泛黃的照片，褪色的沙發布罩，沙發上好整以暇舔著腳掌的貓，整個氛圍讓人像要跌進迢迢的過去。

舞入了第二曲，是她知道的老歌，白光的〈秋夜〉。沙啞的歌聲，非常老派。我愛夜，我愛夜，更愛那皓月高掛的秋夜（她停頓，她轉頭），幾株不知名的樹，已落下了黃葉（她看到秋風緊吹，梧桐凋零），只有那兩三片，那麼可憐在枝上抖怯（以為要往那裡去，誰知轉向這邊來，所有思量都不見），它們等著秋來到，要與世間離別（兩片，兩片黃葉緊緊巴住枝幹不願落下，不願落下啊！）她巴緊老范，老范巴緊她，他們要叫停時光……一曲舞畢，老范讓她朝後仰倒。她朝後看，朝後看，整個世界顛倒了，停頓了。老范將她抱起，吻住她的唇。

這吻來得意外，卻也沒那麼意外。那是個很紳士的吻，輕輕壓在她唇上。老范抱住她的腰，她感到力氣被慢慢抽掉，身體有點軟。第二個吻就來真的了，老范有著異常靈活的唇與舌，汩汩汲取如蜂直探花心。

長長的熱吻後，老范沒有下一步動作，讓她頭靠著自己的肩依偎著。小杜乖順地伏在他肩頭，軟綿綿像喝醉酒，等到清醒時四周悄然，唱片已經轉完。老范不說她也知道，這個老鬼，早就不舉了，卻又偏來招惹她。小杜抬起頭來，眼眶裡充滿淚水。

這要命的雙人探戈。

——二〇〇九年創作，發表於二〇一〇年四月號《印刻文學生活誌》；入選九歌《九十九年小說選》。

貓與狗的戰爭

這個三房兩廳的普通格局裡，竟然有一間大房整面牆做成書櫃，一扇明亮的大飄窗居高臨下俯瞰小區裡的金魚池和綠地。

大衛被美國總公司外派到上海，一到任就忙得像陀螺打轉，難得沒有應酬時，也得在暫時下榻的酒店把電腦擱在腿上工作到深夜。這間公寓的這個房間，可以是絕佳的書房兼辦公室。

我從六層樓的窗邊往下看，金魚池旁幾棵桂樹張開了綠傘，樹下的長形大石上，盤據著幾隻野貓，一個瘦伶伶的老婦站在一旁。初夏早晨的陽光照在這一方角落，老婦和貓們一動也不動。眼前安靜的晨景像一幅畫。

「就這間吧。」我回頭對仲介小馬說。小馬臉上綻開了笑容。高昂的租金，讓他的提成極為優渥。

尾隨小馬經過金魚池，老婦和貓們還維持著原來的姿態。現在我看清了，大石頭上是一隻母貓，懷裡擠著三隻小貓咪，原先可能是在吃奶的，現在全都在暖洋洋的晨光裡睡著了，最靠近我的那隻小貓仔，睡熟了，嘴巴有時突然囁吸幾口，喉嚨咕嚕嚕吞嚥著，模樣逗人極了。我想再看清楚點，母貓卻洞悉了我的意圖，警醒地抬起頭，琥珀色的眼睛牢牢盯住我。貓。我記起自己小時候曾懼怕牠們過於尖利的爪子和神經質的反應。這時，老婦嘴裡發出哦哦的聲音安撫著，母貓看了老婦一眼，鬆了脖頸躺平了。

「好可愛。」我對老婦說。

「是。」老婦有點彆扭地回答我，微微鞠躬。她看來約七十歲，臉上塗著脂粉，還畫了眉黛和口紅，身上是質料很好的珊瑚色真絲上衣和黑長褲，手裡挽一個編花麻袋。

我快步跟上小馬，他在前面四五步的地方等著。

「小區的日本人很多嗎？」

「是的，這一區日本人很多，專門做日本人生意的店也很多。」

「比較貴吧？」

小馬搖頭。我知道那不是否定，是對那些比市價高出數倍的奢華消費搖頭。

「哦，林太太，有件事先跟您打聲招呼，」小馬臉上露出一絲尷尬的神情，「您看上的那套房，呃，房東交代過，不租給台灣人。」

「為什麼？」

「他們以前租給台商，把房子搞得一團糟，大概是拿來充作會所，搬走後，花了一筆錢重新粉刷換傢俱，後來幾個租客也是台商，總是租約不到就說工作有變動，要回台灣去了。遇上這種房客，房東也煩，對吧？」

「也不是每個台灣人都這樣。」我跟那些台商租客一點關係也沒呀！額頭開始冒汗。上海的夏天濕度真高，完全不似美國西岸的乾燥。

「明天簽約的時候，就不提您們是台灣人吧？」小馬小心翼翼地說。

這不是掩耳盜鈴嗎？台灣人的口音一聽就知，全拜台灣綜藝和新聞節目之賜。即使不上網不裝衛星電視，公車上的電視螢幕也不停播放著台灣新聞。有錢還怕找不到真心歡迎的房東？如果是以前，我早就拂袖而去，但是幾個月窩在酒店，真是窩怕了。我想要建立一個真正的家，一個溫馨安全的休憩所。我又想起那個書房，窗下那個金魚池和在晨光中吃奶吃到睡著的貓咪。

「我們是美國人。」我面無表情地說。以美國護照進來中國，上回大選投票選的也是美國總統，難道不是美國人？簽約時能拿出的證件，也只有深藍封面的美國護照，不是紅色，也非綠色。

簽約時候我沒到場，一切委託小馬處理。我在小區裡到處走看，發現這裡有非常多野貓。貓們端坐如石雕，眼如寶石閃爍，長尾繞到身前包住前腳，嚴絲合縫，像曳長裙不露趾的閨秀。

把貓看作是一道生動的風景，但保持安全距離的我，一直到三個月後才知道小區裡有幾隻貓。

「十七隻。今年多了六隻。」成田太太告訴我。我經過金魚池時，她正好在餵貓，從麻袋裡拿出一包塑膠袋裝的小魚米飯，倒在大石頭上，附近的貓立時聚攏來。她在茂密的繡球花叢下也放了些，給那些喜歡躲在花叢下的貓。空氣中傳播著食物的信號，我彷彿聽見成田太太喊著：ご飯ですよ，像小時候母親一邊脫掉圍裙，一邊笑咪咪對饑腸轆轆的我們喊。

更多的貓從籬笆那頭、小徑那邊過來了，牠們不慌不忙腳步堅定，移動時依舊帶著一份優雅。圍著飯堆，牠們並不爭奪，只是拱坐著安靜進食。生在野外卻看來如此潔淨，毫無例外地每一隻都有斑斕的花色和精巧的五官，眼睛裡透著難解的神祕光芒，我看不懂牠們對我這外來客是心存善意或是惡意，能確知的是，跟成田太太在一起時，貓一定是友善的。

常遇見成田太太在餵貓看貓，她是小區貓群的守護者，我私底下稱她貓婆婆。貓婆婆在上海已經五個年頭了，能講一點中文，帶著日本腔。不知如何說時，她會在手心裡寫幾個漢字。我要她教我一點日語，她就教我早安、晚安、謝謝和再見，我馬上記住了，她誇我聰明。其實這些簡單的問候語，我早就會說了，那是從祖父母和父母那裡反覆聽到，無意識中進入腦裡的語音。火腿、奶油和紅蘿蔔，很多食物的名稱都是用日文說的，到現在也不知道台語該怎麼說。當我告訴她我是台灣人時，她啊一聲點頭：台灣人嗎？那反應既親又疏既遠又近。快七十的成田，一定有某種程度的台灣記憶吧？她的父母也許住過台灣。

整個日本對台灣殖民的記憶，也像那些片斷的日文詞語，進入了所有人的意識中吧。

跟成田默默站在一起，被貓圍繞著的我，雖然無法用日文或中文跟她暢然溝通，卻感到輕鬆。

「有些上海人討厭台灣人呢。」我突然說。

「啊？」成田太太有點吃驚，「會嗎？」

她看著我，以為我會解釋，但我什麼也沒說，只是搖搖頭。這搖頭，也不是否定的意思。

我們默默看著貓們把米飯舔食乾淨，伸出舌頭滿意地舔嘴巴。天天餵食這樣一大群野貓，很累人吧？成田太太對來腳邊磨蹭的貓瞇起眼睛微笑。能贏得警戒心深重的野貓的心，真是不簡單。我們都在守護著某個對象，而她的守護似乎更加深情不悔。這是成田太太羈留上海的原因嗎？

更多上海人討厭日本人呢。從浦東機場到市區的出租車上，司機非常健談。他從口音馬上猜知我們的原鄉，一直探問台灣好還是上海好？

我們對上海還不熟，大衛這樣回答。而且離開台灣很多年了，我在心裡補充。

司機問不出所以然，轉移話題說起「小日本」。他說他最恨小日本，在機場只要一載到西裝革履來上海做生意的日本男人，一定遠兜遠轉繞大圈子，斬他們蔥頭。你們台灣人一定更恨小日本吧？

你不能選擇被殖民的命運，就像你不能選擇那些從生活裡點點滴滴滲進來的日本元素。像皮膚上的刺青，喜歡也好厭惡也罷，它成為你的一部分。頹頹老去的母親閒聊時脫口而出的日語單字，在病床上叫喚去世的外公外婆也是用日語……

車子下了快速道路，在密密車陣裡衝鋒陷陣。十字路口前，燈號變換的一瞬間，一個行人匆匆跑過。尋死啊？司機喝斥，撞死活該。然後他推心置腹告訴我們，撞死還好，就幾萬塊錢的事，撞殘了，一輩子賠不完。中國人命不值錢哪！他不知是感歎，還是慶幸自己有撞死人的本錢，因為他的結論讓我跟大衛面面相覷。他說，中國的人口太多了，我們需要一場戰爭。

「你在上海做什麼？」

「啊，我嗎？」成田太太被人從夢裡喚醒般，「我教生け花，日本插花。」

跟成田太太學插花的，都是陪著先生在上海照料孩子的日本太太。我常在小區見到她們，苗條嬌小的身影，戴一頂小圓帽，臉上化著妝，即使是休閒服，搭配也都稱得上時尚。小區裡的孩子都交給保母或奶奶外婆帶，媽媽上班去，那些帶著幼兒的年輕媽媽，幾乎都是日本人。

成田太太是獨身在上海嗎？我很好奇，卻不好意思詢問。在美國養成尊重隱私的習慣一時還改不了，總覺得這種探詢很無禮，雖然過去半年來，我已被探詢過無數次。最奇怪的探詢來自陌生人。例如出租車司機。他們把我載入這個高檔小區時常要問：房子是買的還是借的？借多少錢一個月，房價一平方米幾鈿？

成田太太略略收拾，跟我道再見。

「要回去了嗎？」我的語聲中透出一絲我不願承認的不捨。除了出租車司機、打掃衛生的鐘點工、超市、郵局和銀行的服務人員以外，我沒有人可以說話。

成田太太似乎看出了什麼，邀我到家裡喝杯茶。

成田太太住在底樓，大門就在電梯旁。屋裡很暗，底樓的採光真的不如高層，我暗忖，而且也不安全。成田太太一換上人字拖鞋就拖著腳走路了，在一塵不染的木板地上沙沙地走來走去，一會兒端來一碟紅豆羊羹、一杯冒熱氣的綠茶。

她在我對面坐下，長長舒了口氣。回到自己家的成田太太沒那麼拘謹了。我張望著室內布置，不出所料，收掇得十分整潔，布置也雅致，有不少大衛口中「無用但好看」的擺飾和圖畫。一般的華人住家，別墅也好，高檔公寓也罷，都還是豪華裝修後的實用空間，鮮少有什麼真正的藝術美感。「妳喜歡住底樓？」我讚賞了幾句後問。

「是，為了這個。」她起身拉開通往小院的兩扇玻璃門。小院跟外頭隔著樹牆，經過的人看不清裡頭。小院角落有個蓮花池，幾片圓葉浮在水面，「裡頭住著青蛙。」她用不太通的中文說。其他地方擺了一個個大盆栽，黃色、白色和紫色大菊花正盛開，一旁一大叢茂密的八角金盤比人高，從那濃綠中突然鑽出一隻黑色大狼狗。

我嚇得後退一步。

「庫洛！」成田太太喊，狼狗搖著尾巴過來了，溫馴地讓主人撫摸牠的頭。但即使是此時，牠冷冷的眼睛餘光並沒有放過我。

沒想到貓婆婆家裡養的竟然是狗，而且是能咬死人的大狼狗。

大衛從酒宴回來，顫巍巍地脫著鞋襪，我沒有上前幫忙。如果我是日本太太，或許會，但我只是徒然問一聲：「喝多了？」

「白酒紅酒混著喝。」他顛顛往廁所去。

從廁所出來，他臉色好多了。我遞上一杯熱茶。

「有兩個日本公司代表，要回去了。」

來來去去，是常有的事，但大衛說這回不同。「日本大使館那裡，很多人抗議。」他說，「這回，中國和日本幹上了。」

我記起在網上看到指責日本的新聞。我的惡夢是，有一天，我們跟他們站在敵對的兩邊，兵戎相見。網上《紐約時報》說，大選在即，今年兩大黨都把苗頭指向中國，攻擊對手跟中國靠攏。美國經濟不景氣，原因是中國？長著黑髮黃膚的亞裔移民及其後裔，是否又要睡不安穩了？但現在此刻，它沒有發生。它跟我沒有關係。

「台灣、美國、中國，」大衛說，「就像母親、情人和合作伙伴，三者之間有了衝突，你偏向哪一方？」

「正義的那一方。」說出此話，我噗哧一笑，想到童年在台灣熱播的日本卡通片《無敵鐵金鋼》，片頭曲：我們是正義的一方，要和惡勢力來對抗。笑罷，回過味來，「怎麼是情人，不是太太？」我搥他。

「好吧，太太。」大衛故作無奈，「那答案就很明顯了。」

「什麼意思？」我再舉起拳頭。

「你只想著感情，忘了底特律血案？」

當年日本汽車攻占美國市場，車城底特律的失業工人，憤而拿棒球棒把一個日本人打死。然而被他打得稀爛的那張東方面孔和身軀，不是日本人，是中國人。不只是日本人，韓國人也是，中日韓的東方面孔，難以分辨。大家在同一條船上。利益攸關枯榮同命，是共同利益的那一方。答案竟然是合作伙伴？

「不是情感上更重的一方，就是利益更相關的那一方，但絕對不會是正義的一方，」大衛說，「因為，呃，比較起情感和利益，正義這碼事才是最難斷定的。」大衛靠在沙發上，閉上眼睛。

根據規定，我們這個境外人士家庭需到居委會報到。接待我的是楊老師。這些辦事員都稱作某某老師。楊老師四十來歲，爽朗健談，聊兩句話就能跟人知根知底套近乎。她說我早就該來報到了，還要抓緊時間去公安派出所作個登記。

我怕見公安。聽說此間新聞不允許報導警察的負面新聞，所以一般大眾把警察跟人民保母畫上等號。雖然我奉公守法，卻不能克制自己對公安的恐懼，這恐懼跟我聽到解放軍就會想到血洗台灣一樣，是一種條件反射，理性無能為力。我敷衍著應好。楊老師又問我，家裡有養狗嗎？

「沒有啊，怎麼，狗也要登記？」我笑問。

「狗當然也要登記，要辦證的。」楊老師說，「因為小區裡有人的狗被貓抓瞎了眼，所以我們要提醒大家，別讓狗跟那些野貓走得太近。」

「啊！」我感到有點不安。「那個日本人，成田太太，你知道嗎？」

「曉得，」楊老師說，「天天餵貓的那個。」

成田太太遞給我一束開滿白色小花的枝葉，說它叫飄雪。讓我想到大阪的冬天，她依依地說。又給了我一束結滿紅果的枝葉，它叫紅豆，紅豆是相思，今天我們要插的是思念……插在哪裡呢？我沒有花器。環顧四周，只見貓影重重，牠們在桌子窗台上或坐或臥，眼光中不知是善意還是敵意，而此時一條黑影竄上來對我咆哮……

想到夢中景象，我感到荒謬。如果要在中國學插花，也應該學中國傳統花藝呀！據說日本的花道，是從中國傳去再發揚光大的。其實，在美國時，我對日本人並無好感。幾次被洋人誤認為日本人時，我都沒好聲氣。那時想的是國仇家恨嗎？還是因為在美國人心目中，日本人幾乎是白種人？他們膚色白，國家進步，還出口高端科技產品，得到白人的青睞，有別於亞洲其他開發中的國家。

但是，現在成田太太和我，都只是上海人眼中的「外地人」。

又其實，如果真要選邊，我應該是狗族的一員。小時候，院子裡養著一隻白色土狗，長長的尾巴一見人就拚命甩動，吐著紅色的長舌頭。那是爸爸下班途中一路跟他回家的小白。小白盡忠職守，對所有上門的訪客和郵差一律大叫示警，牠總在院子和附近巷道轉悠，黃昏開飯時候一定回來。但是，就像牠來得突然，有一天，牠再也沒有回來。爸爸牽著我和弟弟的手，在附近到處喚牠的名，小白……

狗族的我，現在更關心貓；與日本人的微妙敵意，也在同為外客的情境下消融了。情感和共同利益，看來也不是恆久不變。

我從書房的大窗望出去，還是沒有見到成田太太的影子，難道她也回日本去了？金魚池邊空蕩蕩，連貓也不見蹤影。這可奇了，那裡向來是小區貓群出沒處，除非天氣不好，無論何時總會看見幾隻貓拱背坐在那兒。

我想到，貓婆婆不在，沒有人餵貓，貓一定餓壞了，裡頭還有隻大腹便便的母貓呢。還好飯鍋裡尚有一點昨晚的剩飯，我拌了點魚鬆，學貓婆婆那樣裝在塑膠袋裡。

拿著貓食，在金魚池邊走了一圈，沒看見一隻貓。我甚至把那片灌木叢都找遍了。貓都跑哪裡去了？

「儂好。」一個人快步走來。

「楊老師。」

「你，要餵貓？」

「是啊，可是一隻都沒看到。」

「都沒了。」

「都沒了，什麼意思？」

「都被，呃，城管抓走了。因為，你也曉得，有業主投訴，貓抓瞎了他們家的狗。野貓，還是有危險的，那些有小毛頭的業主都同意。」

我打了個冷顫。抓走了？抓去哪裡？我不敢再問。城管。維持市容秩序的執法者。報上沒有，但網上有。不是說，那個趕驢車趕了八小時進城賣紅薯替兒子治病的老漢，被城管幾個巴掌打倒在地，紅薯都砸爛了；不是說那個賣菜的老婦，被城管扯去斤秤時，連帶扯斷一根手指……

人都這樣，何況野貓？池旁的大石頭上，似乎還看得到那捍衛幼仔的母貓，一雙琥珀色的眼睛。撲殺十幾條野貓，就是一項任務而已。所有的貓需要為一隻貓的行為付出生命的代價嗎？狗有狗主為牠們維權撐腰，野貓呢？

「成田，成田太太呢？」

「她自身難保噢，說是跌傷了，好幾天不能出門。我昨天去看望她，沒人應門，今天要再去一趟。我們照顧老人是不分中國人日本人的，當然，還有台灣人。」楊老師匆匆走掉了。

開戰了。

大砲隆隆如雷，機關槍砰砰掃射，手榴彈擲出爆破，還有咻咻衝上天去的照明彈……一霎時，槍林彈雨硝煙瀰漫，所有狗加入了攻擊的陣營，昂首怒吼，汪汪吠成一片。

一輛綴白紗鮮花的賓士禮車，在對面大樓門前停下，款款步出一對新人。娶親或喬遷，隔幾天小區都要熱鬧一次。

我想著去看望成田，但一直沒去，我怕看到她現在的模樣，也怕自己得為這件事提出合理解釋。原來，強勢群體裡的個人，也有他們的無奈，屬於這個強勢群體所犯下的罪行，每個人都要背負。

小區依舊，沒有貓影的金魚池開始有一些小朋友來玩，坐在以前貓坐的石頭上看魚。遛狗的人也來了，貴賓狗雪納瑞拉布拉多和金毛獵犬，牠們在石頭旁撒尿，占領了原屬貓的領地。

我惶惶下樓，站在這些人身旁。他們開心地說笑著，小孩在草地上跑來跑去，蹲在池邊看金魚。狗們到處聞聞嗅嗅，抬腳在樹幹上撒尿，一隻金毛獵犬咬了球，搖頭晃腦送到主人手中。比起貓，牠們顯得單純而莽撞。如果，我忍不住這樣想，如果此刻，這隻原本溫馴可人的金毛獵犬突然野性大發，咬住了那個穿著可愛粉紅短裙的小囡囡白嫩的臂膀，會怎麼樣？日子真的可以就這樣過，不論發生了什麼？

「這裡原本有很多貓。」我說，沒有針對哪個人，像宣布一條新聞那樣對著眾人。幾個人詫異地看著我。

「現在貓都不見了。」

「對呀，」一個男人接口，他懷裡抱一隻迷你貴賓，一隻手不停撫著牠鬈曲的巧克力色長毛，那隻手的小指頭蓄著長長的厚黃指甲。「那個日本女人養的。就是因為有人養，野貓才愈來愈多。」

「喜歡貓，養在自己家裡嘛，小區是大家共有的，成了你的養貓場了？」一個牽著小孩的婦人說。

「我喜歡貓咪……」孩子扯著婦人的衣角說。

我不敢像孩子那樣大聲說出心中的想法，只是默默站在那裡，彷彿也是他們中的一份子。

日本女人養的。男人的話揮之不去。小區的野貓，那些美麗神祕的流動風景，竟被看作是日本女人的屬物。他提醒了我，這陣子不但貓沒有，貓婆婆不見，連那些常帶著孩子在小區裡散步的日本媽媽們也銷聲匿跡。我回來上網，果然中日關係愈發緊張了，內地有的地方抵制日貨，日本學校被襲，日本的中國大使館前也有人抗議，還說要驅除境內的中國人，有日本商家從中國撤廠了。

難道這次如此決斷全面的撲殺，也因為牠們是日本女人的貓？我不禁胡思亂想起來。貓婆婆哪能善罷干休？大和民族不是愛走極端、不惜玉石俱焚的嗎？我的眼前出現了好萊塢電影中的畫面，只是這回的終極戰士是一隻黑色大狼狗，露出森森雪白的利牙，貓婆婆微微頷首，牠閃電般撲向抱著小狗的男人，噬咬和撕裂，驚叫和呻吟，鮮血濺在大石上，祭奠無辜的貓靈……還有那尖酸刻薄的女人，轉身想逃，卻哪裡能夠？一股熱氣哈上腳踝，下一秒鐘利齒已經刺穿皮肉……

原來我也如此嗜血，安靜的外表下，隱含凶暴的伏流。有多少個清晨和深夜，臨近的大街上高分貝炸響汽車喇叭聲，一直一直響不肯停，聲音如電鑽，穿破腦殼，搗毀生活的私密和寧靜，在自家臥室卻感到在殺戮戰場。在這些束手無策被恣意凌虐的時刻，我的血液上湧，腦裡一遍遍舉槍對著駕駛座後沒有面孔姓名的陌生司機，毫不猶豫砰一聲轟掉他的腦袋。如同此刻，我怯弱地躲在自己的房間，在腦裡調動那隻大狼狗進行絕地大反攻。

我的嗜血狂想卻成真，或者說，有可能成真。隔天黃昏例行散步時，聽到一個外地保母高聲跟其他保母說著東家的小狗丟了。鑽到灌木叢裡，很久沒出來，喊牠也不出來，再也沒看到，主人都急哭了呢……我表情僵硬從旁邊經過，彷彿自己是共謀者。

貓婆婆從編花麻袋裡拿出一袋米飯，灑在大石頭上。月光照得大石雪一般白。深更半夜了，還餵貓？貓婆婆似乎聽見我的問話，似笑非笑地說：你不知道，貓晝伏夜出，保持著牠原本的習性，而狗，是被人同化了。她搖搖頭。我不懂這搖頭的實質含意，是憐憫還是不屑？

就在這時，四周樹叢裡開始窸窸窣窣作響，夜風急吹，響聲一陣急似一陣，突然黝黑樹叢裡亮起一對對眼睛，圓形的，杏形的，長形的，各種形狀奇奇怪怪的眼睛，非人類的眼睛如磷磷鬼火放光。是貓嗎？還是狗？

我從床上坐起。下雨了。雨打在樹葉上沙沙作響，我身上一陣哆嗦。一陣秋雨一陣涼。大衛此刻應該到西雅圖了吧？他不在時，我總睡不安穩。我披上睡袍到書房，從那扇大窗看出去，小區悄無人聲，萬物在黑暗中沉睡，只有幾盞路燈寂寥照著小徑。在金魚池那邊，彷彿有什麼動靜。我眼睛眨也不敢眨，果然，大石頭前有個人，旁邊還有個黑影動來動去。

我胡亂套上球鞋，拿了傘就衝下樓，小跑在濕滑的草地上，差點絆跤，但等我趕到金魚池邊，什麼也沒有。我左看右看，冷冷秋雨中，現實比夢境更加淒涼，又或者，這也是一個夢？正在胡思亂想時，看到大石上有一些散落的米飯。

我撳了幾次門鈴，無人應門。繞到後頭的小院樹牆外，我喊著：「成田太太，成田太太？」回應我的是一串憤怒的狗吠，那叫聲有金屬般的回聲，顯示著發聲者的殺傷力。我不敢再喊，靜立於牆外，從樹葉縫隙費力打量，想要看一眼那小院，又怕大狼狗誤會我的企圖。就在此時，有人拍了我一記，嚇得我魂飛魄散。

「噢，成田太太！」

成田太太請我入內。她行走時略跛。

「聽說你受傷了，我來看看。」

成田太太瘦了很多，原本總是梳得一絲不亂的頭髮草草攏在耳後，髮根都是灰白的了。「跌倒了，沒用，那些貓，有的剛斷奶……」她情緒突然激動起來，雙手緊緊抱住頭，一會兒才平復下來，搖搖頭。我不知道這搖頭的意思，是悲憐貓族的噩運，還是自嘲未能控制情緒？

她慢慢告訴我那天發生的事。聽說小區找人來抓貓，那時正是貓群集中在金魚池畔曬太陽睡午覺的時刻，她想去通風報信，讓大家躲開來，要不就到她家來避避。貓都知道她住的地方，只是忌憚於庫洛，不敢翻牆過來。能救一隻是一隻，她這樣想著，卻在草地上跌了一大跤，把腳踝給扭傷了。她拜託幾個花藝班學生，請她們跟居委會說情，看能不能救下幾隻，不要趕盡殺絕。但是，學生們都說此時此刻不方便出頭，還勸她，入鄉問俗，尊重小區中國人的決定。

「是生命呢，貓也是一條命。」成田太太反覆說著，眼眶紅了。

「貓和狗，你比較喜愛哪一個？」我問出心中的疑惑。為了愛犬情願住在陰暗的底樓，又把野貓視作寶貝。

「我保護貓，狗保護我。」她說。

我想到夜裡那兩個黑影。「你半夜遛狗？」

成田太太有點吃驚抬頭看我，「你看到了？」她喝了一口茶，她的手背上有兩三道破皮出血的爪痕，「我的庫洛很凶，白天不敢帶牠出去，怕嚇到人。」

「你是去找牠們的吧？」我問。

成田太太愣住了，「你是說？」

「我是說，小區裡還有貓，對吧？」

成田太太看著我，猶豫著，最後大概決定把我視為盟友了，「是，還有幾隻，牠們躲起來，很害怕，只有半夜才出來。」成田太太突然坐直身，對我彎腰致意，「拜託你一件事好嗎？」

是要邀請我參加作戰計畫嗎？

大衛回家時，一看到我就面露驚異。我懷裡的小貓咪半瞇著眼睛，看著男主人，牠全身雪白，只有耳朵和尾巴墨墨黑。

「爸爸回來囉！」我輕撫牠的頭。

「哪裡來的？你不是怕貓嗎？」

我搖搖頭，不知道大衛懂不懂。自己的貓有什麼好怕？尤其是這麼可愛的小貓咪。餵過奶後，牠會安然在我懷裡睡著。

投奔貓婆婆的母貓驚嚇過度，生下貓仔後兩天就死了，貓婆婆幫貓仔一一找到主人。我想，即使是怯懦的我，也可以學著當貓的守護者，就像貓婆婆其實是狗族一樣。不管是為了共同的利益、對生命的愛惜，還是為了正義，我，跟貓婆婆站到了一起。

——二〇一〇年創作，發表於二〇一一年七月號《聯合文學》。

兩個媽媽

哆媽和酷媽，我生命裡最重要的兩個人，她們愛我，我愛她們。

好吧，我承認，我愛哆媽多一點，因為她常常把我抱在懷裡，聲音又哆又軟，甜得要流出蜜來，用一大堆我都要臉紅的綽號小名叫我，說我是她的小心肝小寶貝，說她愛我愛我好愛我。她身上的味道很美妙，長長的鬈髮是洗髮精的蘋果，柔軟合身的衣服是洗衣精的薰衣草，纖纖玉手是護手膏的檸檬，修長的手臂和腿是潤膚液的杏仁，那張洋娃娃般的臉蛋是乳液和眼霜的蘭花幽香，微翹的嘴裡有牙膏的薄荷清香，還有一股特殊的味道從她的腋下和胯下源源滲出，成就了哆媽獨一無二的氣味，在幾扇門外都聞得到。我總是在她身上鑽來鑽去，盡情嗅聞，快樂地咬著她的頭髮和衣角。

哆媽還有另一種味道，那味道也是好聞得不得了。她只要一進廚房，傳來乒乒乓乓鍋子撞擊的聲音，菜刀剁剁敲著砧板，無論我正在陽光下打盹或是咬著我的小鴨，我一定要到廚房探個究竟。我跑進跑出，看哆媽一會兒打開冰箱，一會兒在水槽嘩啦嘩啦洗菜，地上濺了很多水珠子，她有時要怨我踩出了黑腳印。這其實不能怪我，因為我是沒法自己去洗腳的。於是我安靜地坐在廚房門口，無比耐心地等著，有時咬咬我的磨牙棒。哆媽忙過一陣子，通常是開始有食物的香味飄出時，她的心情也變得昂揚，轉頭看到我，她會假裝驚奇地問，咦，這隻狗怎麼還在這裡？好像旁邊有人能回答。但是沒人，酷媽要到開飯時才會進門，我只好為自己辯解，汪！哆媽心一軟，常常就會給我一塊熬高湯的肉骨頭，還會先在水龍頭下沖一下，怕我燙到了。

嗲媽因為總是跟雞肝肉骨頭這類美味在一起，身上的氣味就更迷人了，我忍不住成天在她腳邊轉來轉去。酷媽冷眼看著我的「狗腿子」樣，哼哼說著別把牠寵壞了，貴賓狗的嘴最刁，以後天天要吃雞肝肉骨頭！

我的酷媽，只有一個酷字可以形容。記得第一次見到她，就在我已經住得很厭煩的那家寵物店，我的床位正對著大馬路，房間裡還有一隻巧克力貴賓狗，比我小一個月，我是紅貴賓，彼此相安無事，因為我們天性只愛玩，不好爭鬥。人類叫我們玩具貴賓，這名稱是怎麼來的呢？讓我想想，店主當時是怎麼說的？因為人類把我們當作玩具？還是，我們像玩具那麼迷你可愛？我自己認為（我想這一點現在大家都清楚了，我是很喜歡動腦子的，在小型犬裡，我的智商排第一），這是因為我們愛玩。我很喜歡玩具，不管是嗲媽買給我的小鴨、小拖把，還是酷媽買給我的小球、啞鈴，我每天都會輪流玩上好幾趟。

在寵物店的那個透明箱裡，一個玩具也沒有，除了高掛的水瓶，我的巧克力同伴無精打彩，我則藉著看路人來排遣寂寥。常會有小孩笑著跳著跑上前來，粗魯地敲著我的箱子，嘴裡不知嚷嚷什麼。有時大人會帶他們進店來，這時我就要提高警覺了，因為我觀察到，一些朋友被看了幾次抱了幾次，從此就消失了。但是這些大人或小孩，並沒有把我帶走，可能因為我瘦伶伶的，有點可憐相，而且我已經四個月大了，留在店裡時間愈長，就愈沒有人會帶我走，這是後來酷媽告訴嗲媽的。

我記得那天下著雨，巧克力在睡覺，我懶懶趴著看外頭，雨水讓整個世界看起來很怪。我的眼睛不算好，分不清顏色，但是在微弱光線裡的眼力還不錯，我看到路上一束束光來來去去，街角半空中有三個燈輪流在閃，還有一個個撐著大傘的人，小心翼翼怕踩進水坑裡慢慢走著。這時候，一個人大步流星往我這裡而來，沒錯，那人直直向我走來，穿著破洞的牛仔褲和格子衫，很短的頭髮，一隻耳垂上有個亮晶晶的耳釘，充滿個性的方臉上架著神氣的寬邊眼鏡。那人摘下眼鏡在衣角上隨意抹抹後戴上，雙手插在褲袋裡嚴肅地看著我。我被那眼神懾住了，那裡頭摻雜著好奇、甜蜜、堅定和憧憬。然後，像是下了什麼決心，那人很用力地推開了寫著「拉」的玻璃門，帶著一身水珠闖進店裡。我心跳開始加快，就像第一次洗澡，水柱往我身上沖來，我還忍不住發抖，因為我知道。狗族的直覺不是蓋的，所以即使我不見得能理解很多事，我也總是知道。

店主把我從箱子裡抱出來，巧克力這時醒了，但已經晚了一步，因為當酷媽看到誰，眼裡就再也沒有別人。這是她在嗲媽耳邊輕輕說的，但我超級靈敏的耳朵聽得一清二楚。

三天後，我來到了我的家。這是在小巷裡的一棟舊公寓的三樓，樓梯上有各種奇特的味道，我馬上判定這裡住著我的同類。酷媽把我放在背包裡，右手提籠子，左手提狗食，三步併兩步上了樓，一到門前，門就開了，大概屋裡的人早就等著了，我在背包裡聽到一聲嬌滴滴的抱怨，怎麼現在才來？然後是酷媽有點啞啞的聲音說，美女，看我給你帶了什麼生日禮物？

原來我是生日禮物，嗲媽的二十八歲生日禮物！從背包裡出來，我有點四肢發軟，被這間公寓裡的特殊氣味，還有那個把我緊緊抱住長頭髮的美女搞得暈頭轉向。美女哭了，她的眼淚滴到我亂糟糟的毛上，濕漉漉的臉貼著我的頭。後來我才知道，我不但是生日禮物，還是定情物。從此，酷媽和嗲媽決定住在一起，我們一家三口成了一個幸福的圓。

我很快就摸清了家裡各個角落，也在客廳兼飯廳的一角安頓下來，每天我有兩餐飯，是狗食拌南瓜和肉糜，如果我乖，會有半個蛋，如果我很可愛，會有狗餅乾，每次洗完澡，我會得到肉骨頭或雞肝。我很快就長得圓滾滾鬈毛蓬鬆，也認清了誰才是我的主人。

是這樣的，我們天生就認定一個主人，所以在嗲媽和酷媽兩個之間，我只能選一個。是酷媽相中我，把我帶回家的，她勇敢果斷，是家庭經濟主要來源，天天早出晚歸，因為她做的是什麼藝術創意製作，常常要加班開會。自從我來了以後，她回到家再怎麼累，也會跟我玩一會兒，我覺得她特別喜歡丟球，我就幫她把球一遍遍撿回來。她還喜歡把我高高舉起，讓我最脆弱的肚皮暴顯無遺，儘管我痛恨這樣沒有安全感的姿勢，還是乖乖地一聲不吭。

但在我心目中，嗲媽才是我的主人。每天從早到晚，都是嗲媽陪著我。早晨她起得晚，因為她在電腦前長時間工作，把頸椎搞壞了，加上精神衰弱，晚上常睡不好，但只要她掙扎著起來了，洗好臉就趕緊帶我出去。她會說寶寶憋急了哦？其實我半夜就在籠子裡尿過也屙過了啦，我有點不好意思，只好在草地上作作樣子。晚飯前，她還會帶我出去一趟，這時我們會去超市買菜，去銀行提款，或到藥妝店買打折優惠的面膜。每當嗲媽拿出我的外出袋時，我就興奮地竄來竄去，我有點怕街上的各種聲音，但又很喜歡她帶我上咖啡店、麵包店和敞亮的超市，那裡有很多引起我興趣的氣味和物品。每當我從外出袋裡好奇地探出頭張望時，常有人會誇我，好可愛的小狗哦！嗲媽就會很開心，就跟人家誇她美麗一樣。

但是，我認定嗲媽是我的主人並不是因為她照顧我，而是我看出她才是這個家的主心骨，那個有決定權的人。表面上看來，酷媽話少又果斷，好像很有權威，其實她全聽嗲媽的，她寵著嗲媽，就跟嗲媽寵著我一樣。我們看起來完全沒有自我保護能力天真無辜脆弱又美麗，需要勇者的保護，我們常不需說什麼，只要靜靜地等待，就會等到像肉骨頭這樣美妙的東西。這樣說可能有點玄，如果感到難以置信，我還有一點補充。這個公寓其實是嗲媽的，酷媽名義上是房客，每個月要拿房租給嗲媽作家用的。每次我們一家三口出門散步，遇到熟人，嗲媽都是這樣介紹的：這是我的狗兒子，她是我的房客。

日子過得很快，轉眼嗲媽酷媽都各自過了兩個生日。我很期待媽媽過生日，家裡總充滿著食物的香味和笑聲。有時會有朋友上門，這些叔叔阿姨都很愛鬧，大家喝啤酒聊天，醉了就唱歌，到了晚上點起大蠟燭，屋裡有蠟油的氣味，火苗飄動不定，嗲媽把我抱在懷裡要我別去撲蠟燭，我就對著那搖來晃去的燭火汪汪叫個不停，惹來大家一陣笑。

嗲媽過的第三個生日，氣氛有點不一樣了。之前幾天，嗲媽心情就不太好，嚷著不過生日了，女人過了三十，就不合適再過生日了。酷媽笑她，有危機意識了，但雖然年過三十，看著還像二八……酷媽說的是什麼意思啊？二八和三十好像沒差多少，但是嗲媽聽了心情好一點，坐到了酷媽腿上。我也趕緊地撲啊跳啊，硬是讓嗲媽把我抱在懷裡，這樣我們一家子就坐在了一個沙發上。這是一個深色格子呢沙發，上面鋪著嗲媽的十字繡作品，兩個媽媽常擠在那個沙發上看電視，酷媽叫它愛的沙發。嗲媽圈著酷媽的脖子低聲說，我答應我媽，三十歲前要結婚的。酷媽握住她柔軟的手，不是有我嗎？我會照顧你一輩子，你、我和寶寶，永遠在一起。我興奮起搖起尾巴。

但是嗲媽還是悶悶不樂。你能當小寶的爸嗎？我們能有自己的孩子嗎？聽到這話，酷媽臉一沉，自己移往另一個沙發，咬牙切齒，你，後悔了？

嗲媽哭了。以前，只要嗲媽一哭，酷媽啥事都依她，還要不停陪小心，這回酷媽卻還是板著臉。我舔舔嗲媽的臉、臉上的淚水。嗲媽哽咽，我沒後悔啊！是我媽在嚕嚇，生日那天她要來。

聽了這話，酷媽也沉默了。外婆來過幾回，每回兩個媽媽都顯得很緊張。她們把家裡重新整理一遍，各自回房去睡。外婆住得遠，每趟來要住上幾天才回去，那幾天，酷媽常加班到很晚，回來後，自己在廚房煮泡麵，吃罷，早早回房去，我陪著外婆和嗲媽看電視。外婆不討厭我，但常絮絮念著：有時間養狗，沒時間交男朋友？惜狗，還不如自己生一個來惜。

生日那天，酷媽買了蛋糕，晚飯後大家吹蠟燭切蛋糕。我在想，為什麼我就不過生日呢？這樣我也可以吹蠟燭，也許可以嚐嚐它的味道。她們拍了一些照片，嗲媽臉上帶著笑，但是她抱著我時身體很僵硬。我還是比較喜歡以前的生日。

外婆回去後，我們都鬆了口氣，日子回到原來的軌道。每天嗲媽還是晚起，而且愈來愈晚，我在籠子裡醒了又睡睡了又醒都不知道幾次了，她才睡眼惺忪走來，抱歉地說寶寶對不起，你憋急了吧？她拉著我在街上走，到小公園裡去，都是我們慣走的路，唯一不同的是，向來打扮得很整齊的嗲媽披散著頭髮，戴個墨鏡，好像受不了早晨的陽光。還有，她在公園椅子上常一坐坐很久，把我抱在她膝頭上，一面撫摸我，一面說著不著邊際的話。

寶寶，你說這世界是怎麼回事啊？寶寶，媽媽該怎麼辦啊？

嗲媽很善感，她這樣神經兮兮其實我不擔心，等到酷媽也開始對我說一些莫名其妙的話時，我才察覺到事態嚴重。那天，我們在浴室裡，酷媽在我身上頭上搓了許多泡泡，然後沖水，卻忘了洗我的腳。剛洗完澡的那天，我可以上兩個媽媽的床，在軟軟的棉被上一腳高一腳低地走，媽媽們或坐或躺或趴，隨便我在她們身上踩來踏去，我撲到嗲媽身上，又咬住酷媽褲管，媽媽們笑成一團，然後我們會玩一下枕頭仗，通常是兩個媽媽攻我一個，打著打著，如果枕頭誤中了某個媽媽，那個媽媽就成了我的戰友。我很期待枕頭仗，所以我汪汪試圖提醒酷媽，沒洗腳我不能上床，可是她只是無神地看著泡泡被水沖走。洗完，她用毛巾把我包起抱在懷裡，看著我的眼睛，我看到她摘掉眼鏡的眼裡布滿血絲，那眼光裡有悲傷、迷惘、痛苦和失望。我被懾住了，動也不敢動。然後她啞著嗓子說，寶寶，媽媽該怎麼辦？

我聽到相親這個名詞時，不太理解它的意思，但能肯定的是，它像一顆威力無比的炸彈，把家裡的寧靜炸碎了。兩個媽媽中有一個要去相親，而這件事讓兩個媽媽都抓狂！

我本來正咬著一根假骨頭，那是酷媽買給我的，上面有肉的氣味但吃不到肉，是那種食之無味棄之可惜的玩意兒。我正專心地咬著時，突然聽到房門很用力被關上，酷媽氣沖沖跑出來，她兩眼冒出怒火，雙手握拳，朝愛的沙發狠狠踢了一腳，眼睛掃視四處，不知在找尋什麼目標，我連忙躲進籠子裡，頭埋進我的小毯子。聽到外頭啷啷噹噹一陣亂響，然後大門砰一聲。我抬頭看，客廳裡沒有人，但是酷媽強烈的氣息還在，我甚至還可以聽到她粗重的喘息聲。過了很久，嗲媽從房裡出來，她不可置信地看著凌亂的客廳，然後看到從毯子裡探出頭的我，啞著聲音叫了聲寶寶，淚珠滾落雙頰，兩個眼睛腫得像超市裡的杏仁果。

嗲媽把翻倒的盆栽和泥土收拾了，地上的書撿起來依原樣堆在茶几上，地也掃過一遍，才把我抱在懷裡，我感到她濕漉漉的臉貼著我的鼻子，我輕輕舔了她一下。

寶寶啊，媽媽好難過。媽媽以前有個男朋友，分手後，遇到了她。她那時對我很溫柔很體貼，比我原來的男朋友不知好多少倍，我跟她在一起很快樂，我們一起做好多好多事，我們那麼了解對方，但是現在……

嗲媽的聲音叉裂像撕開的布，抱著我又哭了起來。我覺得很悲傷，也很沮喪，費力掙脫了那個愈來愈令我窒息的擁抱，從她膝頭跳下，想去找我的小鴨。天底下最能讓自己開心起來的事就是玩耍，我想把小鴨咬來給嗲媽，借她玩一下。找來找去就是找不著小鴨，突然之間，前腳掌一陣刺痛，我哀叫一聲，接著只要我的前腳掌落地，就痛得不得了。我屈起刺痛的腳掌，原來上頭刺進了一片碎玻璃。這個發現讓嗲媽的傷心轉為憤怒。她臉色很難看，把我小心抱在懷裡，火速趕往寵物醫院。

我吃了一點苦頭，但說真的，腳不痛了，我也就算了，雖然我還是沒搞懂為什麼找小鴨會刺到腳，還有，為什麼從醫院回來以後，哆媽一改過去輕聲細語的溫柔，竟然也對酷媽大吼大叫。她不進廚房了，我的南瓜和肉糜斷了貨，只能吃狗食喝冷水。

相親的事後來怎麼了結，我搞不清楚，只知道有一天，哆媽撕碎了一些照片，酷媽剪破了一件長褲，兩個人都像瘋了一樣，整個屋子裡有一股瘋狂糾結的氣流如龍捲風，輕易可以毀滅一切。後來哆媽搶過酷媽手中的剪刀，然後酷媽把哆媽緊緊抱住，兩個人都跌在地上。我汪汪跑過去，不知道該幫誰。照理說，我該幫哆媽，她是我的主人，然而是酷媽把我帶出那個討厭的寵物店。我對著她們兩人汪汪一直叫，這時看到剪刀被扔在地上，上頭有鐵腥味的液體。

自從剪刀事件後，日子好像又恢復到以前。兩個媽媽彼此客客氣氣講話，酷媽每天按時上下班，哆媽照樣打理家務和三餐，其他時間都在電腦前答答答打字。我很無聊，趴在她腳前，不知不覺就睡著了。有幾次竟然被哆媽的笑聲給驚醒了。好久沒聽到哆媽的笑聲，她的笑聲很嬌很脆，非常悅耳。我以為她在對我笑，連忙搖搖尾巴，卻看見她眼睛盯牢電腦螢幕，手裡還答答答快速打著字。打一打，停一停，看著螢幕笑，然後再打。

冬天到了，我的日子更無聊了。早晨如果出太陽，哆媽會替我穿上連帽小外套，帶我去小公園，讓我獨自在草地花圃裡大小便，自己坐在長椅上，在手機上撳來撳去。晨光照在她輪廓分明的臉上，整個臉都在發光。哆媽真美啊！我搖著尾巴過去，雙腳搭上她的腿，希望她能抱我，但她只是在手機上繼續撳著，忘了我的存在。

哆媽開始白天自己出門，不帶我去了。當她穿好衣服從房間裡出來時，我聞到一股以前沒聞過的香氣。哆媽穿上新買的兔毛靴子，圍上一條方格大圍巾，包住漂亮的鬈髮，柔聲對我說，寶寶，媽媽有事要出去，一下下就回來哦！我汪汪兩聲表示知道了。可是哆媽出去好久好久都沒回來。從早上到中午，從中午到傍晚，我不知道醒了幾次睡了幾次肚子也餓了，才聞到她的氣味，聽到開門的聲音。

幾次以後我就知道了，哆媽如果自己出門，那就要傍晚才會回來，帶著盒飯或燒雞烤鴨作為晚餐。她不再管我不能吃高鹽分的食物，常常就丟幾塊炸雞披薩麵包給我，這些食物充滿油香，只是吃了以後口渴。因為沒有定時出去散步，我有時會在家裡隨地大小便，惹她不高興。伺候一個還不夠，要伺候兩個？她會這樣說著，聲氣很像外婆。

這天酷媽回來時，一副很累的樣子。她說公司裡頭內鬥很厲害，想另謀高就，但是理想的工作卻離這裡很遠。酷媽說完這話，盯著哆媽看，哆媽不置可否。酷媽又問哆媽今天過得好不好，在家都做什麼？哆媽說，今天頭痛，哪裡都沒去，連狗都沒遛。我奇怪地看著哆媽，她不是出去了一整天嗎？

那你休息吧，我帶寶寶出去走走。酷媽替我繫好狗繩，抱我下樓去。她走得很急，我聽到她心砰砰跳得好快，一直到巷口，才想起要把我放下。我抖了抖毛，終於可以出來走走了，今天打算好好跑一跑。我咻地往前衝去，酷媽在後頭緊張大叫，寶寶，小心車子！我還是拚命向前跑，跑啊跑，好像要飛起來似的，覺得心裡頭好委屈，好沮喪，好不開心，藉著這狂奔，把這陣子心裡的積鬱全都發洩出來，這就是我們狗族賴以生存在人類社會的祕訣啊！

寶寶！酷媽的叫聲，還有街上汽車喇叭聲，無數人車光影在眼前晃動，亂轟轟地世界像要崩裂一般，我突然膽怯了，煞住腳步。酷媽氣喘吁吁把我抱起，不要命啦，怎麼不聽話呀！她滿臉通紅，寒冬裡額上冒出薄汗，我嗚嗚低叫了一聲，靠在她身上。酷媽緊緊抱住我，生怕我再跑掉，一直到了小公園，她才放我下來，手上緊緊握著我的繩子。我扯著她到處抬腳撒尿，在我的領土上都作過確認記號，並探知了剛才有哪些朋友們來過，忙了好一陣子才安靜下來，蹲在她腳旁。

寶寶，她怎麼能這樣呢？好幾次，打她手機都不接，說在睡覺，剛才你也聽到了，她說沒出門，可是身上那香水味！她以為洗了臉卸了妝換了衣服，就神不知鬼不覺？

酷媽喃喃對我說了一堆話，我知道她心裡不舒服。我想安慰她，嗲媽一個人偷偷溜出去玩是不應該，教她下回別忘記帶上我們倆就好。我汪汪叫了幾聲，酷媽摸摸我的頭，長長歎了口氣。

已經很久沒洗澡了，我很介意這件事。並不是我的朋友們對我的味道有什麼意見，事實上，我們喜歡強烈的氣味，這也是我偏愛嗲媽的原因。我們不像人類那樣把氣味分作好聞和不好聞，而是分作可食或不可食、危險或安全、是拉布拉多毛毛，還是雪納瑞小奇。我對氣味的記憶非常好，聞過的東西，只要再聞到就能辨別。最近我發現，嗲媽身上的味道改變了。不是那種酷媽稱之為香水的東西在混淆，是一種根本上的改變。好像有一個人的味道沾在她身上，浸染著她，進入了她，跟她的體味融合。每次她抱著我時，我像個偵探在她身上嗅來嗅去，想找出那個人。

我之所以介意沒洗澡這件事，是因為不洗澡就不能上床，不能上床就不能玩枕頭仗。我想念跟兩個媽媽一起玩的時光，那時候，她們笑得多響多開心。還有，幾天前，我臥在嗲媽腳背上時，嗲媽縮了縮腳說，寶寶，你身上味道好濃啊，搞得媽媽身上全是狗味，別人聞到了多不好！

終於這一天，嗲媽在愛的沙發上坐下，酷媽坐在茶几上面對著她，我想上愛的沙發，但她們好像忘了我。不，她們沒忘，因為她們很快就說到我。寶寶怎麼辦？

酷媽說她要換工作到另一個城市，沒法照顧我了。我嚇了一跳。酷媽要走了？以後，我只有一個媽媽了？那誰幫我洗澡梳毛，跟我玩球？我不捨得酷媽那酷酷的樣子，還有她不說話只是那樣看著你，就讓你感覺到很多很多。

嗲媽看了看我，似乎很難啟齒。我聞到她身上愈來愈濃的那股味道，陌生人的味道。最後她低下頭小聲說，我，也沒法照顧寶寶。

酷媽愣住，我也呆住了。嗲媽在說什麼啊？我是她最愛的寶寶，她的心肝她的寶貝，她怎麼會沒法照顧我？

嗲媽抬起頭來，可能這件事她考慮很久了，一直沒勇氣說，現在被逼急了，就顯出一股狠勁兒。她是這樣說的：寶寶是你送給我的，是我們的定情物，現在我們分手，當然要把定情物還給你。如果留在身邊，我看到牠就想到我們……

酷媽掙扎著要說什麼，我也緊張地屈起那隻受過傷的前腳掌，但是嗲媽繼續說下去：即使我願意，他，他也不願意。他不喜歡狗。

酷媽不能帶我走，嗲媽不能留下我，我從兩個媽媽，變成一個媽媽都沒有了！這種事怎麼可能發生呢？在兩個媽媽的沉默中，我悄悄夾著尾巴回到籠裡。兩個媽媽開始小聲爭吵起來，似乎怕我聽到。難道她們也曉得我雖然是隻狗，但什麼都知道？當我睡去的前一刻，腦裡閃過一個畫面：雨夜，那個人對著我直直跑過來，她在玻璃箱外看著我，眼睛裡閃著淚花。

第二天一早，酷媽想把我從籠子裡抱出來，我拚死抵抗，但是我畢竟只有三公斤，哪能敵得過力大無窮的酷媽？酷媽把我裝進外出袋裡，嗲媽在旁說寶寶乖。當大門關起的那一瞬間，我知道我不會再回來了，永遠不會再進這個家門了，別問我，我就是知道。

我又回到了那個寵物店，店主有點驚訝看到我。我本來是瘦伶伶沒人要的可憐蟲，現在變成又臭又髒毛都打結淚漬兩道的醜八怪！舉頭四望，沒有一個認識的朋友，倒是有幾個空床位。我立刻被抱到後頭去洗澡修毛了，最後回頭望一眼酷媽，她對我揮揮手。我又像回到了那個雨夜，雨水讓整個世界看起來很怪。記得一隻老狗告訴過我，只有在要死之前我們才會流淚。現在，我還沒有要死，但覺得跟死也差不多了。

我在透明箱裡等待，等得睡著了幾次，不知道自己在等什麼？等一個新主人？等一個人從街上大踏步向我走來？突然間，我搞不清楚自己到底是睡著了還是醒著，因為的確有個人直直向我走來。

酷媽已經收拾好行李，嗲媽也收拾好我的物品，全都搬到巷口了。電召車馬上會來，我將跟著酷媽到她新租的房子去，以後，那就是我的家了。嗲媽最後一次抱了我，沒用那些會讓我臉紅的小名叫我，也沒有哭，所以我沒有機會最後一次為她舔去淚水。她以前是愛我還是愛酷媽，她現在是不愛酷媽還是不愛我？我這隻喜歡用腦的貴賓狗怎麼也想不通。她以前那麼愛我，是不是因為她愛酷媽，現在她不愛酷媽了，所以就不愛我？我聞著她身上陌生人的氣味，不舒服地扭動著，於是她把我放進外出袋裡，掛在酷媽的肩上。

上車後，酷媽把我放在她腿上，一路都沒說話。我靜靜趴在袋子裡，車子一震一震，時動時停。即使看不到，我知道她一定是哭了，眼鏡摘下，雙唇顫抖，眼裡都是淚花。酷媽的氣味籠罩著我，有點像雨下到柏油路上激起的塵土味，也有點像我每天早上第一次嗅聞的青草腥。我感到悲傷，也很安慰，我知道她會一直愛著我，有開始但沒有結束，就像那個雨夜，一看到我，眼裡就再也沒有別人。

我就是知道。

——二〇一〇年創作，發表於二〇一一年四月二十六日至五月三日美國《世界日報·小說版》。

兵與兵

依著體育館管理員的指示，馮一萍穿過籃球場上架了網打羽球的一干人，到了更衣間旁一個小房間，裡頭一張桌子，一面窗，窗子開了一條縫，鑽進上海嚴冬的寒風，一個大漢縮著脖子對窗抽菸。

運動員也抽菸？她本能起了一種疑問。其實也沒什麼，這裡的男人幾乎都抽菸，運動員也不例外，何況已經退了役。應該問的是，怎麼室內運動場也抽菸？一運動起來需要大量的氧，這下可好，吸進的是二手菸。她還是改不掉台灣人對二手菸的大驚小怪。

「請問，是楊教練嗎？」

男人轉過頭，「你是誰？」

「我，」她愣了一下，「呃，想學乒乓球。」

「孩子幾歲了？」他轉過身來，拿過一張報紙，在上頭撣菸灰。

「孩子？」她又愣了一下，問孩子幹嘛？

楊興瞪起眼。他有兩道刷子般的濃眉，左邊那道中間斷禿了一截，讓他的瞪眼有點猙獰，馮一萍想起家鄉廟會時被信徒頂著出巡的七爺八爺，銅鈴大眼，巨肩晃著大袖，彷彿一棟樓危危朝她壓過來。他的眼神銳利，配上鷹勾鼻和厚唇，兩腳跨開挺坐在圓凳上，可以想見年輕時活躍球場上的霸氣，據說，上海女球迷很「吃」他。

「不是孩子要學，是我。」她連忙解釋。

「你？」楊興不客氣地上下打量。臘月天，一頂灰色毛線帽壓住眉梢，胖墩墩的黑色羽絨服一直蓋到小腿，穿一雙毛邊皮靴，她看起來臃臃腫腫一團。

馮一萍有點不高興了。她想，愛教不教。或許，人家不收成人學生？

但是楊興沒說不收。「我這是一對一教學，你到管理員那兒問問時間學費，排好了他們會通知我。」

「哦。那……」她不知道該問什麼。記得小時候學鋼琴，老師要她伸出雙手十指張開，看過了才收她為徒。乒乓，需要什麼條件嗎？

「到乒乓球具專賣店去搞個拍子，初學者的專用拍，讓他們給你黏好雙面反膠，橫拍啊！」

橫拍？反膠？馮一萍想問，但是楊興把菸捻熄，擺出談話結束的樣子，她只好轉身走人。都走到籃球場邊了，又叫她，「喂，你姓啥？」

「我姓馮。」

「台灣人？」

她點頭。

從此，楊興稱呼她馮太太。也不知是哪裡來的印象，台灣女人都是陪著先生在上海，冠夫姓，習於被稱作某太太。馮一萍偏是單身，幾年前離了婚，接受公司委派，到上海來開發英語幼教。馮一萍也懶得多說，只是打球。後來熟了，不好再糾正，將錯就錯。

第一次見面，兩人留給對方的印象，在第二次見面上課時，幾乎全盤顛覆。

站在乒乓球桌旁的楊興，整套的運動上衣長褲，藍底白邊十分帥氣，個頭兒很高，至少一米八，唯一顯年紀的是那已經後退的髮際線和稀疏的灰髮。而脫去長羽絨服的馮一萍，一身勁裝顯得身材結實勻稱，頭髮紮成馬尾，眉目清朗臉色紅潤，散發一股勃勃生氣。五官跟滿街美女相比可能平常，氣質卻是纖柔婦女中少見。楊教練不說廢話，一上場先教持拍，然後教正手擊球。他帶了一桶子球，一顆顆餵到馮一萍面前，馮一萍憑感覺見球就打，手動腳也動，雙膝微屈。

打了幾記，楊興問：「也打別的球嗎？」

「羽球。」她有點得意。乒乓，很容易上手嘛。

「嗯，麻煩。」

羽球和乒乓擊球的方式似同而實不同，對手腕和手臂的運用各有講究，二者混淆反而學不好，老師寧可學生是一張白紙。馮一萍明顯不是白紙。練習了一會兒，他已看出這個新學生除了年齡大點，卻是常運動的人，身手靈活手眼協調，教給她的擊球姿勢，做起來輕鬆自然，竟比許多老學生要好。她擊回的球，愈來愈有準頭，帶著一股柔勁，正是乒乓中不可言說只能意會的力道。是塊好材料啊！看她身材比例，在他那個年代，不也是百裡挑一的好苗子嗎？

一堂課六十分鐘，馮一萍大汗淋漓，卻沒開口要求休息，楊興也不管。兩人一直打，到最後，已經可以來回打上五六十回合而球不落。

「你早二十年學，肯定學得出來。」下課時楊興淡淡說著。

「你是說，我太老了？」馮一萍拭汗，喘氣。

「打打健身也無所謂。」楊興拿起掃帚掃球，「怎麼現在才想到要學？」

「你看，『兵』這個古字，是一個人兩手擎著一個武器，可以說是武器的本身，也可以指這個拿武器的人。」

秦念濱邊說邊在紙上畫了個兵的篆體。在馮一萍眼裡，那個字像一個人居中，左右各有一把大叉子。但她不敢亂說。授課時的秦念濱很嚴肅，身上有種好聞的菸絲香。這個年代抽菸斗的老人不多，馮一萍就愛這腔調。

馮一萍愛秦老師身上凝聚結晶的一切所有。他的溫文儒雅、對書畫的知識和收藏、一手瘦俊的好字、上課前要小小口啜飲的一杯白葡萄酒，下課時慢悠悠在石楠木老菸斗裡裝菸絲。他知道上海哪裡有地道的本幫菜，哪裡有保存最好的石庫門老建築，在哪條巷弄裡有精修皮鞋的老鞋匠，對過的燕皮餛飩味道最是正宗。他什麼都沾染都知曉，卻不執著於一門一科，優游從容隨心所欲。秦老師說到莊子的大鵬鳥水擊三千里，扶搖而上九萬里，她就自慚從小無大志只憑直覺過日子，誤以為日子過得還可以。秦老師說到印度敬神舞蹈的手勢如何千變萬化指人說事，她就下定決心存錢下個旅遊目標就是去印度看舞蹈，不去普吉島乘快艇。說是教書法，秦老師只讓大家臨臨帖、講點書法家名人軼事，不布置作業，或布置了作業也不批，只是閒談。

這種隨性教法讓其他同學頗有怨言。這是文化課，你懂不懂？會寫書法的人多得是，但要能像秦老師這樣浸淫於文化並從容出入其間，可遇不可求。跟馮一萍持同樣看法的人不多，慢慢地，六人的書法課變成三人、兩人，最後只餘馮一萍。秦念濱卻不在意。他需要好聽眾，而沒有人比馮一萍更專注。

從小，馮一萍就是一個奇怪的女孩。她的個性有點男孩子氣，跑得快跳得高，跟小男生成天瘋在一道。她做什麼事都是一頭栽入，不留後路。戀愛結婚也是如此，家人激烈反對，她選擇離家跟詩人兼酒徒的男友公證結婚。幾年後老公外遇，她毫不留戀便離了婚，孩子交給公婆，自己又過起單身生活。她的開始和結束都異常分明，沒有一般女性那種萬縷千絲反覆猶豫。與其抱殘守缺，她寧可另闢蹊徑，另尋圓滿，那或者也可以說是一種奇特的潔癖。

當她對秦念濱報以甜美微笑時，完全看不出她管理幾個幼兒英語教室的明快幹練。

她甚至沒有告訴秦老師自己從事外語工作，因為樣樣精通的秦念濱，偏就是外語最弱，只懂一點俄語。在自己的偶像面前，馮一萍願意無條件臣服。當秦念濱裝好菸絲，以火柴瀟灑劃出一點星火湊近菸斗，菸絲在她眼前一瞬間變成金紅，那就是魔術的開始。

「乒這個字呢？乓呢？」馮一萍突然打破斗室裡的寧靜。

「這兩個不是古字。」秦念濱的大筆在硯池裡吸墨，「為什麼問？」

「這兩個字，好像一個兵站不穩，」馮一萍說出心裡的想法，「各缺了一隻腳。」

「嗯，各缺了一隻手吧？」秦念濱瞇起眼看她。

馮一萍有點不好意思，老師才說了，那是兩隻手。「那是，一個在運動中的人，重心落在一隻腳，哦，不是腳，是，一個打正手，一個打反手。」

「你打乒乓？」秦念濱原本凝神要寫點什麼，這時把筆擱回案頭。

「不會打。」

「乒乓，很好玩的。」秦念濱像想起了什麼，指著書架邊上一幀黑白照，「你看看。」

馮一萍湊上前瞧，幾個大男孩合照，短褲運動衫，最當中的男孩捧著一個獎盃，清瘦且青澀。

「啊，這是老師嗎？」

「十七歲。」秦念濱說，「最好的年齡，最糟的年代。」

「老師是乒乓隊的？」

「哈哈，十歲開始打，進了上海隊。」

「後來呢？」

「後來，後來什麼都沒做成。」秦念濱吸了口菸，徐徐噴出，「一年不到就退役，大學也沒念完，糊里糊塗過了好幾年。」

室內沉鬱的空氣，讓馮一萍感到要窒息。每回說到往事，秦老師總是三言兩語帶過，調侃說她沒吃過苦。她很慚愧。這輩子已沒機會在年輕時候吃那種苦，影響一輩子的苦。只能像現在這樣忍受邁進中年後慢慢滲進來的苦澀，小蟲般這裡那裡啃咬，又像打擺子般一陣冷一陣熱，非致命性的，但逐漸忘卻什麼是舒坦無憂。

「老師現在還打嗎？」

「跟誰打呢？」秦念濱語帶蕭索。

跟我打呀！馮一萍在心裡說。秦老師的乒乓一定打得優游從容，就跟他這個人一樣。她一定要見識老師的這一面，這可能是他最鮮為人知的一面呢！馮一萍想得很興奮，唯一要解決的問題是，她必須先學會打乒乓，而且要打到某種水平。

自助者天助，這是馮一萍很喜歡的一句英語諺語，而這句話恰巧就印證在她身上。根據教練所言，她是少見的一塊打乒乓的材料，可惜晚了二十年。

不到一年，馮一萍已經學會乒乓球的基本技巧，從正手反手搓球提拉，一直到現在的弧圈球。這種飛躍性的進步，讓楊興很是驚異。

「我教了幾十年的球，也遇過有天分的孩子，但一上來就學成這樣，你是頭一個。」楊興嘬口作聲用力踏足，一個看似雷霆萬鈞的發球式，卻被馮一萍識破不過是虛張聲勢的上旋球。又一個小白球側旋過來，她略緩出手，穩穩擊出。

一個乒，一個乓。乒乓球對她來說，像是《紅樓夢》裡寶黛初見，這個妹妹以前見過。

「你像一個人，在上海隊，打得不錯，人很甜……」

球在掌心，他遲遲不拋，眼神遙遠，見到了半世紀前的小師妹？小師妹後來怎麼了？浮想聯翩時，一個下旋球過來，她猝不及防。

「球往下切，不要平推，平推就出界了。」楊興繞到身後，握住她的手示範。他的手極大，手指的力道像可以捏碎骨頭，她的指頭被狠狠擠壓在拍上，像上了手銬。原來的沾沾自喜痛醒了，她領悟到自己打球不過是玩票，而楊興打球卻是拚命。他的鼓勵不過是維持她的興趣，讓她自願多繳點學費吧？原本一週一次的課，現在是一週三次。

「馮太太，還不懂嗎？」楊興有點急了。「就像，就像切菜一樣，」他把拍子當菜刀作出剁菜的姿勢，「用力往下切。」

教練以為她熟諳廚事呢，馮太太。馮一萍連忙點頭表示領會，楊興鬆了口氣，回到對面去。馮一萍也鬆了口氣，在楊興近身相教的那一分鐘，她一直屏住氣息。

回到家匆匆沖個澡洗了頭，半濕的中長髮往後攏齊夾好，她換上一條寬腳黑色真絲長褲，一件米色V字領棉線衫，騎了電單車趕到秦老師家。秦念濱的白葡萄酒已經喝了半杯。

這已經是這個月第二次遲到了，馮一萍在書房一角落坐。秦念濱沒問她被什麼耽誤了，他向來不問她的事，她也不說。並不是不想說，是不好意思把那點無聊的事拿來說。楊教練倒有時要問的，她不敢多說，說了全是謊言。老公孩子買汰燒，一個莫名其妙滾雪球般出現的謊言。

秦念濱遞給她一本新淘得的字帖，她翻了翻，不能專心。她對書法大概不像對乒乓那麼有天分吧？至少，老師從沒誇過她，她這樣一週一次來上課，一年多下來還是很糊塗。有時夢見，老師說不能再教她了，一塊朽木……

「今天，不上課。」秦念濱把空杯一放，叩一聲敲在桌上特別響。

「啊？」她急了，「抱歉，我遲到了，作業也沒寫，這陣子忙著舉辦教師進修……」她趕快交代認錯。

秦念濱笑了，「出去走走，你都沒聞到桂花香？」

秦念濱的家不遠處有個公園，裡頭有桂樹數千株，每到秋日，這一帶的空氣充滿桂香，走在路上，人都暈陶陶的，至少馮一萍是這樣。她默默走在老師身旁，腦裡無法想什麼，整個被那濃郁的甜香所籠罩，像是跌進了糖果屋的孩童，太滿的幸福不真實。

這是她跟他頭一回走出書房。每週一次跟他在書房裡坐兩個小時，她以為此生沒有機會跟他做其他的事。沿著紅磚人行道徐徐向前，街上的桂林米粉和克莉絲汀餅屋人進人出，小門臉的服飾店和鞋店則靜悄悄，店主低頭在手機上撳來撳去，一個腳踏車店，老先生在給輪胎打氣，打好了，丟五角錢到水盆裡。那是投水許願的金幣。上海這個老區角落充滿了人和車的聲音，但是馮一萍覺得像在看黑白默片，她跟秦老師是這影片裡唯一的色彩和聲音。下了幾天的雨，今天的陽光出奇地好，蒸騰得花香更加無所不在，彷彿有厚度般一片片沾帶到身上，不單是鼻子，她的眼睛耳朵都灌進了這香味，她的心更緊緊包住這香。

她轉頭看秦老師。秦念濱枯瘦，背微馱，兩隻褲管被風吹得飄晃。他走路的樣子有點不穩當，彷彿要向前撲去。一個乒，一個乓。她突然又想到那兩個字，各缺了一隻腳。不，不是腳。她不由得放慢腳步。

公園裡卻不似想像清幽。老老少少都湧進園子裡來了，聞聞桂花香，搓搓麻將打打牌，瓜子殼吐得一地黑白不分，聊天的聲音震天價響。

「去喝茶。」秦老師熟門熟路帶她左彎右拐，過了座小橋，來到一個五開間的傳統建築，雕梁畫棟，梁柱上刻的都是戲曲人物，木製的茶桌和茶椅排在廊下，入座望去四面皆綠，花香更加沁人。這裡竟然一個人也沒，顯見茶費不菲。服務員從裡頭姍姍而出，眼皮子都不抬，「喝什麼？」

點了兩杯龍井，兩人對著面前的綠樹黃花，秦老師輕咳一聲，似乎意味深長，她心裡猛跳了幾下。秦老師說：「你曉得這園子以前是誰的嗎？上海灘大佬黃金榮。後來，日本占了，國民黨也占了，園子搞得一塌糊塗……」

她點點頭，有點失望。黃金榮是聽過的，上海灘的電影和電視劇彷彿也看過一些，管這園子是誰的，此時此刻，它的花香是屬於聞者的。一個狀似帶著飄乎曲線的旋球，不過是平淡的直球。每次都談古人古事！這鋪天蓋地無遠弗屆的花香，讓她有了秋怨。

「初開園那時，我就常來玩，那時才十來歲。」

「打乒乓球那時？」

「嗯，跟幾個球友來白相。」他舉頭四望，彷彿在找尋年少時的玩伴，「現在都不一樣了。」

馮一萍鼓起勇氣，「老師，有空我們打一場？」

秦老師有點吃驚，「你說不會打的嘛。」

「我會了。」她喉嚨被什麼鯁了一下，這一刻才明白自己的痴傻，「打得不好，打著玩。」

「我很多很多年不打了，自從，」秦老師沉吟著，眉心糾起來。他有深深的眼袋和明顯的抬頭紋，此刻見了天光全都現了形。「自從我的腿壞了以後。」

「腿，怎麼了？」

「跟一個朋友幹了一架，狠狠的一架，他破相，我傷腿，可是他還能打球，後來美國乒乓隊來中國訪問，他就在機場歡迎他們。」

馮一萍聽出他語聲裡的苦澀。

「想當年，大家都想進乒乓隊，有國家養你，吃穿不愁還有工資拿。接下來三年自然災害大饑荒，乒乓隊的人沒餓上肚子，還能往家裡捎罐頭。」秦念濱看著手裡的玻璃杯，茶葉正緩緩往杯底墜落，往下往下，直達郁郁菁菁毒蛇吐信的綠色叢林，「有個姑娘，她父親是隊裡的教練，那時候，全上海男子女子前三名才能入隊，她、我和那個朋友都打進去了。」

「幹了這場架，前途毀了，那個姑娘我也配不上了。」秦念濱沉吟了一會兒，笑了，「也好，要不這輩子只會、也只能打乒乓。」

是為了那個姑娘才打架的嗎？馮一萍想問，秦念濱先問了，「你有多少勝算？我不過是個腿不方便的老人。」

「我不過是個弱女子。」馮一萍微微一笑。

秦念濱也笑了，深吸了口氣，「邪氣香噢！」

因為功力增進，馮一萍換了個拍子，全新膠皮，球速更快搓球更旋。但是想著跟秦老師的比賽，她就有點分神，幾個旋球都沒過網。

「怎麼？」教練不滿意了。

「我在想，」她朝拍面呵口氣，手一抹，「如果年輕時候球打得很好，老了還能打嗎？」

「那要看身體狀況。有基礎的話，要恢復一般是很快的。」楊興一邊說話，一邊飛快側旋，「你要跟誰打？」

「一個老師，我跟他下了戰書。」她回削，抿嘴一笑。

楊興愣了一下。那個笑容勿要太嫵媚噢，把一個學生變成一個女人。高挑一個球，她正手下壓。「打得好嗎？別給我坍台。」

「他以前也是上海隊的，叫秦念濱。」她準備接球，來球卻在網前下滑，「腿有點不方便，但我大概打不贏。」

「你能贏。我的學生怎麼贏不了一個腿有毛病的老人？」

楊興的話語有種尖刻，馮一萍感到不舒服，不過是陪老師打著玩兒。

但是楊興非常較真，接下來每堂課都在模擬戰況，特別指導她如何對付直拍快攻。那個年代的人多持直拍，楊興自己也是。下課了，他的球繼續來，十分鐘，十五分鐘，只為了讓她多練習。吊球，打兩邊角落，咬住對方的弱點猛攻，快、準、狠、變、轉！所有比賽都要分出勝負，有人維持表面的優雅想贏得從容，有人殺氣騰騰讓敵人不寒而慄。長年競技場上的磨練，早就讓求勝成為楊興的本能，沒有什麼優雅什麼腔調，那是一場又一場血淋淋的肉搏戰，每場勝負都代表著目標近了一點或遠一點。

高二那一年，他進了令人豔羨的乒乓隊，冬練三九夏練三伏，拉單槓練臂力，各種球打成千上百板，枯燥的操練從早到晚，終年不斷。所有的辛苦為的就是上賽場，爭取重要的比賽，爭取勝利。每到比賽，多少人買票來一睹他的風采，楊興的名號叫響了，他成了許多人的偶像。然後文革來了，乒乓打不成，主教練和冠軍球員受不了批鬥一個月內先後吊死，他跟大家到北京去串連，運動員最好的時光都耽誤了，只有一九七一年臨時被召回上海，跟美國人打了一場，說是乒乓外交。文革結束，乒乓隊又開打，但他盛年不再，只能當教練了。就這樣，帶隊訓練帶團出賽，直到退役。他沒法去想乒乓對他的意義，它是生活的全部，讓他存活，也取代所有。

這天打完球，天已全黑，從二樓的體育館看出去，學校操場上的路燈照出雨線一條條。他們都沒帶傘。籃球場上的人走光了，管理員把大燈關了，只留高牆上兩盞一閃一閃的日光燈，照得人臉蒼蒼，世界慘白。

「還不走？」管理員來催。

「走了走了。」楊興把球包一背，拿了水壺，大步往樓下走，馮一萍緊跟其後。體育館的大門在背後關上，他們站在走廊下一籌莫展。雨下到草上和泥地裡，窸窸窣窣像在耳語，天空墨黑，寒意透進汗濕的運動衣衫。

曾經也有這麼一個雨夜，他在女孩家門外徘徊。那件事情過後，女孩還是一個人，他默默等了幾年，終於鼓起勇氣。當再也受不了那濕冷那狼狽，那沒完沒了的煎熬時，他伸出凍僵的手敲開女孩家的門。但是隔年，她的父親他的教練就被鬥死了，她成了黑五類。

女孩過了兩年也死了，那是個太容易死去的年月，死了成千上萬的人。站在身旁的這個馮太太，明快的氣質有點像她當年。是投胎來的嗎？如果是，她就更應該打贏這場球。

「你的對手，做什麼的？」

「他是我的書法老師，是個收藏家。」

「很有文化囉？」楊興從鼻子裡冷哼一聲。當年曾有機會保送交通大學，他選擇進乒乓隊。時代在改變，人人鑽空子在弄錢，他賣老命教球。每週日風塵僕僕到杭州陪一幫老闆們打球，他們說久仰大名，打開抽屜，裡頭厚厚幾疊人民幣，抽出幾張來塞到他手裡。他感到屈辱，但還是每週都去。

「他為什麼找你打球？」他突然惡狠狠逼近她的臉，兩眼冒出凶光。

「是我找他。」馮一萍力持鎮靜。

「哼，記住，不要手軟。」楊興冷冷丟下一句，大踏步走入雨中。

楊教練一再傳授致勝攻略，他那充滿企圖心攻擊性的眼神，對她施了催眠。如果她贏了，他會多麼以她為榮。但是，即使她能，她怎麼忍心？他不過是個腿不方便的老人。

這場比賽，她從來沒想過要贏。她只是單純地想陪他打一場球。也許不那麼單純，不只是打球，她想跟他一起做一件事，球來球往，能量在彼此之間傳遞，直到球落地。輸贏不重要，重要的是當下只有她跟他，一個乒，一個乓。

然而，乒與乓，不管是缺了手還是斷了腳，都來自「兵」，是攻擊的器械，也是持器械的人。手裡高舉武器，那就避免不了對抗對鬥。但是，有沒有可能，有沒有可能那其實是各缺了一點的兩個人，合在一起便圓滿了？

「秦老師，儂好，長遠勿見。」

「儂好儂好。」

「有日本來的新拍子，要看嗎？」

「不用了，給我一塊反膠，一塊正膠，中顆粒的。」

林師傅去櫃裡翻找，他的眼光不自覺又去看那面牆，牆上掛了一張黑白老照片，一架飛機，機翼上清楚的220編號，機前蹲一排站一排，是中美的球員和領導。那裡，就在那裡，過去看過無數次現在老花再也看不清但不會忘記的就在那裡，第一排蹲著咧嘴而笑濃眉大眼的男子。

那本該是他。

這麼多年沒真正打過球。大女兒小的時候，陪她玩過一陣子，她沒興趣。是個念書的材料，跑到美國去了，在那裡成家立業，給他添了兩個混血兒外孫。小兒子不是打球的料，也不是念書的料，在出版社裡混飯吃。老伴早走了，兩人一輩子相敬如賓，因為根本不上心。他不在意。對很多事，他早已不在意。

唯獨這一件。剛改革開放時，他見機收了幾張字畫，現在市價都不菲，養老不愁，教書講課，不過是排遣寂寥。手裡有閒錢，陸續買了一些各具威力的世界級名拍。一面面精工打造的板子光裸著沒有上膠皮，多少年來閒置在上鎖的櫥櫃裡。這些名拍，再怎麼精緻高端，再怎麼科技文明，也無法取代當年那支粗糙的球拍。他拍子高舉，猛力抽打，正手反手正手反手，結結實實的耳刮子，打得那人淌出血涎，打得那人後退倒地。反革命分子有如過街鼠哪，怨不了他。傷了腿，怎麼不給治呢？不是說他是塊料嗎？及時治療，肯定能再跑再跳，那時只要那人肯出面說句話。只因他的腿傷跟女兒有關，需得避嫌，把他一生都耽誤了。

「還在看那照片？」林師傅搔搔頭，「照片裡廂儕是阿拉爺額老教練老隊友，儂認得伐？」

秦念濱搖頭。

「怎麼樣？」

馮一萍一到，楊興就迫不及待問，她只是懨懨瞅著他看。

楊興心裡一惻。她像一枝長莖中折的花，還吸得到水分，但不夠，很快就要脫水枯萎。也許不該逼她，不該給她太大心理壓力，原本能贏的反而輸了。她雖然是打球的料，但對方畢竟是塊老薑……老薑這些年體能狀況如何，兩年前聽說動了大手術……他那時才打多久，後來發展出的新技他會嗎……

「輸了？」楊興問。

「贏了。」她說。沒有一點高興的樣子，反而有點落寞，有點傷心。這真把他給弄糊塗了。

「好呀！情況如何？」

「他贏一場，我贏一場，然後，又贏一場。」她一副不想多說的模樣。

「滿好滿好。」楊興點頭，不問比數了，看她那模樣，好像那年整個隊拉到青海高原鍛鍊，氧氣稀薄，連呼吸都費勁。「今天，再練練弧圈球？」

天冷，她來上課的路上把拍子插在後褲腰上焐著，像焐著一隻有生命的小動物，太冷的拍子是打不來球的。這都是楊興教她的。那冷拍子還插在褲腰裡，時間不夠久，她溫暖的肉還沒能焐熱它。

「今天，不上課。」馮一萍直視楊興的眼睛。他的眼光很單純，剛才是開心，現在是驚異。長年的球場征戰，乒來乓去，正手反手，一道道銀白的弧線劃過球檯，他只要不讓那弧線中斷。而那天，球檯對面的那對眼睛，眼神卻十分複雜。

不論單純或複雜，都到了說再見的時候。她感到很抱歉，眼前這個人教會了她乒乓球，而她跟他說了這麼多謊言。

比賽一開始，秦念濱謙謙君子，給了幾個直來直去的軟球，但是馮一萍心神不寧。

穿著運動服的秦老師，身體乾枯無肉，衣服掛在骨架上無風自動，持拍的手青筋暴起，跟拿毛筆時大不相同，回球飄忽近乎詭異，拍子在手裡倒來倒去換邊打，直球旋球變來變去，還有，雖然帶著微笑，但笑容是塊皮蒙在臉上，眼睛裡沒有笑，只有，只有……

馮一萍就這樣輸了第一場。

秦念濱一派紳士風，問她要不要休息一下？他備了茶水還有毛巾。馮一萍很懊惱。這場球完全沒有發揮平日水平，幸好楊教練不在。

「老師寶刀未老嘛！」馮一萍甩了甩手臂。

「承讓承讓，你個小姑娘也算可以了。才打不久？」

秦念濱幾句話，意在安撫，卻激起馮一萍的鬥志。她想，今天贏不了，也不能輸得太難看。要讓楊教練，也要讓秦老師看看她的本事！

第二場一開始，馮一萍一連丟了兩分，秦念濱微笑了，帶著君臨天下的神情，直板快攻毫不留情。馮一萍深吸口氣穩住，不停大角度吊球，讓秦念濱跑起來，幾個弧圈球也拉得威力十足。秦念濱沒料到馮一萍能打出這種水平，再加上跑不動，雖然勉力回球，終被打死。馮一萍險勝一局。

馮一萍打得全身都熱了，等著秦老師誇獎，但是秦老師只是喘氣，嚥口水，搖頭。兩人默默換邊，第三場開始。

馮一萍發球，拋球前，直視秦老師的眼睛。那眼睛裡有太多情緒，憑著一年多來相處的理解，她讀懂了一部分，那是憤怒、是驚疑、是猶在晦暗中咕嘟咕嘟加溫未成形的仇恨。他將會恨她，如果她贏了這一局。

書房裡的秦老師呢？她為什麼想跟他打球？

不圓滿，不會圓滿了。一個乒，一個乓。

——二〇一〇年創作，發表於二〇一一年六月二十六日至二十八日《聯合報・副刊》。

丹尼與朵麗絲

這是北新澤西的一個小鎮，樹木繁茂，人口不多，幼稚園、小學和中學，都只有一所，在這裡長大的孩子，男生一起打棒球、踢足球，女生一起打壘球、學跳舞，華裔家庭的孩子多了項課外活動：彈鋼琴。鋼琴老師布朗小姐，是所有學鋼琴孩子的老師，當然包括丹尼，從七歲開始。

凱若總提早二十分鐘把丹尼送到門口，看他抱著琴譜推開布朗小姐家的門，她就加速開走了，沿著那條林蔭小路往前再開個十五哩，是一個華人超市，每星期她都要去採辦一回。她是一家診所的助理，負責排定看病時間、整理檔案，還要幫病患量身高體重和血壓及種種雜務，從早到晚沒有一刻休息，午餐往往是在家做好的三明治和三合一熱咖啡打發。她在超市裡同樣眼明手快，只買美國超市沒有的東西，像是活鱸魚，一去就讓他們撈一條宰殺，等待的時間先買其他，台菜烹飪的特殊調料像醬油、黑醋、蝦米、八角，肉鬆和麵筋罐頭，當然還有吃慣的空心菜、豆芽菜、細長條的茄子等。她總能在丹尼下課前趕回來，來得及跟布朗小姐寒暄幾句。

上完課的丹尼笑咪咪的，他喜歡這個老師。他從沒有什麼特別不喜歡的人，陽光開朗，嬰孩時就少哭，只是笑，甜蜜地笑。凱若的心被那笑整個融化了，媽媽，兒子，他們的兩人世界。那時，丹尼的爸爸已經搬出去了。

第三次上完課，她就聽到朵麗絲這個名字。

「朵麗絲開始彈〈滿天星〉了，布朗小姐說我再努力一點，下回也可以了。」

「誰是朵麗絲？」

「朵麗絲就是朵麗絲。」

朵麗絲是在丹尼之前上課的孩子，早到的丹尼總能聽到她學什麼新曲子。一年後，丹尼跟朵麗絲一起參加了學校的才藝表演。小鎮的學校才藝表演，只要有膽量的孩子都可以上台，但上台有一半以上的孩子是華裔，他們嫻熟地彈奏鋼琴、跳芭蕾舞或踢腿翻滾表演武術。其他族裔的孩子表演街舞或唱歌，也有人表演魔術。這些表演的技術含金量不同，有華裔家長低聲用中文議論著：唱歌的孩子音準有問題，街舞和魔術很可愛，但，你也知道……凱若坐在觀眾席裡驕傲地等著她的丹尼出場。台上彈奏著小步舞曲的是朵麗絲，披散著一頭烏溜溜的長髮，戴一個閃閃發亮的頭箍，穿粉紅色的小洋裝，有蕾絲的白襪、白鞋，就像童話裡的公主。她知道丹尼是這樣覺得的。

節目單上，丹尼和朵麗絲的名字並排著，一上一下。這是頭一回他們的名字同時出現，後來又出現了好幾次，最轟動的是出演《羅密歐與茱麗葉》，那是中學的事了。朵麗絲有時會到家裡來，跟朋友一道，或只有她，跟丹尼一起聽音樂，有時在客廳裡看電影。她總是在不遠處，廚房裡榨果汁，地下室洗衣服，或打開客廳一角的櫥櫃，那是隱藏式的書桌，揭蓋架在拉開的第一層抽屜上成了寫字板，她在那裡開支票付帳單。她沒說，但朵麗絲那雙細細的吊梢眼，永遠像瞌睡般慵懶，哪裡比得上丹尼充滿活力的大眼，讓人感到希望無限。

她從不曾要求丹尼的琴彈得多好、當選年度模範生，或是成為學生代表會主席，但是丹尼卻一一達成了。她的丹尼就是這麼好，假日還去養老院彈琴給老人聽。天使，他是上天賜給她的小天使，補償她這一生在各個方面的欠缺和遺憾，例如二十年死守一份工作，沒有升遷，薪資少得可憐。但這份工作給了她完善的醫療保險，還有能信賴的醫生隨時請教。在美國，一生病，哪怕只是牙痛，都能蝕盡你微薄的積蓄。更重要的是這份工作讓她認識了許多人，人人都知道她是張醫師診所的凱若，在路上遇見了，總會親切招呼。再沒有比住在一個小鎮而沒有人認識你更讓人難受了。

但不是現在，不是過去這三個月。她不要任何人過來跟她招呼，問候她：「妳覺得怎麼樣？有什麼我可以幫忙的嗎？」如果可能，她會立刻搬離這個地方，搬到一個沒有人認識她、認識丹尼的地方，如果可能，她願意搬離這個國家。這種事不會發生在台灣啊！但是原鄉的親人，他們的詰問可能更令人窒息。怎麼會發生這種事呢？他們會一直問一直問，直到把她逼瘋。

她曾學過一陣子瑜伽，想治背痛。老師尤金是個極瘦的白人，留著灰白的長鬍子，終年穿一件棉布袍。他教的瑜伽不僅是動作，而是身心靈的結合，至少這是他標舉的目標。他常談論養生的道理，並親身實踐，她印象最深刻的是他奉行「食不語」。用餐時要專注在你的食物，這樣才真的吃到食物的味道，在填飽肚子時，感官也得到充分的刺激和滿足，幫助消化系統迎接食物的來臨。「吃得對時，吃飯也是一種冥想。」他這樣說。但是，在人群裡吃飯呢？像她這樣的上班族，吃飯時免不了有人打擾。尤金說如果外出吃飯，或跟朋友一起，他會帶一個牌子，上頭寫著：「抱歉，我吃飯時不說話。」有人想跟他搭訕，他就指指那牌子。

凱若也想要那樣一個牌子，掛在胸前，上頭寫著：「抱歉，我哀悼時不說話。」

在小鎮唯一的報紙上，丹尼和朵麗絲的名字一次又一次被提起。這樣的悲劇聞所未聞，或者說匪夷所思，在這個有太多人際關係聯結的小鎮上，從學校到健身房，從寵物店到冰淇淋店，人人嘴邊一度都掛著他們的名字，或者，被冷血的陌生人簡稱為「那兩個蠢蛋」。

蠢蛋。事情發生的時候，她也狠狠啐過，真蠢啊，孩子！你怎麼會做出這種事呢？但是丹尼已經冷了，硬了，不能再回答她，那甜蜜的微笑永遠消失了。十三歲時矯正好的一口齊整的白牙，在泛紫的唇間閃著冷光。花了幾千塊，忍受兩年的怪模樣，以為會受益一輩子。是一輩子，只是太短了。所有的努力，房間裡那些獎牌和獎狀，常春藤名校文憑，還有紐約市一份夢寐以求的工作，結果呢？陽光小孩給了媽媽這麼多的期望，結果呢？

最後一次，丹尼和朵麗絲的名字同時出現，是在追悼儀式的節目單上。朵麗絲的母親已於一年前因癌症去世，哥哥姊姊趕回來，都希望朵麗絲跟丹尼可以一起舉行追悼式，他們本來就有共同的老師和朋友。只有兩個人不那麼樂意，一個是喪子的凱若，另一個就是喪女的約翰余。

約翰余是藥劑師，余太太在郵局上班，周日在中文學校義務教中文。早年，中文學校由台灣移民創辦，師資都是台灣人，教的是注音符號和繁體字。隨著大陸移民愈來愈多，這些學校也逐漸轉成漢語拼音及簡體字教學了。凱若原本教的年級，後來就由余太太接手，那時丹尼和朵麗絲都已離開中文學校。他們的中文程度因為父母的要求，比一般華裔小孩來得好，能聽得懂父母說的家常話，也能說一點帶腔調的中文，讀和寫則不行。中文跟英文是南轅北轍的兩種語系，很多時候，這些象形、指事、會意、形聲、轉注、假借，這些奇特的以調定字，還有同音異字，成了背景裡的一種雜音，讓他們的美式存在無法純粹。

不純粹還在於他們跟父母的緊密關係。父母影響了他們在服裝、交友、課外活動、申請大學等方方面面的選擇。有個用來形容華人下一代的老詞「香蕉」，外皮是黃的，內裡是白的，其實更準確地說，蕉心應該是白裡透黃。

余家的家教嚴，三個孩子都非常乖巧，學業成績優良，還多才多藝。余先生最疼愛的就是么女朵麗絲，不但因為這女兒來得晚，跟兄姊差了十歲，而且跟奶奶年輕時長得一個樣，也是那麼文秀。余家是上海人，在法租界蓋了兩層洋樓，七個房間四個衛浴，有噴泉花園和大草坪，門口有警衛。解放後，一家九口擠在洋樓的兩間房，其餘都給流民占了。但是，不管時局如何動盪，家運如何敗落，余家的家訓是傳下來了，於是有了在美國北新澤西小鎮乖巧的三兄妹。這不容易，尤其美國校園多的是吸毒和濫交，父母不見得管得了。

朵麗絲，在約翰余細心看護下長大，如一朵玫瑰初含苞後徐徐綻放，她的純潔和清芬讓為父的他多麼驕傲。然後，出現了一些蜜蜂一樣擾人的男孩。那個叫丹尼的最常出現，在前院跟朵麗絲有說有笑，後來竟然要跟她一起演出《羅密歐與茱麗葉》。他堅決反對。為何教中學生這種故事？難道教育者不知道年輕的孩子是一堆乾柴，輕易可以著火燒成灰？羅密歐和茱麗葉是兩個背著父母偷嚐禁果的逆子逆女。但是朵麗絲眼淚汪汪求他：「爹地，我真的想要演這個角色，每個女孩子都想要，我好不容易才有這個機會……」他最怕女兒的眼淚。好吧，妳想當茱麗葉就去當好了。

進入十年級時，他對已經出落得亭亭玉立的女兒發出警告：「不准談戀愛，不管是那個丹尼，還是其他小夥子，都不可以理會，一切，等進了大學再說。」

「誰在談戀愛了?我們不過是朋友。」朵麗絲的眼睛閃亮如星,話語似真似假。

不管真假,女兒如願進了能光耀門楣的名牌大學。然後,余太太開始抱怨疲倦,體力不濟,張醫師建議她照片子,片子裡出現了不該出現的白點,然後……那是一場注定要失敗卻不得不盡全力去打的仗,仗打完,他發現自己已是個年屆退休的老頭子了。

朵麗絲畢業了,她知道老爸寂寞,回到北新澤西的家,在一家電信公司上班。當別的美國小孩遠走高飛去闖天涯時,他的寶貝女兒鳳還巢了。新的人生才剛開始,就發生了那件事。

如果,如果他的朵麗絲一定要死,一定要在如花盛開的此時死去,為什麼不讓她車禍、生怪病、或讓她滑雪時出意外撞上大樹之類,為什麼不讓她像其他人一樣正常地死去?為什麼要讓她死得如此,如此,如此不像個余家的小孩?他無法告訴上海的親友朵麗絲的死因。「她死在車子裡。」他這樣說,這也是實話,「跟她的男朋友一起。」另一句實話。沒有人敢向這傷心的老人多問一句。

幾乎是同時,當朵麗絲回到北新澤西,丹尼也回來了,二手SUBARU後車廂及後座載滿大學四年的書本和衣物。他已經寄出幾份求職信,返家等待面試通知。回來的當天晚上,他在家吃媽媽精心烹調的乾煎鱸魚和宮保雞丁,吃過飯就出去見朋友了。凱若很有理由猜測,那朋友就是朵麗絲。一個母親的直覺,她知道朵麗絲一直在那裡,他的茱麗葉。後來，她也有理由相信，丹尼願意住在家裡，儘管工作的地點在紐約市，也跟朵麗絲有關。她對朵麗絲平添幾分感激。

八月最後一個週末，白天仍十分燠熱，凱若在廚房裡燒豆腐味噌湯。這幾年，中國超市裡也可以買到味噌了，不需要開遠路去日本店買。她喜歡在湯裡擺點鮭魚。鮭魚肥美不輸鱸魚，魚油化到湯裡讓湯頭更加鮮濃。丹尼在旁幫忙切蔥花，吹著口哨。「什麼事那麼開心？」她問。「哦，我每一天都很開心。」丹尼把蔥花放到一個蓋碗，每回喝湯放一小撮，湯味更鮮美。然後丹尼問：「媽，爸爸是妳的初戀情人嗎？」

丹尼從沒問過她跟他爸爸之間的事，離婚前是太小，之後成了禁忌。這是第一回，也是最後一回，而她並沒有回答。

週末的午飯向來吃得晚，下午兩點，丹尼去沖澡。她記得這個細節，因為她在心裡嘀咕著，才吃了飯又洗澡，有礙消化。丹尼沖了澡，刮好鬍子，換上一件新襯衫，一米八的個子站在她面前帥氣十足。「我要出去一下，不回來吃晚飯了。會給妳帶冰淇淋，草莓的，對吧？」

這是兒子給她的最後一個允諾，也是兒子對她說的最後一句話。草莓冰淇淋。那碗蔥花後來成了蔥乾，在冰箱的角落窩了一個多月才被清理掉。

快九點，她正在看電視，電話響了。是約翰余，提著嗓子近乎嘶叫：「出事了！」

「出了什麼事？」

「妳快來，我家！」

她到的時候，兩部警車已經停在余家長長的車道上，路邊點著燈的人家，百葉窗捲起，露出一或兩個人頭。黃色的塑料條拉起，這是命案現場。但塑料條擋不住鄰人好奇的眼光，還有媒體，還有整個小鎮。她把車子停在路邊，前頭就是丹尼的SUBARU，她腳一軟，幾乎就要撲到車上去。但她深呼吸，勇敢往前走，走進余家。

隔天報紙的頭條寫著：一對華裔年輕男女，在拉上捲門的車庫裡親熱，車子開著空調，一段時間後，兩人一氧化碳中毒身亡。女方的父親發現他們時，女的癱倒在車上，男的半身倒在車門外，顯然是發覺有異但來不及求救。男的是二十二歲的丹尼陳，女的是二十二歲的朵麗絲余，兩人都是小鎮的居民，生於斯長於斯，不幸也命葬於斯，他們的父母拒絕了本報的採訪。

那只是序曲。第二天，丹尼和朵麗絲的故事繼續被挖掘，小鎮裡有太多他們的師長和朋友，他們深切痛惜哀悼。第三天，出現質疑，這個悲劇告訴我們什麼？兩個大學畢業、前途無量的年輕人，為何要在閉不透風的車庫裡親熱？為什麼不在自己的房間裡？據悉，那天朵麗絲的父親出去了，家裡沒人。

為什麼？凱若問，跟那些沒心沒肝的好事者問同樣的問題。這些華裔學生功課雖好，缺乏常識，好的，這是問題的第一層意思，還有第二層、第三層……像洋蔥一樣可以一層層往內剝，直到淚水模糊了視線。她知道，兒子是不能把朵麗絲帶回家來關進自己房間的，她總是在那裡看著他們。而朵麗絲的家沒人，為什麼不？

事情發生後一個月，她開始能正常飲食，雖然還是睡不好，她把在兒子房間裡找到應該是屬於朵麗絲的東西集中到一口紙箱：幾件衣服、寫著朵麗絲名字的書和光盤、一個粉紅色的音樂播放器、髮夾、一個停擺的女用錶。

她先打了電話，約翰余的聲音聽起來沙啞，無可無不可：「如果不嫌麻煩就送來吧。」

揿了兩回門鈴，門才開一條縫，一個老頭子從裡頭充滿戒備看出來，眼睛布滿血絲，像一隻困獸在洞裡準備反撲。「就是這些。」她把箱子擺在門口，看來對方不準備請她進去。

她已經很久不想跟人說話了，不過，如果他請她進去，她會的，會坐下來跟他喝一杯咖啡，如果他提議，因為，好幾個無眠的夜裡，她痛苦到要窒息時，她會想到他，約翰余，這個世上唯一能了解她失去了什麼的人。她怨恨他，卻又渴望跟他分擔。是的，如果能聊聊丹尼或朵麗絲該有多好，他們是多好的兩個孩子啊！別人不會曉得，他們是心頭的一塊肉，現在這塊肉被殘忍地剜去了，傷口還在滴滴答答淌著血。

「你那裡，有什麼東西是丹尼的嗎？」她探問。
「沒有。」約翰余冷然說，「她姊姊把她的東西都打包了。」
「你，還好嗎？」她顫抖著聲音問，彷彿是在問自己。
約翰余瞪著她，充血的眼睛是兩個紅燈，警告她不要再往前一步，停止。
太過分了，這個女人還有臉跑到這裡來，問我好不好？養的是什麼兒子？到人家家裡來，做出這種事？他的朵麗絲，他的玫瑰啊！他純潔美好的女兒，盛開中的一朵花，就這樣被折斷了。在那該死的車裡，他的女兒一絲不掛。他忘不了女兒臉上的表情，眼睛瞪得很大，嘴巴張開，不知道是窒息前的驚恐，還是做愛中的高潮。不，他多希望不是他發現的，老天，把那影像從他腦裡永遠刪除吧！他癱倒在門後，聽到車子遠去的聲音。
他的女兒是在犯罪啊，然後神就從天上劈死他們。為什麼不聽爸爸的話呢？爸爸說，跟男人在一起要當心啊，他們隨時想占妳的便宜，占到便宜拍拍屁股就走人。妳沒看到報上寫的那些未婚生子的故事？
「爹地，我已經成年了。」朵麗絲即使在抗議，聲音也永遠那麼溫柔，她知道爹地是為她好。
「無論如何，」這是每次談話後，他作結的習慣語，「無論如何，妳要記住，我不許妳亂來，絕對不能丟余家的臉，只要妳還在我的屋簷下。聽見了沒有？」

朵麗絲咬著下唇，那副楚楚可憐的模樣，他幾乎要心軟。老伴在的話，可能也要拉住他別再說了。但是他怎麼能不說？這物欲橫流道德淪喪的世界，只有這屋簷下是他能捍衛的淨土。

想到他週末常要去老友家打牌，空著一個房子，他又加了一句：「這是我的房子，我不允許！」

他知道很多華人父母被迫接受了美國的性開放文化。上海的親友跟他說，中國現在也比以前開放很多，時代不同了。但他離開中國時，未經婚姻認可的性還是禁忌，他維持著這份禁忌，就像維持著他的中文報、龍井茶和麻將。

他的女兒卻以這種方式離開人間，留給小鎮茶餘飯後的談資。這樣的事，總是女的倒楣。那個丹尼，不過是個聞到花香的臭小子，不知道用什麼花言巧語騙了妳，在車裡親熱，多麼美式，多麼廉價啊！難道我沒警告過妳，我可憐的朵麗絲？

時光向前流淌，凱若繼續失眠，然後她接到信用卡的索債信。是丹尼的卡債，他拿的是副卡，由凱若授權使用，所以凱若得負責還債。她早該處理丹尼的卡債，不該坐等利息罰款累聚到如此驚人的數字。她必須承認，自己不再是那個診所裡麻利的凱若了，她現在往往歸錯檔案，記錯名字，排錯看病時間。「這是暫時性的，」張醫師告訴她，「妳會度過的。」她微笑。是的，她終究會恢復正常，但那只是旁人眼中的正常，能吃能睡能工作，但她不會再有真正的寧靜了。

丹尼在學校的信用卡用度，每個月都付清，從學校回來不過三個月，吃住都在家，怎麼會欠下這麼一大筆錢？她查了一下，發現最大的一筆開銷就在他死前兩個星期，一家網上珠寶店。

她上了這家店的網頁，這是針對年輕人的珠寶設計專賣店，網上下單，十天內可到貨。她打了客服電話，客服小姐問有什麼可以幫忙的嗎？貨早已簽收。

「我只是想確認買的是什麼？」

「根據訂單，是一枚戒指，更確切地說，是一枚白金婚戒，純手工雕刻。」

凱若力持鎮定，「我可以看一下它的樣子嗎？」

客服小姐把貨號告訴她，在網上的婚戒一欄可以找到。掛電話前，她提醒凱若，因為訂做的戒指內圈有鐫字，恕不退換。

約翰余接到凱若電話，說有重要的事要當面告訴他。還能有什麼重要的事？生活裡甚至沒有什麼有意義的事了。「妳過來吧，我在後院。」

凱若走上余家那長長車道時，無可避免又想到那天晚上。那輛車可能還停在車庫裡，希望它還保持原樣，沒有送洗或賣掉。車道上停了一部 Mazda，是余先生的車，擋風玻璃上積了些落葉。因為一直停在車庫外吧？凱若繞到後院，余先生兩手握著大耙子站在那裡，腳邊一丘色彩繽紛的落葉。

看到她，他木然問：「什麼事？」

凱若沒有馬上回答，她再走近點，走到這個拒人千里的老人面前，極力克制心裡的激動。是一家人啊，本該是一家人。她很快說了，發現丹尼買了個婚戒，婚戒內圈刻了字。

「唔？」約翰余望著她。

「刻的是，」凱若調整一下呼吸，「丹尼和朵麗絲，永遠的愛。」

「所以？」

「我怎麼也找不到。我相信，戒指已經給了朵麗絲。」

約翰余沉默著。

「朵麗絲走的時候，有沒有戴著什麼？」

約翰余臉一沉。他最不願意回想的就是女兒是赤條條走的，他粗魯地哼著：「沒有。」

凱若想再說什麼，看約翰余的臉色，忍了下來。讓他消化一下這個消息吧，這是好事，不是嗎？雖然在某個層面上它讓人更心痛。但她的丹尼至少是愛過了，也找到人生的伴侶，他的茱麗葉，伴著他到天堂去了。兩個年輕人是在求婚成功後的狂喜中做愛，不幸同赴黃泉的，不是像一些人揣測暗示的，不過是一時慾火焚身，不過是一對露水鴛鴦。

「他們相愛，你曉得的，不是嗎？」最後她用英文說。

約翰余不知道自己在院子裡站了多久，等他回過神來，腳邊掃好的落葉又被風吹散了一半。他扔掉握在手裡像拐杖支撐自己或像劍棒可以擊退敵人的大耙子，在出事後第一次打開車庫門。有人打掃過了，原來在這裡的，那些多年積存的垃圾，無用但沒有丟棄的紙箱和發霉的書，來不及種下的陳年種籽，過期的殺蟲劑，壞掉的割草機和淘汰的烤麵包機，蟲蛀的梯子和落齒的竹耙，還有，那些散落的衣物，生死一線間殘留的痕跡。

清空的車庫裡，僅有的是朵麗絲的紅色福特水星，找到工作後貸款買的新車。

約翰余打開後車門，就在這裡，丹尼裸身仆倒。壯實的小夥子，那身肌肉卻沒能助他逃生。車裡所有屬於朵麗絲的東西都清空了，她的音樂光盤、太陽眼鏡和薄外套。伸手撫摸那皮椅，近乎全新的皮椅，他的朵麗絲就倒在這椅上，再也沒有醒來。青筋墳起的老手，顫抖地摸索著，一寸寸在皮椅角落夾縫，在地毯上，那麼溫柔，那麼輕，彷彿他的觸摸會讓一切崩塌瓦解。就像頭一回把她抱在懷裡，小小的眼，小小的鼻，張大嘴哭泣時粉嫩的牙床和舌頭，輕輕握住她的手，小而白的手背上浮著青紋，像一片蝴蝶蘭花瓣貼在掌心，那大小懸殊的比例，柔軟與粗礪的差距，讓他幾乎無法承受，絕對要輕啊，輕輕地……妳總是這麼聽話，妳為什麼要這麼聽話？爸爸不在家也不敢違抗。不能在房子裡，不能在爸爸的房子裡。朵麗絲啊，妳真的訂婚了嗎？妳真的……他的手指觸到一個金屬圈。

白金戒指，細緻的玫瑰雕花，圈內刻字。他的老花眼怎麼也看不清那行字，但他知道，是丹尼和朵麗絲，永遠的愛。

——二〇一一年創作，發表於二〇一二年七月號《幼獅文藝》。

攀岩

黑夜，她在攀一堵岩壁。全身赤裸貼在岩壁上，一尾肉色的壁虎，壁面冰冷，又濕又滑，觸手有些粗糙的絨毛突起，可能是青苔，從壁縫裡鑽出來的雜草，拂過她的臉。如果她願意，她可以發出節奏分明的響亮叫聲，答、答、答答答答……像少女時代那些突然醒來的深夜，壁虎的叫聲伴隨著牆上老掛鐘的滴答，父親的咳嗽，母親的輕語，還有老唱機裡傳出淒涼的〈荒城之月〉，一次次撞擊她的耳膜，在耳內形成永恆的回音。

貼在這岩壁上，世界停止。如果不試圖移動自己，世界真的就此停止，恐懼和孤單會把她完全吞沒。她努力再往上一點，需要一點推力。

她以前攀岩過，或近似攀岩。少女時代，跟幾個初識的朋友，一起去一個乾涸的河床玩。

河床旁一堵岩壁擋住去路，男生們高低錯落地站在石頭突出的地方，一腳高一腳低，居高臨下看著她們。

上來啊！

那石牆看來無處落腳，能勉強擱腳或手的地方，都被他們占據了……

大學放榜前的暑假，一行七人，三女四男，在車站集合。客運車兩人一排，不對號，綠面塑膠椅皮開肉綻，窗戶大開著迎進有稻香和草腥的暖風。她跟俐俐坐，羅娜獨據司機後的位置，四個男生坐在後排。放榜前的日子真是太漫長了，在身分和命運未定的此刻，或其實已定但無人知曉所以就算未定的此刻，當俐俐說有幾個一中的邀著到這山裡小鎮來玩時，她馬上答應了，直到看到四個陌生男子時，才驚覺自己的大膽。

俐俐是她的死黨，就坐在她的正後方，上課兩人老是傳紙條。她扭轉手臂把紙條放在背後，等俐俐接去，而俐俐把紙條往她桌上扔，動作太明顯，有時落在裙上，老師總是點俐俐，有幾次還被罰站。考試時，她故意身體斜偏，露出一角試卷照顧俐俐，雖然俐俐說不需要。她各科成績都是班上的佼佼者，只有體育不行，跑不快，跳不高，而俐俐是田徑校隊，擅長百米，還能跳高跳遠。頭腦簡單，四肢發達，她這樣取笑俐俐，俐俐就閃著那對內雙長狹的鳳眼回敬一句：書呆子！

另一個女生羅娜，是男生邀來的，讀的是升學率不及她們學校的第二女中，聽說外祖父有荷蘭血統，鼻子又尖又挺，嘴唇很薄，髮毛像灑了金粉，在陽光下閃閃發光，穿泛白牛仔褲的腿筆直修長，罩一件寬大的白襯衫，黑皮帶，剛留到及肩的頭髮繫一條寬邊紫羅蘭髮帶，還時髦地戴了大鏡框的太陽眼鏡，神祕地遮住半張臉。她敢打賭，四個男生都想看羅娜太陽眼鏡後的眼睛，白襯衫下的乳房，連她也好奇，這女孩是否生了對貓眼，而胸乳是否能擠出深溝。看她黑貓似的早熟妖嬈，一定早就交男朋友了，大學大概要重考吧？

兩個男生一高一胖。長得高高瘦瘦的那個，介紹的時候說是才子，她便留了意。胖子戴黑框眼鏡，馱個大背包，笑呵呵很隨和。還有兩個男生，一黑一白，身形瘦小，好像沒發育完全。他們都是一中的，跟一女中門當戶對，雞犬相聞，老死不相往來，因為都是高材生，都守校規。女生頭髮剪到耳齊，男生理平頭，呆蠢的模樣只能收心讀書。

車子沿著崎嶇山路開，她有點暈車，在鼻下抹了點綠油精。小時候她不暈車的，媽媽說她一定是書讀得太辛苦，體質變差了。她拚命忍住從胃裡泛上來的虛乏，那裡有什麼空落落地不踏實，早餐的醬菜稀飯拚命攪動著。好容易到了終點站，也是他們的目的地，發軟的腳一踩在實地上便好多了，她大口吸著山裡特有的沁涼空氣。遼闊的藍天上雲朵有毛邊，像媽媽手裡一小團一小團撕下的棉絮，放在一個舊藥袋裡備用，舊藥袋上藍色原子筆寫著爸爸的名字。她看著那棉絮，突然有點悲傷。

要走多久？有人問。小黑好像來過很多次，半小時吧，他討好地對她們說，這一段沿著河谷走，風景很美哦！

一個小時過去了，目的地河畔山莊還不見蹤影。一路杳無人煙，偶爾見到石頭旁有燒炙的痕跡，可能曾有人在這裡烤肉。也有一些空水瓶和塑膠袋被隨意丟棄。她跨過一個大石頭時，一腳踩在一個軟軟的物事上，嚇了一跳，原來是一隻童鞋。

小黑說他小時候來玩，這條河在雨季的時候還有水，只能沿著岸邊走，大膽一點的下水去，水就到肚臍眼，一點都不危險，伏下身去游水，站起來就涉水而行。怎麼不危險？她馬上說，不是一群女學生去溪邊烤肉……

慘劇發生時震動了所有人，大家都記憶猶新。學生們在淺溪裡涉水打鬧，突然上游的水庫洩洪，大水頃刻來到，幾個來不及上岸的女學生被沖倒，再也沒站起來。撈上岸的時候，她在電視新聞上看到，白布下拱起扭曲的物事。媽媽在旁感喟地說，可憐哦，都硬了。她無法相信，跟自己同齡的女學生，就這樣，死了。爸爸看了只是搖頭。那時爸爸已經病了三年多，話愈來愈少。

俐俐說，這裡絕對不會洩洪啦！小黑也說，我說的是小時候，現在早就都乾掉了。她咬咬下唇。怎麼會說出這麼煞風景的話呢？完全不像她這麼有頭腦的人會說的話。這裡當然不會有危險。臨出門時，媽媽叮嚀她，難得跟朋友出去散心，好好玩，還把爸爸的相機遞給她。相機裡有拍了一半的底片，拍的是她的畢業典禮，上台領獎，跟老師同學合影。平日沒什麼照相的機會，就趁這次出遊，把底片拍完吧……她嘴裡「嗯」了一聲。升上高三以後，她不再直接回覆媽媽的話，只是「嗯」一聲，有時代表肯定，有時否定，而媽媽不加反抗地接受了青春期女兒的冷漠，或者不想刺激女兒準備聯考繃緊的神經，又或者，媽媽早就被病人榨乾了應有的情緒？

一條乾涸的河，還能稱之為河嗎？

男生像說好了似的，高個兒才子在前頭帶路，胖子在後面壓陣，另外兩個或前或後像護法。才子突然開口問她，有什麼嗜好，電影《光陰的故事》看過嗎？張艾嘉、楊德昌。還提了赫胥黎、卡夫卡之類奇怪的名字。長大以後她從未走進電影院，電影院的記憶，竟還是小時候媽媽牽著她的手，去看《梁山伯與祝英台》。而那些名字奇怪的作者，聽都沒聽過。她嘴裡含含糊糊應答著，頭都不敢抬。

羅娜一語不發，臉上一種莫測高深的神情，有時微微一撇嘴，竟像是冷笑，彷彿在嘲笑她的手足無措。一個躲在茶色眼鏡後的明星，誰也不敢跟她搭訕。有什麼了不起，大概也就是讀讀言情小說吧？班上那些成績吊車尾的同學，有不少就喜歡讀言情小說，但都是掩掩藏藏，老師看到要沒收的。那些言情小說在肉圓店隔壁的租書店有得租，週末的晚上補習回家經過，總看到裡頭燈泡昏黃，幾個人影或蹲或站，悄無聲息，她好奇什麼書這麼好看。

羅娜一派氣定神閒，不快不慢邊看風景邊走。幾個男生不時會走到她身旁，但似乎沒有人成功地搭上話。俐俐一考完就把頭髮削短打薄，劉海斜分，一隻眼從髮縫間瞄人，現在一件薄衫搭在身上，在胸口打結，小飛俠般在大石間跳躍，提了口真氣，又像練過輕功，愈走愈快，她後來就跟不上了。唉，俐俐，妳怎麼不等等我？

汗水從草帽裡不停流下來，臉上汗津津，頸項和胸口也是，泡泡袖的粉紅上衣貼在背上，她的腳步愈來愈重，呼吸愈來愈沉。走不動了，真的走不動了，她在心裡哀告，但為了面子，還是咬緊牙關往前。一罐黑松沙士及時遞到面前，是胖子。很熱喔，看妳臉都紅了。她感激地點頭接過。平時媽媽從不讓她喝冷飲，沙士只有在發燒的時候加點鹽飲下，說是祕方。此時這觸手清涼的沙士，正是她需要的一帖清涼劑。

彷彿在唱和著此刻流過心田的輕快，有人吹起了清亮的口哨，是一首她從小就會唱的歌：我們快樂地向前走，伸頭向雲裡瞧，太陽高掛在天空中，春風也微微笑……。她笑了，舉目尋找，是小白。這個沉默的男孩，吹起了歡快的音符。一首接一首耳熟能詳的旋律伴隨著他們的腳步，〈綠島小夜曲〉、〈蘭花草〉、〈秋蟬〉……突然間河道一個大轉彎，眼前出現了一堵岩壁。

男孩們爆出一聲歡呼，彷彿這就是他們的目的地，個個爭先恐後向岩壁跑去，手腳並用，抬抓跳懸彈滑貼爬，一陣忙亂後，才子在最高點傲視群雄，風吹衣襟，小黑和小白在岩壁的中間部位，像黑白無常左右護法，小胖喘噓噓地只登了三分之一，咧嘴傻笑。

「來吧！」男孩齊喊。

那岩壁至少有三米高吧，或四米。壁面光溜溜的，怎麼上去，又不是壁虎。

「上不去的！」她抗議。

「我們幫妳，」小胖說，「來，踩這裡。」他縮腳，讓出可容半隻腳掌的平地。如果她站上去，有半個身子會跟他緊貼一起。

她四處張望，岩壁旁明明就有條小道，完全不需攀岩的，正想說什麼，俐俐已經開始她習慣性踢腳的動作，左腳踢踢，右腳踢踢，從踢腳動作，就知道她是左撇子。然後雙臂高舉過頭，身體成一直線，像個跳水選手，再誇張地伸展腰背，把這直線折成兩半，彎腰雙手環抱腳踝，屁股挺出，男孩們興味盎然地看著。

不要啊，俐俐……她在心裡懇求。曾經，她曾經有過不祥的預兆。她跟俐俐值日，被體育老師差遣去體育館拿壘球用具。俐俐經過平衡木時，突然起意翻身上木，兩腳一前一後站著。那橫木看起來好窄，俐俐卻開始一步步往前，走得挺得意。一會兒金雞獨立，一腳懸空在橫木邊不失優美地划動，然後一步步向後，轉身，彷彿在作體操訓練……她的心突然一緊，想出聲警告，俐俐已經摔了下來！

就像當時臨時起意，充滿自信地上了平衡木，俐俐現在也充滿自信地面對岩壁和壁上四個或許暗懷鬼胎的男孩。她不希望俐俐上去，不希望。她希望俐俐和羅娜都能跟她一樣，看出這堵岩壁不適合好女孩攀登，在攀登過程中，可能會受到羞辱，看出這不過是幾個男孩的鬼計，想表演一齣英雄救美。

如果她們三個團結起來，堅決不參與這個無聊的遊戲，男孩們也只好摸摸鼻子從高高的岩壁上下來。如果她們對男孩的邀約不理睬，繞過石壁從那條小道過去，男孩也只能跟上來。但這一切必須要她們三個同心協力。

然而，來不及了，俐俐作了第一個叛徒。她輕踢了一下腳下的土，如一隻準備撒蹄奔跑的牝馬，一陣助跑來到岩下，一腳就踩上了胖子讓出的半個巴掌的空位，胖子伸出去抓扶的手還來不及碰觸到她，俐俐已經像猴子般往上去了，抓住小黑的手一借力，人便往小白那裡去，這幾步上得十分輕巧，顯然剛才暖身時就已估算過。現在跟小白貼壁並立，如何從那裡往上到頂點，便是個問題了。俐俐試探性地抬起腳踩一個冒出雜草的石塊，腳一滑，險些摔落，被小白抓住了。

俐俐如果摔下，腦殼重重撞擊在地，可跟從平衡木上側身摔落不一樣啊，那將是完全失控的自由落體，腦漿四濺槓上開花……她感到內急。從出發到現在，幾個鐘頭過去了，她注意到男生有時落在後頭，突然追上，大概是擇地方便去了，但是她們三個女生卻一直沒機會。沿途沒公廁，要上廁所只能找個有掩蔽的地方蹲下來，單是這個念頭，就讓她臉紅。你說，怎麼跟這些男生說請等等，我內急？幸好一路都在出汗，不覺尿意，但剛才那罐沙士，還有此刻停步下來，再加上當前險峻的情勢，她感到萬分的內急了。就在這一分神中，俐俐不知怎麼竟然已經上到高峰，跟才子並立，得意地接受大家的鼓掌歡呼！

她想起當時俐俐從平衡木摔落，反射動作般，起身第一件事便是躍回去，重新站在了平衡木上，雙腳微微顫抖，臉上帶著倔強的神情。但不是她，她沒有摔落再回去的勇氣，連上平衡木的念頭都沒有。站在壁上瀟灑自得的俐俐，跟那個才子臨風而立，天造地設像一對璧人，而她剛才一路還在幻想，她們三人當中，她是優等生，最配才子。從未有過此刻這樣，她會讀書的這點優勢，派不上一點用場，在乾涸的河床和光溜的石壁之間，四肢發達才是王道。

「上來吧！」這次呼喊她們的是俐俐。「這裡可以看得好遠，哇，我看到河畔山莊！」她不禁怨起這個死黨了。俐俐應該最清楚，別說這石壁，她連樹都沒爬過。像俐俐剛才那種猴子似的醜態，她怎麼能在眾人之前做出來？那個愛美的羅娜，鐵定也不會願意。想到這點，不由得生出一絲希望。羅娜如果不願意，哪個男生敢勉強？

「羅娜？」她第一次叫出這個名字。打從見面到現在，她們竟沒有說過一句話。

「要上嗎？」羅娜問，嘴角還是那抹嘲諷的笑，「妳不上，我就上了哦！」不等她回答，羅娜取下了太陽眼鏡，微側著頭，嫵媚地把眼鏡收進襯衫口袋。風吹雲散，只見那明月般發亮的臉蛋上兩道彎眉，一雙大眼睛，睫毛長翹像洋娃娃，讓人不由得在心裡發出讚歎。但是當羅娜抬頭看向眾人時，有隻眼睛卻不協調地轉向另一方，讓她的注視顯得飄忽而詭異……

羅娜沒讓大家有調整心緒的機會，她微笑地把手放進胖子肥厚的掌心，胖子使勁一拉，她順勢踩上胖子腳邊的空地。但是她既沒有俐俐矯健的身手，又沒有那股由下往上的衝力，右腳上去了，左腳懸空。下一步呢？根本無路可走。眼前能擱腳的地方被胖子占了，除非在岩壁上鑽縫。

羅娜不知道該如何上去，男孩們卻有辦法。只是幾秒鐘的猶豫，羅娜踩上胖子肩頭，小黑下來一步接應，順利送她到了小白身邊，她一貼在石壁上，就顯出寬大白衫下豐挺的胸部。小黑在下推，小白在旁拽，她踩著男孩的膝頭和肩膀，男孩抓住她修長的腿，托住她渾圓的臀，顛顛顫顫，彷彿觀音蓮座旁的一雙金童歡歡喜喜送佛上西天。

羅娜千嬌百媚如女神般登上最高點，一上了高峰，旋即把太陽眼鏡戴上，恢復了一路的神祕冷豔，兀自眺望景色。

現在大家的眼光都投向落單在岩壁下的她。

「看到了吧，不會爬也沒關係，只要妳願意上來，就一定可以。」才子向她喊話。

她面色慘白，冷汗直流。面前這堵太高的岩壁，是一場太難的考試，一場她完全沒有準備的考試。前面的人都通過了，可是她不是她們。小學六年，中學六年，她把優等生的角色扮演得這麼出色，去到哪裡，都是一塊金字招牌，讓爸媽在親友間掙足面子。有了這塊招牌，師長疼愛她，同學仰望她，她也以為自己高人一等。在父親久病而氣氛壓抑的家裡，她的好成績帶來了希望，那一張又一張的獎狀，那如探囊取物的第一志願，還有未來水到渠成的好工作。但她現在孤伶伶站在這裡，一步也動不了。如果她不試圖移動自己，世界真的就此停止了。

「來啊！」胖子伸手到背包裡掏出青箭口香糖嚼起來，嚼著口香糖的他，臉肉顫動，看起來竟然有點像隔壁嚼檳榔的阿財叔。

「快點，過了這裡，山莊就到了！」小黑原本帶笑討好的語聲，此刻彷彿有幾絲不耐。

「To be or not to be, that is the question.」才子吟了一句莎士比亞名句。補充教材裡有的，她也知道，這才子未免太愛炫耀。

日頭升到中天，剛才的雲朵不見了，只有被日頭曬得發白的天，缺水而布滿沙塵的樹，半人高一叢叢的雜草，乾涸已久而裸露著稜稜怪石的河床。誰說這裡的風景很美？為什麼她一定得上去？她既沒有俐俐的身輕如燕，也沒有羅娜的千嬌百媚。她不願讓男孩碰到她的身體，也不願在眾人面前扭曲成奇怪的姿勢。

「如果，」有一天晚上看過報紙新聞後，她鼓起勇氣問媽媽，「如果一個女孩被強暴了，她該去死嗎？」

媽媽驚訝地停下手邊的工作，看她一眼，確定不過是個假設性的問題，才淡淡地說，「死，有那麼容易嗎？」

死有重於泰山，有輕於鴻毛，為貞節而死，難道不是重於泰山？後來她才知道，母親說的不容易，跟死的意義無關，是死這件事。

死，不容易嗎？她此刻就想死。寧願死。

「快上來，我肚子餓了……」俐俐喊，跟眾人一起羞辱她。仰望，太陽直射眼睛，俐俐的臉看不清。她突然明白了，在俐俐心中，她從來不是什麼好朋友，她們在一起，因為她要。誰能拒絕優等生？她明白了，傳紙條時，為什麼每次都是俐俐被抓。

剛才沒注意，俐俐最後也是被男孩推拉著上去的嗎？陌生男子的手，有意無意擦碰含苞待放的女體。那些溺水的女學生，十六歲，永遠寂寞了。器官和感覺都在那裡深埋如種籽，還沒能抽芽出土看世界呢，除了讀書考試，她們不知道其他。

或者，她這一刻突然懷疑，只有她不知道。她為什麼沒有進去那家租書店呢？為什麼沒有看過一本言情一本武俠呢？她在防範抗拒的是什麼？

小白悠悠吹起口哨，曲調哀傷，竟然是父親初病臥床常聽的〈荒城之月〉。如果是父親，一定會拚命攀上這岩壁吧？他堅持了那麼久，活得比死還痛苦。如果是母親，也會手腳並用爬上去吧，她說死不容易，而上去是唯一的生路。她絕望地盯著自己的球鞋，走了半天路，鞋面上已經沾滿了灰。沒有人再繼續勸說，只有〈荒城之月〉的口哨聲在河床、岩壁、樹梢和她的耳膜迴來盪去，然後，連這聲音也靜止了。

她抬頭，岩壁上一個人都沒有。

他們丟下她，趕往下一站去了？不，他們不可能就這樣走了。被釘在原地的腳，此刻終於能移動了，她搖搖晃晃走到岩壁前，伸手，觸摸，岩壁被太陽曬得發燙。一列大黑螞蟻，匆匆忙忙從這條縫出來，鑽進另一條縫。

近看岩壁，肌理複雜非她所能想像。然後她聽到，岩壁的另一邊傳來渺渺的笑聲。男的，女的。合力攀岩後，他們全都成了一國的，親密無間，水乳交融。或者，此刻他們已經在做著言情小說裡寫的事情了？讓俐俐跟那發育不良的小黑吧，他一邊親吻她的嘴一邊愛撫她結實的屁股，讓羅娜跟那死胖子吧，胖子把她壓在地上，在她滑彈的胸乳上恣意磨蹭，小白在旁吹曲子助興，而才子則吟唱著 to be or not to be，做，還是不做……

這一刻，她再也不能忍耐了。她往最近的草叢跑去，還來不及完全拉下褲子，已經尿出來了，伴隨著兩腿間強烈到近乎痙攣的快感，尿液瘋狂地噴射在草葉間，濺到鞋襪上，在她兩腳之間形成一個小水窪。

她從口袋裡掏出衛生紙，擦拭沾到尿液的褲子和鞋襪。等她站起身把褲子穿好後，才看到岩壁上一排站著六個人影。雖然日頭炎烈看不清他們的臉，但可以確信的是，有十一隻眼睛在看她，還有一隻眼睛害羞地轉開了去。

此後，她在夢裡常變成一尾攀岩的壁虎。

——二〇一三年創作，發表於二〇一五年三月三日至四日《聯合報・副刊》。

告解

不出所料，蓉還沒來。

台北這家叫做「老相片」的咖啡館，充滿懷舊的氣氛。從舊傢俱店搜羅來的胡桃木圓桌，亮潤潤地昭顯歲月，幾張讓人深陷的布面軟沙發，幾把鋪著方格棉布墊的木椅，老式的織花罩垂流蘇立燈，百合花般伸出長喇叭啞掉的留聲機，黝暗的地板和粉綠的牆。牆上掛著大大小小的咖啡色相框，裡頭的黑白老相片，關於這個城市，也關於城市裡的人，從人物曖昧的表情裡，難以揣摩他們的心思。我坐在角落，聽著美國歌手諾拉・瓊斯十幾年前的老歌，慵懶的聲音像在週末賴床的時光，瞬間把我帶回了從前。我在下鋪，蓉在上鋪，沒有課的週末早晨。

美式咖啡已經喝了一半，入口不再有炙熱的燙感，但餘香仍在。我等待著蓉，在我們相識的二十幾年裡，每次見面她總是遲到。等待時，心情不再焦躁難安，而是不慍不火如眼前這杯咖啡，即使有一絲苦澀，也不難入口。不苦的咖啡，就不成為咖啡了。我已經中年，有木訥但顧家的先生，一對拙於讀書但還算乖巧的兒女，因為長年的胃疾，身形瘦削，臉色蒼黃。這樣的女人，對很多事都已能接受，也決定就這樣終老了。

跟蓉從大學室友開啟的友誼，見證了我們作為女人最美麗的人生階段。我們個性天差地遠，人生軌跡亦如是。美麗感性的她，先到紐約留學，婚後隨夫婿的工作四處遷移，紐約、香港、東京，最後落腳上海。定居都在大都會，旅跡遍及全世界。我們一年一會，當她如候鳥翩然回到台灣。每一次，她總是從孟買、巴塞隆納、巴黎、米蘭、馬德里、麗江、拉薩各地為我帶回小禮物，也帶來她新的邂逅故事。她見多識廣，享受人生，因為沒有生育，心益發自由奔放。反之，怯弱內向的我，從小生長在台南，到台北讀大學時跟她相識，畢業後，我聽從父親的建議，回到台南謀職，最後在台南結婚生子。一年又一年，她美麗時髦的身影來來去去，繽紛的故事如滿天落花，我專注地聆聽，想像她見面之前和之後的世界。她是屬於我的一扇窗，一年只開一次，迎進窗外熱烈的日頭和沁人的清風，當然也有一些嗆鼻刺眼難以消化的汙染物。

「啊，妳在這裡！」人未到聲先至，蓉從身後一把按住我肩頭，然後翩然在我面前落座。她穿著孔雀藍洋裝、胸口滾白色蕾絲邊、珊瑚色束頭巾的美麗身影，讓我不禁從心裡漾出笑意。她也笑容滿面看著我，化著淡妝，神清氣爽。

「喂！」她敲敲桌面，「我的拿鐵呢？」

「還沒點。」我清清嗓子，「誰知道妳大小姐幾時才會到？」

冷落我半個多小時的年輕侍者，此時不召即至，殷勤幫她點了拿鐵和一份凱薩沙拉，我也加點了一塊大理石乳酪蛋糕，撫慰空寂的胃，以備待會兒精彩的告解。

我們總是從上回見面是何時說起。日期地點我記得一清二楚，因為見面的一切，我都是拿來當作黑白世界裡的彩色畫片，在接下來漫長的光陰裡，如閱讀一部長篇小說或聽一曲交響樂般細細推敲品味。但是我總隨她瞎說，胡亂把她在其他地方跟其他朋友的見面攬在一起。接下來她就說起這一年去了哪些地方。

過去一年大半時間她都在上海，只有春節去了三亞避寒，所以今年沒有禮物了。這可奇怪了，她向來待不住，總要跑來跑去，寧可把時間花在旅途上，期待著下一個景點。

「為什麼呢？上回妳說厭倦了大城市。」

「是嗎？」她笑笑，「還不是為了跳舞……」

原來她迷上國際標準舞裡的拉丁舞，大半時間都待在舞蹈房裡勤練功，難怪氣色如此之好，身材也比前幾年更加勻稱有致。

她說著跳舞的好處，好胃口地吃著那盤沙拉。我把視線隨意投向她身上的任一部位，從被窗外日光照得有點透明粉紅的耳垂，宮燈般繁複的長串耳環，移到她白膩的頸脖，那裡很有些皺摺了。然後再到那正微微嚼動著的雙唇，塗著時髦的金橙色口紅。她的手纖如柔荑，現在有點見老了，手背浮出青筋。無名指上仍盡職戴著鑽石婚戒，另一隻手上多了個綠寶石戒指，深棗色的甲油讓手顯得更白皙……

「學校裡好嗎？升等了？」她突然抬頭問我。

「還沒。」我不想把見面的時間浪費在我無趣的生活上，雖然明年論文再交不出去，在這個三流大學裡的教職就保不住了，但是，這些苦惱跟她說又有何用？我需要的不是同情和安慰，而是可以提振精神的興奮劑。「不管那些了，聽妳的，是不是又有桃花了？」

「沒有，真的沒有。」她否認，然後彷彿想證明她已沒有力氣再去愛，說起了失眠。

今年春節剛過不久，有一晚她醒來，在一個深深的洞穴裡，像一隻冬眠中的動物，突然被喚醒，四下一片漆黑。她在床的右半邊。這是婚後一直屬於她的位置，而法蘭克並不在屬於他的左半邊，他早就不在了，分床已三年。三年前聽說他們分床時，我沒有多問。並不是不想知道，恰恰相反，正如對她的戀情，我對她的夫妻生活也充滿好奇，太過好奇使我必須作出更加冷淡的態度。告解者的罪惡經由神父向天主祈求赦免，神父的七情六欲會不會在告解者的訴說中被擾動呢？要如何才能維持超然和客觀，不去評斷眼前人呢？我不知道。沒有信仰幫助我，我這膽怯卑微的人只能作出冷淡的模樣，彷彿一切都見慣聽慣。夫妻會走到分床這一步，總是有各種理由，他打呼，她淺眠……等等，不過就是各自想要不受干擾地睡覺罷了，當上床只意味著睡覺，當獨宿比共枕輕鬆自在。然而分床的事不是此刻的重點。

蓉在半夜醒來，維持著原來的姿勢蜷曲在厚暖的羽毛被裡。上海的冬天很冷，春節前後更是。床上鋪著上海老牌子小綿羊電毯，電毯有兩個開關，夫妻可以依自己的需要自行調節溫度。她只開了自己這半邊的電毯，另一半當然是冰冷異常，也因此她更不願意移動分毫。躺了不知多久，並沒有如預期地再度墜入夢鄉，她不得不抬頭去看案上的鐘。五點。

對晚睡晚起的她，這是另一個世界的時間。她怎麼會在另一個世界醒來？這一醒，就沒能再睡著。第二天還要上跳舞課，一節課九十分鐘，汗流浹背，而這時她已經一天跳兩節課。

第二天，她又在黑暗中醒來。四點四十分。第三天，差不多同樣的時間準時醒來。就這樣，接下來的每一天，她都在天未亮時醒來。她試著白天拚命活動，晚上一沾枕就睡著，像死了一樣。但在四、五點之交，死去的人又復活了。

以前只聽說，白晝和黑夜交替的黃昏，跟月圓時一樣，會刺激精神敏感者每一條纖細的神經，他們無來由地感到悲傷，流下不知為何的眼淚。蓉靜靜躺在這黑夜與白晝的交替時分，此時市聲已息，鳥未開啼，一切都還未開始，或是剛剛結束？她的身體還很困倦，腦子卻唧唧啟動，肉身和心靈分離，有什麼就要開始，有什麼已經結束？

醫生說，可能更年期到了。她才四十五歲！初見面的人總以為她三十幾，因為那依舊苗條的腰身，明媚的笑靨。但是她沒有生育。醫生說，沒有生育的女人，更年期提早到來是有可能的。

啊！怎麼可以？怎麼可以這麼早就讓她乾涸老去？像我這樣槁木死灰的人，卻因為盡本分生了兩個孩子，就享有比她更長久的青春？

蓉微笑打斷我激憤的發言，「不是更年期。」

「不是？」

蓉在我面前一年一年老去。哪怕她有再曼妙的身材，保持青春的各種精華液和美容術，她的改變在一年一次的見面中，都是這麼可悲地明顯。我懼怕她的老去，遠甚於自身的衰亡。如果可能，我會為她求來不老長生術，定格，在她最美的時刻，在我的上鋪。

先生不了解，為什麼我總愛抱著老二，總是親他，說他好可愛，以前對老大可沒這樣。但就是因為對老大的愛啊，因為有過老大，了解孩子天真無邪的時光如此短暫，所以才更要加倍地寵溺和痴愛，因為失去了老大的童真，所以更加珍惜老二，第二次機會。先生不知道，一年復一年，我總在操練著這樣的失而復得，得而復失，相聚的這一刻，在它發生時也正在永遠地逝去，我必須盡我所能存蓄供一年取用的能量和記憶。一年只一回。我從未跟先生說過這些，他知道蓉，但不知道蓉是什麼樣的朋友。

「吃了激素什麼的，沒效，後來我知道，不是。」

「不是更年期，那是，戀愛了？」

她露出吃驚的表情。

「戀愛本來就會讓人睡不好。」我悄悄逼近，「半夜醒來，想念情人？」

「胡說八道。」她否認。

基於一種絕對的專注，我可以感知眼前人。很多時候，我感覺到她的意念，不是經由耳朵和腦，而是皮膚和心。她曾跟一個小她十歲的畫家有過一段，也沒見她如此閃躲。

她會說的，這就是今天的目的。她所有的朋友裡，我是最忠實最能守密也最不會評斷她的人。我指指蛋糕，乳黃色的蛋糕上咖啡色的紋路脈絡分明，「要嚐一口嗎？」

「現在才問。」她嬌媚地瞪我一眼，不客氣地挖走一大塊。

「喜歡都給妳。」

「不了，就是嚐個味道。這種嚐過就不點了，來個櫻桃白巧克力吧。」她揮手叫喚侍者，「服務員！」她的用詞愈來愈大陸化了，捲舌音也比從前分明。

「不用減肥了？」

「妳看呢？」她一甩頭髮，自信十足，「現在跳舞跳這麼多，吃什麼都不怕。」

「怎麼會想要跳舞？」

蓉歎了口氣。

「跳舞老師？很迷人？」

她點頭。

「很年輕？」

「二十六、七吧？」

「妳又不是沒有喜歡過年輕的男人。」我撇撇嘴。

「不是，」她有點猶豫，但還是說了，「是女老師。」

「女老師？」我吃了一驚。

蓉開始她的告解。除了一開始略露窘態，一旦進入正題，她愈講愈來勁兒，恨不得把我拉到她跟那個女老師之間，自己看個清楚。

蓉上海的朋友圈裡，有不少人跳拉丁舞塑身減肥，禁不起朋友一再鼓吹，說那位拉丁老師靈得不得了，新開初級班，錯過可惜，一些老學生都想再從頭學過呢。她勉為其難排出時間去試跳。

上課時間到了，同學都在教室等著，老師卻沒來。等了一刻鐘，她感到不耐煩，拿了水瓶、手機，推開旋轉鏡門要走，眼前擋著一個人，高且瘦，穿了一身黑，帥氣的短髮，丹鳳眼，眼尾往上翹的眼線，長翹睫毛下一雙閃著寒光如寶石的眼睛。被那眼睛一掃，她乖乖走到最後一排站定。

女神般的氣場。蓉如是形容這個叫艾瑪的老師。

拉丁舞初級班，第一堂教的是倫巴轉胯。艾瑪那彷彿無肉的身軀，扁薄如黑影，此時左一片右一片切出稜角，腰胯以不可思議的角度俐落寫著阿拉伯數字8，後背肌骨峻峻，牽引著鬆和緊的線條。蓉試著模仿，卻完全不知道如何調動腰胯和後背，不禁急出一身汗。女神艾瑪無視於身後那些荒腔走板的模仿者，只是難如登天卻又輕而易舉地轉動腰胯，與此同時，身體其他部位被切割開來，紋絲不動。這充滿性暗示的動作本應釋放出一種強大的女性魅力，卻奇異地維持著技術的展示，跟老師的眼神一樣有種科學計量的冷然。

下課後，蓉到前台繳了學費。

此後，蓉每週兩次去上課，沒上課的時候腰一直是疼的。腰胯慢慢可以轉動了，然後是前進、後退、時間步、紐約步、螺旋轉……就這樣認認真真學了大半年。這段時間內，她跟老師說過的話，數都數得出來。上課時，老師從不說跟跳舞無關的玩笑話或廢話，下了課立馬就走，不像有的老師會跟學生「搏情操」搏感情。因為仰之彌高，她不敢去請教關於舞蹈的問題，因為鑽之彌堅，老師的冷淡和寡言，讓她望而生畏。從小就不是怕老師的人，這是頭一回，她對一個比自己年輕十幾歲的人心悅誠服。

老師的舞伴是小崔老師，聯手贏過多次大獎，兩人早就住在一起，步上紅毯是遲早的事。蓉想著，屆時一定要搜羅來最新奇不俗的寶貝，獻給老師當賀禮。

蓉是個聰明人，可能舞蹈上也有點天分，這麼認真用心的學習，自然變成班上的「尖子生」了。老師開始注意到她。三個月後，老師頭一回喊她的名字，糾正她的動作。被老師一喊，她的心一震，腦裡有一秒鐘的空白。

老師愈來愈常喊她，有時一堂課喊了三、四次，她一方面又驚又愧，一方面卻又暗暗歡喜。老師注意到她了。大概從這個時候，她開始在晝夜之交醒來，腦裡第一個跳出的影像就是老師。上課時的情景在腦裡重播，她暗數拍子，想像自己如何完美地跳完一段舞，博得老師的讚許，想得心潮澎湃……

我忍不住打斷她，「妳這是粉絲情結吧？何以見得就是，就是……」

蓉卻不辯駁，只是一骨腦地把話倒出來，語速很快，背書一樣的，想必一個個失眠的夜裡，她就這樣在心裡說著，這些話被說過無數次，熟極而流了。

更衣室外的玻璃櫃裡陳售貼假鑽的舞衣舞鞋，旁邊擺了一圈沙發椅，等上課或剛下課的同學，坐在那裡聊天，艾瑪也坐在那裡，休息，玩手機，喝運動飲料，等下一節課。因此，蓉從來不敢去坐在沙發上。她在更衣室裡拉過布簾，悄悄換下汗濕的舞衣，脫下舞鞋，在身體和鞋子的汗臭味裡，自覺又老又醜。不管她身上的贅肉怎麼在這持之以恆的鍛鍊下消失了，不管她的腰腹和大腿比十年前還要緊實，四十幾歲的女人畢竟不同於二十來歲。換好衣服，她低著頭出去了，經過老師時，如果老師沒看她，她連再見也不敢說一聲。

自慚形穢！我暗歎，蓉也有這天！

有一天，蓉經過一間小教室，聽到艾瑪的聲音。

在我的要求下，她形容了艾瑪的聲音。那是中低音，音質偏硬，很有幾分威嚴，總是很凶地指正錯誤，簡短扼要地給出權威的解答。我笑了。這實在不是理想的女聲，但從她敘述的表情看來，這似乎就是完美的聲音，艾瑪的聲音。我收起笑容。

蓉忍不住從門縫裡偷看。教室裡，艾瑪在幫一個同學上一對一小課。艾瑪跳男步時更有一種冷酷和帥氣，後背一緊手上一帶，學生便聽令前進後退，轉圈下腰。陽光從窗外照進來，在木板地上投下一個明亮的方塊，兩人一忽兒跳進方塊，一忽兒跳出來，框裡框外幾番進退。如果留在這框裡，如何？如果跳出這框，又如何？這時，艾瑪抬頭看到偷窺者，她連忙逃開了。

蓉的生活開始以舞蹈課為重心，所有的約會、出遊、購物和派對，都要配合舞蹈課的時間。舞蹈課把她牢牢釘在了上海，哪裡都去不了，哪裡都不想去。當她的座車轉進那座大樓時，便感到心情舒暢，搭電梯到七樓，推開哈皮舞蹈室的大門，她的一天才開始。

然後有一天，這天開始得有點奇怪，早晨的第一堂課，她早到一刻鐘，獨享無人的更衣室。就在脫得只餘胸罩內褲時，更衣室隔間的布簾被猛然拉開，艾瑪閃身進來。蓉驚慌到近乎僵硬，而艾瑪對她一笑，姿態瀟灑地脫下酒紅色的毛線衫，紫色素面的胸罩托著小小的乳房，蓉腦裡一片空白，艾瑪的胸罩也脫下來了，兩隻嬌小不見天日的白鳥輕顫著粉色的小喙。蓉背過身去，抖抖豁豁套舞衣，第一次還前後穿反了。布簾裡可容兩個人，如果更衣的動作不太大，不至於碰到另一個。她拚命縮，想把自己縮得像兔子洞裡的愛麗絲那樣一寸小，在此同時，身後那個人卻在無限放大，來自另一個溫暖身體的熱能烤著她，毛細孔張開來向外滲汗，她就像烤爐裡的麵團，不由自主慢慢膨脹。空氣中有一股奇異的甜香，美好的事情在發生，葡萄要變成酒，她在仙境夢遊。艾瑪比她先換好，一件黑色的吊帶緊身衣，一條黑色流蘇長褲，帥氣兼嫵媚。拉開布簾前說，今晚在田子坊北極地酒館，她有表演，來看嗎？

週末夜裡的田子坊，充滿聲光和人影，很多外國人在這裡獵奇買醉。北極地就在田子坊進去後第二條小路盡頭，蓉特別早到，買了一杯瑪格麗特，一碟開心果，靜靜等待。四周喧囂，爆笑聲、詛咒聲和菸味，有幾個洋人過來搭訕，她自顧自啜飲杯中酒，宛如參禪入定。夜更深了。平日有樂隊演唱的小舞台前，有人拿過話筒說今天是周年慶，請來好友助陣，給大家帶來激情的一夜，酒客們都鼓起掌來。

一個男人以如女聲般的清亢高音唱了一首空中補給隊，然後又深情無限地唱了一首王菲。她聽旁邊的人介紹，這人曾進了歌手選秀的半決賽。然後是電吉他演奏，震耳欲聾，然後是一個混血的女歌手……都要到子夜了，艾瑪才上場。

一身墜著黑流蘇豹紋緊身短裙，艾瑪悄立舞台中央，身體誇張扭出S造型，一手貼腰，一手高舉，五指怒張。蓉的心跳加速了。艾瑪表演的是一段倫巴、恰恰和森巴組合，起首的倫巴嫵媚挑逗，化著濃豔舞台妝的她，表情一掃平日的冷淡，充滿了魅惑的神采，每個伸展和緊縮，每個旋轉和造型，都做得漂亮俐落，還有一種滿溢的性感，蓉在心裡吶喊著天啊天啊……這是她第一次看艾瑪在舞台上演出，她知道艾瑪舞跳得好，但不知道竟然好到這種地步。如果有人還沒有被那曼妙性感的舞姿擄獲，接下來的恰恰和森巴，活潑的節奏和身體的強烈律動，便讓每個人都拜倒在她的裙下，全場此起彼落熱烈的口哨聲，氣氛一時High到最高點……艾瑪退場時，蓉把雙手都拍紅了，在眾人瘋狂叫好聲中，她也把嗓子喊破了地嘶吼著艾瑪、艾瑪、艾瑪！

腦裡迴蕩著這個叫聲，心裡也餘波蕩漾，每一次心跳，都像在打著拍子，艾、瑪、艾、瑪。不知道過了多久，有人坐到她身旁，勾畫著粗黑眼線，金灰色眼影塗滿整個眼窩，搧著兩扇又密又翹的假睫毛，舉著一瓶啤酒，已經半醉了。

哦，艾瑪，妳太棒了。她像個小女生般輕聲說。艾瑪一笑。小崔老師沒來？艾瑪又是一笑。蓉不知還能說什麼，看看夜已深沉。妳要走嗎？我可以送妳。艾瑪說，他在陪另一個女人。啊？蓉一時不解。艾瑪笑得更厲害了，他沒來，他在陪另一個女人，跳舞……

那天，蓉一手扶著艾瑪，一手拎著艾瑪的化妝箱，醉顛顛地上了車。司機小朱幫忙安頓好，輕踩油門往虹橋別墅區開去。艾瑪在車上倚著蓉哭了，嘴裡胡亂說著，蓉似懂非懂，只是攬著剛剛舞台上的女神，輕輕拍著。

國標舞圈裡的男學生本來就少，男老師永遠比較吃香。他們的課時費高，可以帶女學生去比賽，也能陪著到舞廳跳舞，因舞生情的例子有，但更多的是逢場作戲，有錢有閒的貴太太們藉此找玩伴，能擋得住重金攻勢的男老師不多，一個願打一個願挨，竟成了圈子裡的潛規則。小崔老師的條件一流，本來就極受歡迎，最近更被一位新加坡的貴太太看上，前幾天深夜回來，寶馬雙人座轎車的鑰匙丟在了桌上。艾瑪一看就炸開鍋。這你也敢收？

小崔臉上掛不住，先嚷起來了，人家敢送，我怎麼不敢收？之前那些東西，也沒見妳說什麼。艾瑪氣得臉都白了。你自己做的事，倒成了我的不是了？

小崔把艾瑪拉過來，嘖嘖嘖，妳說妳氣成這樣幹嘛？不是說好了嗎？我們的目標是存錢在上海買房，能買房就能結婚。這也是不得已的，我反正，哎，妳也知道的，那些老女人……

在蓉那美輪美奐的別墅客廳裡，艾瑪一邊喝著解酒茶，一邊訴苦，淚水把濃妝都洗糊了。拒人千里的老師，突然變成一個可憐兮兮的小女生。蓉以自己豐富的人生閱歷寬慰她，說得艾瑪連連點頭，漸漸平靜下來。

兩人默默依偎時，花園樹梢傳來鳥鳴，天際裂開一線曙光，透過繡滿一朵朵皇家玫瑰的窗簾，給這豪華但寂寥的客廳，鍍上一層蜂蜜般的金光。從此，蓉的人生找到了價值出口，滿腔的激情有了使力點。她要當艾瑪的守護者，守護她的成長，讓她茁壯成一名成功的舞者。她出資陪艾瑪看國際舞壇巨星演出，票價人民幣幾千元，跟巨星上課，收費也不遑多讓；幫艾瑪打點行頭，從日本訂製最高檔的舞裙和舞鞋，又拿出幾十萬助艾瑪和小崔開辦工作室……

我此時終於忍不住打破緘默，「粉絲再加上母性，妳沒有小孩，艾瑪就像妳女兒一樣，我覺得，這並不是愛情。」

蓉苦笑一聲，「妳不會懂的。」

「不，旁觀者清……」

「不是的，」她打斷我，「妳聽我說。」

艾瑪是她性幻想的主角。

當蓉講述時，我眼光平視，表情漠然如一張白紙，彷彿她說的不過是三亞的日光浴，陽澄湖的大閘蟹，梧桐樹街的陰影，陰影深處燈火閃爍的小酒館。這張無表情的面具，催眠她繼續招供，揮灑著自白書懺情書。我的耳朵就如錄音筆，記錄著她的一字一句，音調的高低起伏和節奏，中斷，呼吸，漸弱成耳語或是戛然而止。我的雙眼就是攝像鏡頭，記錄著她的面孔泛紅，眼底閃光，鼻翼抽動，右眉毛下意識地挑起或是左眼皮快速地顫動。即使我心亂如麻，啊，此刻絕不能分心到自己身上，我的耳朵和眼睛都沒有放過蓉的一切。所以，我清楚記得她是這麼說的：晚上，睡覺前，或是清晨，或是有時候，一個月總是有那麼幾回，當法蘭克到我床上來，這時，她會出現。由此，我百分之百確知，是愛，不僅僅是喜歡。

細節，付之闕如。關於性，她以前說過，那些男人以各種方式追求，如一隻隻開屏的孔雀，但從沒有觸及任何性愛的細節。她會說，挺好的，不合拍，喜歡，不喜歡，沒有任何具體的內容，然後我們會爆發出一陣大笑，彷彿一切不需多說。這是第一次，她把性和愛連在一起，而且還僅是幻想！

這次我們沒有爆出那種你知我知的大笑。蓉去上洗手間，起身時差點撞到桌腳，她一定覺得，這一切都太難令我理解了。

熱愛中的伊人，總是可愛到令人心醉，性感到令人顫慄。她的微笑可以融化妳，她的眼波可以鼓舞起妳所有的熱情。如果她投身到妳懷抱，妳除了全身心地緊抱住她，把感官完全張開，去感受她的每一寸，妳還能做什麼？比這現實中的伊人更難以抗拒的，是妳遐想中的她，因為她不召即來，在最不應該的時候襲擊妳，讓妳在課堂上突然感到躁熱，在批閱作業時走神，在推開家門時感到撕裂的痛苦。男人把妳重重壓在床上，做他想做的事，很少，但一個月總是有那麼幾回。妳知道那些步驟，妳知道他已經不再年輕，有時他甚至硬不起來，於是妳像個好妻子那樣幫他，來來回回，然後急急上套進入。也許已經不需要上套了，不是因為懷孕的機會微乎其微，而是妳相信他的精蟲也已經過期衰老了。妳屏氣用力夾緊，讓他盡快完事，當他癱倒，從妳身上滑下，妳偷偷在枕上抹去淚水。是的，妳怎麼會不知道妳愛的人是誰。

當蓉回座，又露出招牌的自信笑容。如果我不能理解她對艾瑪的愛，那是我的問題，不是嗎？

「那麼，」我問，「妳那個老師，她，也喜歡女人？」

蓉點頭，「我們在一起很快樂。」

細節，還是沒有細節。我突然對這樣的告解感到不耐。她對我說了多少？隱瞞了多少？

「她跟男朋友分手了？」

「他們婚期訂在明年。」

「啊？」

「她說，因為跟我的關係，讓她更理解小崔。感情世界比她原來了解的複雜太多了，她現在比較成熟了。」

「妳能接受？」

「小崔能給她一個家。」蓉說，「我可以當她一輩子的朋友。」

「這樣，妳就能滿足？我說了，這不是愛情！」我握拳。

「妳是怎麼了？是不是愛情，難道妳比我還清楚？」

過去我從未評斷過她的情史，神父只應安靜聆聽，但我繼續開炮，「那個畫家呢？妳說妳要等他長大，還有，香港那個小開，說什麼一見就有觸電的感覺，上輩子的情緣，要等他辦好離婚，還有，還有，還有……」過去蓉說過的那些情人，爭先恐後地出現，想要爭奪蓉的心，誰才是見異思遷的蓉的最愛？我為他們感到悲哀，但最悲哀的是……

「妳冷靜點好嗎？」蓉橫了我一眼，晃晃手上的婚戒，「妳想要我怎麼樣？」

「妳真傻，她只是在利用妳，妳不過是她的貴太太！」我還在作困獸之鬥。

「我說過妳不懂。我對她一無所求，她只要在那裡，就夠了……妳怎麼了？」

她沒問，我都沒察覺自己額頭冷汗涔涔，陳年痼疾在我脆弱的時候發動了猛烈的攻擊，我按住胃，擠出一絲笑容，「餓過頭了，妳的故事，太長了……」

「Oh My God，快六點了！」蓉跳了起來，「艾瑪還在等我呢！這次我陪她來圓山飯店參加比賽，還有好多事，妳沒問題吧？我要先走了。」

我點點頭。蓉拍拍我的肩，「老友，下回見了，保重啊！」

我目送她的背影。她的背脊依然挺直，腰線依然分明，就跟二十幾年前一樣。那個週末的早晨，她去上完廁所後就沒再爬回上鋪，而是擠進了我的被窩，一起賴床。她身上有剛睡醒處女的幽香，我們身上都有，她的眼睛瞇著，嘴唇乾裂，腋窩有種好聞到讓人想緊緊抱住她的味道。我們睡在一個枕頭上，她在我耳邊輕輕說著什麼，那氣息讓我覺得好癢，好想笑，好想哭……

忍了許久的眼淚無聲地滑落。我也需要告解，但誰能聽我告解？

以為她不能愛一個女人。

——二〇一三年創作，發表於二〇一四年十月五日至七日《自由時報・副刊》。

國家圖書館出版品預行編目資料

更衣室女人的告解：章緣 20 年短篇精選 / 章緣著 .
-- 初版 . -- 臺北市：聯合文學，2018.10
352 面；14.8×21 公分 . --（聯合文叢；637）

ISBN 978-986-323-249-0（平裝）

857.63　　107001497

聯合文叢 637

更衣室女人的告解：章緣 20 年短篇精選

作　　者／章　緣
發 行 人／張寶琴

總 編 輯／周昭翡
主　　編／蕭仁豪
特約編輯／施淑清
實習編輯／陳涵伶　蔡蔿宣
資深編輯／尹蓓芳
資深美編／戴榮芝
業務部總經理／李文吉
行銷企畫／邱懷慧
發行助理／簡聖峰
財 務 部／趙玉瑩　韋秀英
人事行政組／李懷瑩
版權管理／蕭仁豪

法律顧問／理律法律事務所
陳長文律師、蔣大中律師

出 版 者／聯合文學出版社股份有限公司
地　　址／(110)臺北市基隆路一段 178 號 10 樓
電　　話／(02)27666759 轉 5107
傳　　真／(02)27567914
郵撥帳號／ 17623526 聯合文學出版社股份有限公司
登 記 證／行政院新聞局局版臺業字第 6109 號
網　　址／http://unitas.udngroup.com.tw
E-mail:unitas@udngroup.com.tw

印 刷 廠／禾耕彩色印刷事業股份有限公司
總 經 銷／聯合發行股份有限公司
地　　址／(231)新北市新店區寶橋路235巷6弄6號2樓
電　　話／(02)29178022

出版日期／ 2018年10月　初版
定　　價／ 360 元

ISBN 978-986-323-249-0（平裝）